Trzech pa
w łódce
nie licząc psa

Jerome K. Jerome

Trzech panów w łódce nie licząc psa

W przekładzie Magdaleny Gawlik-Małkowskiej

Vesper

Tytuł oryginału: Three Men in a Boat, to Say Nothing of the Dog

Przekład: Magdalena Gawlik-Małkowska
Redakcja: Magdalena Wójcik
Skład i łamanie: Paweł Orłowski

Dystrybucja:
In Rock
ul. Gdyńska 30 A
62-004 Czerwonak
tel./fax: 61 8686795
e-mail:
handlowy@inrock.pl
www.inrock.pl

Vesper
www.vesper.pl

Wydanie I
Poznań, wrzesień 2007

ISBN 978-83-60159-51-4
Druk i oprawa: WZDZ – Drukarnia „Lega", Opole

Rozdział 1

Trzech inwalidów. Cierpienia George'a i Harrisa. Ofiara stu siedmiu chorób śmiertelnych. Użyteczne zalecenia lekarza. Lekarstwo na dolegliwości wątrobowe u dziatek. Uznajemy, że jesteśmy przepracowani i musimy odpocząć. Tydzień pośród fal? George proponuje rzekę. Montmorency zgłasza sprzeciw. Przegłosowany jeden do trzech.

Było nas czterech: George, William Samuel Harris, ja i Montmorency. Siedzieliśmy w moim pokoju i kopcąc, rozprawialiśmy o tym, jak to z nami kiepsko, z medycznego punktu widzenia, ma się rozumieć.

Wszyscy czuliśmy się marnie i nie dawało nam to spokoju. Harris oświadczył, że miewa tak gwałtowne zawroty głowy, że nie wie, co się z nim dzieje; George skarżył się na identyczne dolegliwości. Mnie z kolei szwankowała wątroba. Wiedziałem, że mam chorą wątrobę, gdyż przeczytałem apteczną broszurę z dokładnym opisem objawów. Miałem je wszystkie.

To doprawdy niezwykłe, lecz lektura wszelkich broszur aptekarskich zawsze nasuwa mi nieodparty wniosek, iż cierpię na opisywaną chorobę w jej najbardziej złośliwej postaci, a diagnoza w każdym przypadku odpowiada objawom, które stały się moim udziałem.

Pamiętam, jak któregoś dnia wybrałem się do Muzeum Brytyjskiego, aby dowiedzieć się czegoś na temat leczenia pewnej drobnej przypadłości. O ile sobie dobrze przypominam, chodziło o katar sienny. Wypożyczywszy książkę, przeczytałem, co było do przeczytania, po czym bez większego namysłu przerzuciłem kartki i pogrążyłem się w lekturze kolejnych stron. Wyleciało mi z głowy, czego dotyczył pierwszy opis, zapewne chodziło o jakiś straszliwy dopust boży, lecz nim dotarłem do połowy „symptomów ostrzegawczych”, spłynęła na mnie okropna świadomość, że doskonale znam je z doświadczenia.

Zdjęty trwogą zamarłem nad książką, po czym apatycznie jąłem znów przewracać kartki. Doszedłem do tyfusu: o nieba, miałem tyfus, i to zapewne od wielu miesięcy! Otworzyłem na stronie z opisem tańca świętego Wita: zgodnie z moimi obawami cierpiałem i na tę chorobę. Tknięty zaciekawieniem postanowiłem przeanalizować swój stan i przestudiowałem schorzenia w porządku alfabetycznym. Jak się okazało, miałem artretyzm: faza krytyczna czeka mnie za jakieś dwa tygodnie. Następnie stwierdziłem z ulgą, że borelioza w moim przypadku odznacza się dość łagodnym przebiegiem i nie stanowi bezpośredniego zagrożenia dla życia. Cholera występowała z komplikacjami, z dyfterytem zaś najprawdopodobniej przyszedłem na świat. Mozolnie dobiłem do końca alfabetu, stwierdzając, że jedyną chorobą, która nie przypadła mi w udziale, jest puchlina kolan.

Zrazu poczułem się urażony. No bo jakże to tak? Nie miałem puchliny? Cóż za rażąca niesprawiedliwość losu! Po chwili jednak zwyciężył rozsądek. Skoro bowiem cierpiałem na prawie wszystkie znane medycynie przypadłości, wielkodusznie mogłem wyrzec się puchliny. Podagra (w najbardziej złośliwej postaci) dopadła mnie znienacka, a na żółtaczkę najpewniej chorowałem od dziecka. Żółtaczka figurowała na końcu listy, toteż wreszcie mogłem odetchnąć z ulgą.

Siedziałem nad książką, pogrążony w głębokim namyśle. Z lekarskiego punktu widzenia musiałem stanowić nader niezwykły przypadek, byłem chodzącym podręcznikiem medycyny! Mając mnie do dyspozycji, studenci nie musieliby wydeptywać ścieżek do szpitala. Ja wystarczałem za cały szpital! Po dokonaniu oględzin mojej skromnej osoby mogliby z czystym sumieniem przystąpić do egzaminu.

Jąłem zachodzić w głowę, ile pozostało mi życia. Spróbowałem sam się zbadać. Zacząłem od zbadania sobie pulsu. Początkowo nie mogłem go znaleźć, lecz wreszcie wyczułem pod palcami słabe tętno. Zmierzyłem je, spoglądając na zegarek. Sto czterdzieści siedem na minutę. Następnie spróbowałem wymacać serce, ale na próżno: najwidoczniej przestało bić. Naturalnie teraz już wiem, że to niemożliwe i że cały czas musiało tkwić na swoim miejscu, ale kto je tam wie. Oklepałem się po całym tułowiu, od pasa do szyi, a następnie po bokach, ale nie czułem kompletnie nic. Postanowiłem obejrzeć sobie język. Wywaliłem go na całą długość, po czym zamknąwszy jedno oko, usiłowałem przestudiować go drugim. Widziałem tylko koniuszek, ale utwierdziłem się w przekonaniu, że cierpię na szkarlatynę.

Wszedłem do czytelni jako okaz zdrowia. Wychodząc, byłem wrakiem człowieka.

Poszedłem do lekarza. To mój stary przyjaciel: zawsze bada mi puls i ogląda język, jak gdyby nigdy nic rozprawiając o pogodzie i nie biorąc za wizytę ani grosza. Nareszcie mam okazję, żeby mu się odwdzięczyć. Lekarz musi szlifować fach, stwierdziłem w duchu. Zapewnię mu lepszą praktykę aniżeli setki zwykłych pacjentów, na których przypada po jednej, góra dwie choroby. Jak pomyślałem, tak uczyniłem, a on mnie pyta:

– No więc cóż ci dolega?

Odpowiadam:

– Nie będę zabierał ci czasu, stary druhu, wymienianiem swoich dolegliwości. Życie jest krótkie i nie daj Bóg nie doczekałbyś końca mojej tyrady. Powiem ci, co mi *nie* dolega. Otóż nie mam puchliny. Nie pytaj dlaczego, ale fakt jest faktem. Mam jednak całą resztę.

I opowiedziałem mu, jak dokonałem owego odkrycia.

Obejrzawszy mnie dokładnie, zbadał mi puls, po czym bez ostrzeżenia walnął mnie w mostek, co było nader tchórzowskim zagraniem. Następnie usiadł, wypisał receptę i złożywszy ją na dwoje, wcisnął mi do ręki. Schowałem ją do kieszeni i wyszedłem.

Nie zajrzałem, co tam nagryzmolił, tylko udałem się prosto do apteki i wręczyłem kartkę pigularzowi. Ten spojrzał na receptę i oddał mi ją z powrotem ze słowami, że tego nie sprzedaje.

A ja mu na to:

– Jest pan aptekarzem?

Odpowiedział:

– W rzeczy samej. Gdybym prowadził sklep i pensjonat, mógłbym służyć panu pomocą. Ale niestety jestem tylko aptekarzem.

Przeczytałem receptę. Oto, co na niej napisano:

1 x funt befsztyka i 1 x kuf. piwa co 6 godzin.
1 x dziesięciomilowy spacer co rano.
1 x łóżko co wieczór punkt 11.
I nie nabijaj sobie łba rzeczami,
o których nie masz zielonego pojęcia.

Zastosowałem się do powyższych instrukcji, dzięki czemu szczęśliwie (dla mnie) żyję nadal i mam się dobrze.

Wracając do aptecznej broszury, dzięki której zyskałem niezbitą pewność co do stanu swej wątroby – głównym z niewątpliwie posiadanych przeze mnie symptomów była „żywa niechęć do jakiejkolwiek pracy".

Nie sposób wyrazić, ile się przez tę przypadłość nacierpiałem. Mam to od najmłodszych lat. Gdy byłem małym chłopcem, owa przypadłość dręczyła mnie nieomal dzień w dzień. Nie wiedziano, że to sprawka wątroby. Medycyna znajdowała się wówczas w powijakach, toteż moje dolegliwości składano na karb lenistwa.

– Ruszże się wreszcie, czorcie jeden – mawiano z uporem – i jazda do roboty! – Przecież nikt nie mógł wiedzieć, że jestem chory.

I zamiast pigułek dawali mi kuksańce. Rzecz dziwna, owe kuksańce często okazywały się zbawienne w skutkach, przynajmniej doraźnie. Dzięki jednemu takiemu kuksańcowi lepiej wykonywałem polecenia aniżeli dziś za sprawą całej fiolki pigułek.

Często zresztą jest tak, że proste, tradycyjne środki przynoszą lepsze skutki niż ta cała nowoczesna farmakologia.

Siedzieliśmy tak przez bite pół godziny, prześcigając się w opisach swoich dolegliwości. Opowiedziałem George'owi i Williamowi Harrisowi, jak się czuję zaraz po wstaniu z łóżka, a William Harris opowiedział nam, w jakim stanie kładzie się spać. George stanął na dywaniku przed kominkiem i odegrał przejmującą scenkę, która miała nam uzmysłowić, jak czuje się w nocy.

George wmówił sobie, że jest chory, ale tak naprawdę jest zdrów jak ryba, możecie mi wierzyć na słowo.

W tym momencie pani Poppets zastukała do drzwi z pytaniem, czy ma podać kolację. Wymieniwszy niewesołe uśmiechy, uznaliśmy, że mądrze będzie spróbować coś przekąsić, a Harris oznajmił, że z pełnym żołądkiem łatwiej pokonać chorobę. Pani Poppets przyniosła tacę i usiedliśmy przy stole, dziobiąc widelcami steki z cebulą oraz tartę rabarbarową.

Zaiste musiałem być bardzo słaby, już po półgodzinie straciłem zainteresowanie jedzeniem, co nader do mnie niepodobne. Co gorsza, wcale nie miałem ochoty na ser.

Po spełnionym obowiązku ponownie napełniliśmy szklanki i zapaliwszy fajki, podjęliśmy dyskusję o zdrowiu. Żaden z nas nie był do końca pewny, co w gruncie rzeczy nam dolega. Niemniej jednak uznaliśmy jednogłośnie, iż jest to bezwzględnie skutek przepracowania.

– Trzeba nam odpoczynku – oświadczył Harris.

– Odpoczynku i radykalnej odmiany – uzupełnił George. – Przeciążenie mózgu doprowadziło do wyczerpania całego organizmu. Jednakże zmiana otoczenia i wstrzymanie procesów myślowych niechybnie przywrócą nam równowagę psychofizyczną.

George ma kuzyna, który figuruje w kartotece policyjnej jako student medycyny, stąd jego fachowe sformułowania.

Przyznałem mu rację i zaproponowałem, abyśmy znaleźli sobie zaciszne ustronie z dala od wielkomiejskiej wrzawy i spędzili sielski tydzień na łonie natury. W magicznym zakątku z dala od cywilizacji, na obrzeżach Czasu, gdzie nie dosięgnie nas łoskot wzburzonych fal dziewiętnastego wieku.

Harris od razu storpedował moje plany. Oznajmił, że już on zna takie miejsca, gdzie wszyscy chodzą spać z kurami, w kiosku nie uświadczysz „Kuriera", a po tytoń musisz gnać dziesięć mil.

– O nie – dodał. – Jeśli marzy ci się wypoczynek i odmiana, nie ma to jak rejs po morzu.

Stanowczo zaoponowałem. Gdybyśmy mieli do dyspozycji kilka miesięcy, może byłby to niezły pomysł. Ale tydzień?

Wypływasz w poniedziałek, z niezłomnym przekonaniem, że czeka cię przednia zabawa. Machasz na pożegnanie szczurom lądowym, zapalasz największą fajkę i rozkołysanym krokiem przechadzasz się po pokładzie jak nie przymierzając kapitan Cook, sir Francis Drake i Krzysztof Kolumb w jednej osobie. We wtorek pragniesz z powrotem zawinąć do portu. W środę, czwartek i piątek chcesz umrzeć. W sobotę udaje ci się przełknąć odrobinę herbaty, posiedzieć na pokładzie i odpowiedzieć bladym uśmiechem na życzliwe pytania o samopoczucie. W niedzielę odzyskujesz władzę w nogach i wilczy apetyt. A w poniedziałek rano, kiedy z torbą i parasolem w garści szykujesz się do zejścia na ląd, dochodzisz do wniosku, że w sumie zaczyna ci się podobać.

Pamiętam, jak mój szwagier wybrał się raz w krótki rejs z zamiarem podreperowania stanu zdrowia. Wykupił podróż w obie strony i popłynął z Londynu do Liverpoolu. Kiedy dotarł na miejsce, myślał już tylko o tym, jak by tu opchnąć bilet powrotny.

Podobno drastycznie obniżył cenę i wreszcie sprzedał bilet za osiemnaście pensów młodzieńcowi z problemami żółciowymi, któremu lekarze zalecili morskie powietrze i gimnastykę.

– Morskie powietrze! – zawołał szwagier, żarliwie wciskając mu bilet w dłoń. – Nałykasz się go pan za wszystkie czasy, a co do gimnastyki... Siedząc na statku, będziesz miał więcej ruchu, aniżeli fikając koziołki na suchym lądzie.

On sam, czyli mój szwagier, wrócił do domu pociągiem. I stwierdził, że nie ma to jak Kolej Północno-Zachodnia.

Inny znany mi jegomość wyruszył na tygodniowy rejs wzdłuż wybrzeża. Tuż przed wypłynięciem przyszedł do niego steward z pytaniem, czy woli zapłacić za każdy posiłek z osobna, czy też raczej za wszystkie z góry.

Steward zaproponował ten drugi wariant, albowiem tak wychodziło znacznie taniej. Suma za cały tydzień opiewała na dwa funty i pięć szylingów. Poinformował, że na śniadanie będą ryby oraz przekąski z rusztu. Podawany o pierwszej lunch składa się z czterech dań, a kolacja o szóstej z zupy, ryby, przystawki, mięsa, drobiu, sałaty, ciasta, sera oraz deseru. Ostatni, lekki posiłek serwowano o dziesiątej.

Znajomy postanowił pójść za radą stewarda i uznając, że to niezły interes (lubi sobie podjeść), zapłacił za tydzień z góry.

Lunch podano, gdy znaleźli się na wysokości Sheerness. Wbrew oczekiwaniom znajomego głód zanadto mu nie doskwierał, toteż zadowolił się kawałkiem duszonej wołowiny oraz truskawkami ze śmietaną. Po południu oddał się rozmyślaniom i raz dochodził do wniosku, że od wielu tygodni nie miał w ustach nic prócz duszonej wołowiny, innym razem zaś odnosił wrażenie, iż od lat żywi się wyłącznie truskawkami ze śmietaną.

Duszona wołowina i truskawki ze śmietaną też nie sprawiały wrażenia zadowolonych – wręcz przeciwnie.

O szóstej służba zawołała go na obiad. Informacja ta nie wzbudziła w nim cienia entuzjazmu, ale że dwa funty i pięć szylingów piechotą nie chodzi, nieszczęśnik zlazł z koi i powlókł się na dół. U stóp schodów powitał go miły zapaszek cebuli i schabu w duecie z wonią smażonej ryby oraz jarzynki. Steward zbliżył się z przymilnym uśmieszkiem.

– Pan sobie życzy, sir?

– Wyjść – zabrzmiała słaba odpowiedź.

Pospiesznie wyprowadzono go na pokład i postawiono przy barierce. Oczywiście od zawietrznej.

Przez kolejne cztery dni wiódł skromny żywot, podjadając wyłącznie kapitańskie sucharki i popijając je wodą sodową. W okolicach soboty wydobrzał na tyle, by poprosić o słabą herbatę i suchą grzankę, w poniedziałek zaś spałaszował talerz rosołu. We wtorek zszedł na ląd i odprowadził statek rzewnym spojrzeniem.

– Odpływa – rzucił markotnie. – Odpływa razem z żywnością za dwa funty, której nie zjadłem.

Wierzył, że jeszcze jeden dzień i byliby kwita.

Dlatego twardo sprzeciwiłem się wycieczce morskiej. Naturalnie nie ze względu na siebie, nigdy nie miałem słabego żołądka. Ale bałem się o George'a. George oczywiście zgrywał chojraka, przekonując, że to Harris i ja powinniśmy dać sobie spokój. Harris ze swojej strony wyznał, że choroba morska zawsze stanowiła dlań zagadkę: uważał, że ludzie zapadają na nią celowo. Jemu samemu nigdy się to nie udało.

Następnie poczęstował nas anegdotkami z rejsu przez kanał La Manche, kiedy morze było tak wzburzone, że pasażerów trzeba było przywiązywać do koi. Nie pochorował się tylko kapitan i on sam. W innej wersji był to on i drugi oficer. Zwykle bohaterów było dwóch. Albo jeden, czyli sam Harris.

To doprawdy ciekawe, ale na lądzie nie uświadczysz człowieka cierpiącego na chorobę morską. Chociaż na statkach jest ich na pęczki, nigdy nie spotkałem nikogo, kto wiedziałby, co to znaczy. Bóg jeden wie, co dzieje się na lądzie z tysiącami niefortunnych żeglarzy, od których roi się na każdej jednostce.

Gdyby oni wszyscy przypominali jegomościa, którego poznałem na promie do Yarmouth, rozwiązanie zagadki nasunęłoby się samo. Pamiętam, że właśnie minęliśmy molo w Southend, kiedy ujrzałem, jak niebezpiecznie wychyla się przez luk. Wiedziony chęcią ratowania mu życia podszedłem bliżej.

– Proszę się tak nie wychylać – poradziłem, potrząsając go za ramię. – Znajdzie się pan za burtą.

– O niczym innym nie marzę – wybełkotał i nie pozostawało mi nic innego, jak dać za wygraną.

Trzy tygodnie później zobaczyłem go w kawiarni hotelu w Bath. Opowiadał ze swadą o licznych rejsach, w których przyszło mu wziąć udział, i entuzjastycznie deklarował swą miłość do morza.

– Prawdziwy wilk morski nigdy nie choruje! – rzekł w odpowiedzi na zawistne pytanie wątłego młodzieńca. – Owszem, raz poczułem się nieswojo, przyznaję. Było to w pobliżu przylądka Horn. Następnego dnia łajba rozbiła się o skały.

Postanowiłem przyłączyć się do dyskusji.

– Czy to aby nie pan, tknięty nagłą niemocą, pragnął znaleźć się za burtą w okolicach Southend?

– Southend! – powtórzył z bezbrzeżnym zdumieniem.

– Tak jest, w drodze do Yarmouth, w piątek trzy tygodnie temu.

– Ach... ależ tak. – Mój rozmówca rozpromienił się. – Teraz sobie przypominam. Rzeczywiście, bolała mnie wtedy głowa. To przez te korniszony. Najgorsze korniszony, jakimi kiedykolwiek uraczono mnie na szanującej się łajbie. Kosztowałeś pan?

Wyznam wam w sekrecie, że odkryłem niezawodny sposób na chorobę morską – balansowanie. Stajesz na środku pokładu i kołyszesz się w rytm statku, tak aby zawsze znajdować się w pozycji wyprostowanej. Kiedy dziób statku idzie do góry, nachylasz się do przodu dopóty, dopóki prawie nie stukniesz nosem w deski; kiedy zaś podnosi się rufa – odchylasz się do tyłu. Metoda ta sprawdza się przez jakąś godzinę lub dwie, trudno jednak balansować przez tydzień.

George zabrał głos.

– Wybierzmy się w wycieczkę po rzece.

Oznajmił, że dzięki temu otrzymamy niezbędną dawkę świeżego powietrza, ciszy i ruchu, ciągła zmiana krajobrazu zajmie nasze umysły (łącznie z tym, co pozostało w głowie Harrisa), a wysiłek zapewni nam koński apetyt oraz zdrowy sen.

Harris odparł, iż jego zdaniem George powinien powstrzymać się od czynności mogących wzmóc jego senność, albowiem może się to okazać niebezpieczne. Dodał, że nie rozumie, jakim cudem George miałby sypiać więcej niż obecnie, skoro doba liczy zaledwie dwadzieścia cztery godziny, bez względu na porę roku. Jeśli jednak uzna za stosowne poświęcić więcej czasu na sen, równie dobrze może pożegnać się z życiem, przynajmniej będzie o jednego mniej.

Wszelako pomysł z rzeką przypadł mu do gustu, podobnie jak mnie, przy czym obaj wyraziliśmy pewne zdziwienie, że George mógł wymyślić coś równie sensownego.

Jedynie Montmorency nie okazał entuzjazmu. Montmorency nigdy nie przepadał za rzeką.

– Dobrze wam mówić, przyjaciele – powiedział. – Wy lubicie rzekę, ale ja nie. Nie mam tam nic do roboty. Krajobrazy mnie nużą, a w dodatku nie palę. Jeśli zobaczę szczura, dam głowę, że nie zatrzymacie łódki, a kiedy pójdę spać, wy zaczniecie te swoje wygłupy i wyląduję w wodzie. Chcecie znać moje zdanie? Pomysł jest do niczego.

Jednakże było nas trzech do jednego i wniosek przeszedł.

Rozdział 2

Omawiamy plany. Rozkosze biwakowania pod gołym niebem w pogodną noc. Jak wyżej, w czasie deszczu. Idziemy na kompromis. Krótka charakterystyka Montmorency'ego. Obawy, że jest za dobry na ten świat. Obawy rozwiane. Spotkanie odroczone.

Wyjęliśmy mapy i przedyskutowaliśmy plan. Postanowiliśmy wyruszyć w najbliższą sobotę z Kingston. Harris i ja rankiem popłyniemy do Chertsey, gdzie dołączy do nas George, który dopiero po południu może opuścić City (George chodzi spać do banku od dziesiątej do czwartej, z wyjątkiem sobót, kiedy budzą go o drugiej i każą wyjść).

Będziemy biwakować czy nocować w gospodach?

George i ja byliśmy za biwakowaniem. To będzie takie dzikie i nieskrępowane, ba, patriarchalne!

Złote wspomnienie umarłego słońca z wolna przygasa w sercach zimnych, posmutniałych obłoków. Na wzór markotnych dzieci ptaki przerywają swe trele i tylko płaczliwe wołanie pardwy i skrzek derkacza mąci nabożną ciszę ponad taflą wody, nad którą dzień wydaje swoje ostatnie tchnienie.

Szare cienie, upiorna armia Nocy, bezszelestnie wypełzają z mrocznych ostępów i płoszą niedobitki światła, po czym suną nad rozkołysaną trzciną i wzdychającym sitowiem. Noc zasiada na tronie w swym widmowym pałacu osnutym blaskiem bladych gwiazd i rozkłada czarne skrzydła, królując w milczeniu.

Cumujemy w jakimś cichym zakątku, rozbijamy namiot i spożywamy skromny posiłek. Nabijamy i zapalamy fajki, a następnie snujemy półgłosem miłą pogawędkę przy wtórze bajania rzeki, pluskającej wokół łodzi. Stare legendy, tajemnice i dziecięcą kołysankę, którą nuci od tysięcy lat i nucić będzie dopóty, dopóki nie zabraknie jej tchu w piersi. Kołysankę, którą poznaliśmy na wskroś: nie raz szukaliśmy w niej oparcia i choć rozumiemy ją bez słów, nie potrafilibyśmy jej powtórzyć.

Siedzimy tam, na brzegu rzeki, a księżyc czule pochyla się nad taflą, obdarza ją siostrzanym pocałunkiem i oplata srebrzystym ramieniem. Patrzymy, jak płynie, szepcząca i rozśpiewana, na spotkanie morza, swego króla. Nasze głosy milkną, fajki gasną, a w głowach roi się od na poły smutnych, na poły słodkich myśli. Żaden z nas nie kwapi się przerwać ciszy. Wreszcie podrywamy się ze śmiechem i wytrzepując popiół z wygasłych fajek, życzymy sobie dobrej nocy. I zasypiamy, kołysani do snu pluskiem wody i szumem drzew. Śnimy o tym, że świat znów jest młody, jak za dawnych czasów, zanim stulecia troski i znoju nie poorały zmarszczkami jego nadobnego lica, a grzechy i szaleństwa marnotrawnych dziatek nie utrudziły czułego serca. Jak wówczas, gdy niczym młoda matka tulił nas do swej rozłożystej piersi, nieświadomy rychłej rozłąki oraz wstydu, z jakim potwór cywilizacji każe nam wspominać prosty żywot, jaki pędziliśmy u jej boku.

Wtedy Harris zapytał:

– A jeśli będzie padać?

Cały Harris. Zero poezji, zero tęsknoty za nieosiągalnym. Harris nigdy nie „łka, sam nie znając przyczyny". Jeśli jego oczy wypełniają się łzami, ani chybi jadł surową cebulę albo przesadził z ilością ostrego sosu na kotlecie.

Gdybyś stał z Harrisem, podziwiając morze o zachodzie słońca, i powiedział:

– Sza! Słyszysz? Czy to syreny śpiewają w odmętach, czy może niespokojne duchy snują żałobną pieśń za topielców zaplątanych w wodorosty? – Harris w odpowiedzi wziąłby cię pod rękę i rzekł:

– Wiem, co cię gnębi, staruszku. Przemarzłeś na kość, ot, co. Chodź, tuż za rogiem jest miejsce, gdzie kropelka wybornej szkockiej whisky migiem postawi cię na nogi.

Harris zawsze zna miejsce „tuż za rogiem", gdzie można ugasić pragnienie. Założę się, że gdyby spotkać go w raju (o ile takowy istnieje), natychmiast powitałby cię słowami:

– Miło, że jesteś, stary druhu. Odkryłem tu miejsce, tuż za rogiem, gdzie podają przednią ambrozję.

Jednakże tym razem chyba trafił w sedno. Biwakowanie w deszczu bynajmniej nie należy do przyjemności.

Zapada wieczór. Jesteś przemoczony do nitki, w łodzi jest wody na dwa cale, wszystko ocieka wodą. Znajdujecie na brzegu miejsce nieco mniej błotniste od pozostałych, po czym wyciągacie namiot i we dwóch przystępujecie do jego rozbijania.

Wilgotne płótno ciąży wam w rękach, łopocze i lepi się do twarzy, doprowadzając was tym samym do szewskiej pasji. Leje jak z cebra. Rozbicie namiotu to nie lada sztuka nawet w słoneczną pogodę; w czasie deszczu staje się zadaniem na miarę Herkulesa. Odnosisz nieodparte wrażenie, że twój towarzysz, zamiast ci pomagać, wywija bezsensowne i niepotrzebne hołubce. I gdy myślisz, że pięknie ustawiłeś swoją część, on bezmyślnym szarpnięciem niweczy twój wysiłek.

– Hej! Co ty wyprawiasz? – wołasz.

– A co ty wyprawiasz? – woła w odpowiedzi. – Puszczaj, dobra?

– Nie ciągnij, wszystko psujesz, ośle jeden! – krzyczysz.

– Właśnie, że nie – odkrzykuje. – No puść, mówię ci!

– A ja ci mówię, że psujesz! – wrzeszczysz i masz ochotę mu przyłożyć. Jednym szarpnięciem wyrywasz wszystkie jego śledzie.

– Co za dureń! – mamrocze pod nosem i nie pozostaje ci dłużny. Ani się obejrzałeś, a twoja strona namiotu też leży. Odkładasz młotek i rzucasz się w stronę kolegi, gotów wyłuszczyć mu swój punkt widzenia. On, wiedziony identycznym zamiarem, rusza w tę samą stronę. Krążycie wokół przekrzywionego namiotu, miotając przekleństwa. Namiot przewraca się, a wy patrzycie na siebie z wyrzutem ponad jego szczątkami i wołacie jednocześnie:

– No i masz! A nie mówiłem?!

Tymczasem trzeci kolega, który wybierał czerpakiem wodę z łódki, obficie nalewając ją sobie do rękawa, i przez ostatnie dziesięć minut klął na czym świat stoi, pyta, o co wam, do pioruna, chodzi. I dlaczego ten piekielny namiot jeszcze nie stoi?

Wreszcie wspólnymi siłami udaje wam się go postawić i chowacie ekwipunek. Rozpalenie ogniska nie wchodzi w rachubę, toteż zapalacie maszynkę spirytusową i tłoczycie się wokół niej.

Głównym składnikiem kolacji jest deszczówka. Stanowi dwie trzecie chleba i zasadniczą część gulaszu; dżem, masło, sól i kawa też pływają.

Po kolacji stwierdzasz, że tytoń przemókł i nie możecie zapalić. Na szczęście ostała się butelka płynu, który w umiarkowanych ilościach niezawodnie poprawia humor. Tak podniesiony na duchu możesz wreszcie iść spać.

Śni ci się, że słoń przygniata ci klatkę piersiową, a wybuch wulkanu rzuca cię na dno morza, przy czym słoń dalej śpi na tobie jak gdyby nigdy nic. Budzisz się z koszmarnym przeświadczeniem, że stało się coś strasznego. I rzeczywiście. Najpierw myślisz, że nastąpił koniec świata. Następnie wykluczasz tę możliwość na korzyść ataku bandy złoczyńców, a przynajmniej pożaru, i w tradycyjny sposób dajesz upust swoim obawom. Niestety spodziewana pomoc nie nadchodzi i czujesz, jakby banda rzezimieszków okładała cię pałkami, a następnie próbowała udusić.

Chyba nie tylko ty wpadłeś w tarapaty. Spod twego legowiska dochodzą słabe okrzyki. Postanawiając za wszelką cenę walczyć o życie, zaczynasz na oślep młócić rękami i nogami, wyjąc przy tym jak opętany. Nareszcie jesteś wolny i czujesz na twarzy powiew świeżego powietrza. Na wprost siebie widzisz na wpół obnażonego zbója z żądzą mordu w oczach. I kiedy już masz stoczyć walkę na śmierć i życie, doznajesz olśnienia. To Jim.

– O rany, to ty? – pyta, rozpoznając cię w tej samej chwili.

– Tak – odpowiadasz, trąc powieki. – Co się stało?

– Chyba namiot runął – słusznie zauważa Jim. – Gdzie Bill?

Obaj głośno wołacie Billa. Ziemia pod waszymi stopami zaczyna się kołysać i słyszycie zduszoną odpowiedź:

– Złaźcie mi z głowy, dobrze?

Wychodzi Bill, sponiewierany i ubłocony jak nieboskie stworzenie, a w dodatku tknięty nieuzasadnionym podejrzeniem, że wszystko zaplanowaliśmy.

Rano wszyscy trzej jesteście tak przeziębieni, że nie możecie wydobyć głosu. Ponadto obudziliście się w podłych nastrojach, toteż przy śniadaniu ochrypłym szeptem obrzucacie się obelgami.

Dlatego postanowiliśmy, że w pogodne noce będziemy biwakować, natomiast w razie niepogody bądź gdy najdzie nas ochota na zmianę, zanocujemy w hotelu lub gospodzie, jak na szacownych obywateli przystało.

Montmorency przyjął ten kompromis z zadowoleniem. Nie gustuje w romantycznej samotności. Zdecydowanie woli hałas, a im bardziej niewybredna forma rozrywki, tym lepiej. Patrząc na Montmorency'ego, człowiek odnosi wrażenie, że ma przed sobą anioła zesłanego na ziemię pod postacią nie człowieka, lecz z niejasnych powodów niepozornego foksteriera. Wypisana na jego pysku udręka oraz żarliwa chęć niesienia światu dobra nie raz wyciskała łzy z oczu pobożnych starszych dam i dżentelmenów.

Kiedy przeszedł na moje utrzymanie, nie łudziłem się nadzieją, że długo zagrzeje u mnie miejsce. Patrząc na jego uniesiony pyszczek, myślałem sobie: „Ach, ten pies długo nie pożyje. Pojedzie rydwanem prosto do nieba, ot, co".

Jednak gdy zapłaciłem za niemal tuzin zaduszonych przez niego kur i za kark wyciągnąłem go, ujadającego, z górą stu bijatyk ulicznych, gdy rozgniewana paniusia przyniosła mi zagryzionego kota i nazwała mnie mordercą, gdy sąsiad pozwał mnie do sądu za posiadanie wściekłego psa, ze strachu przed którym musiał spędzić we własnej drewutni dwie godziny w zimną noc, i gdy dotarły mnie słuchy, że pewien ogrodnik wygrał trzydzieści szylingów w zakładzie o to, czy Montmorency zabije w wyznaczonym czasie określoną liczbę szczurów, wtedy zaczęło mi świtać, że mój piesek jednak zabawi na ziemi dłużej, niż przewidywałem.

Pokręcić się przy stajni, skrzyknąć watahę największych psich zbójów, a następnie na ich czele obejść slumsy i zdziesiątkować konkurencyjną zgraję to Montmorency'ego sposób na życie. Dlatego wzmianka o gospodach, hotelach i pubach zyskała jego żywiołową aprobatę.

Ustaliwszy kwestię noclegu, musieliśmy zadecydować, co należało zabrać. Naturalnie wzbudziło to kolejną falę sporów. Wreszcie Harris uciął przekomarzania i oznajmił, że dość gadania jak na jeden wieczór, po czym zaproponował, byśmy poszli się rozerwać, bo znalazł tuż za rogiem lokal, gdzie podają wyśmienitą irlandzką whisky.

George powiedział, że go suszy (też mi nowina), a i ja czułem, że kapka ciepłej whisky z plasterkiem cytryny wyjdzie mi na zdrowie, toteż jednogłośnie przełożyliśmy debatę na następny wieczór, włożyliśmy kapelusze i ruszyliśmy w miasto.

Rozdział 3

Dalsze ustalenia. Metoda Harrisa. O tym, jak głowa rodziny wiesza obraz. Rozsądna uwaga George'a. Rozkosze kąpieli o poranku. Przezorny zawsze ubezpieczony.

Następnego wieczora zebraliśmy się ponownie w celu poczynienia ostatecznych ustaleń. Pierwszy głos zabrał Harris:

– Najpierw musimy zdecydować, co zabierzemy. Ty, J., bierz kartkę papieru i pisz, a ty, George, przynieś katalog artykułów spożywczych. Niech ktoś mi poda ołówek, to zrobię listę.

Cały Harris – jak zwykle gotów zakasać rękawy i przerzucić ciężar odpowiedzialności na cudze barki.

Wypisz wymaluj mój biedny wujaszek Podger. W życiu nie widzieliście takiego zamieszania, jak wówczas gdy wujaszek Podger postanawiał coś zrobić. Dajmy na to, przynoszą obraz od ramiarza i stawiają w jadalni: trzeba go zawiesić. Ciocia Podger załamuje ręce, a wujaszek na to:

– Och, zostaw to mnie. Nie zaprzątaj sobie tym głowy. Ja się wszystkim zajmę.

Zdejmuje marynarkę i przystępuje do dzieła. Wręcza służącej sześć pensów i każe jej iść po gwoździe, po chwili zaś posyła jednego z chłopców, żeby jej powiedział, jaki rozmiar ma kupić. I tak, od słowa do słowa, stawia na nogi wszystkich domowników.

– Biegnij po młotek, Will – krzyczy. – A ty przynieś linijkę, Tom. Przyda mi się też drabinka i na wszelki wypadek krzesło z kuchni. Jim! Leć w te pędy do pana Gogglesa, pozdrów go ode mnie serdecznie i proś o pożyczenie poziomicy. Nie odchodź, Mario, przecie ktoś musi mi poświecić. Jak wróci służąca, każcie jej biec po sznurek. Tom! Gdzie on się podział? Chodź no tutaj, Tom, przytrzymasz mi obraz.

Obraz wyślizguje mu się z rąk, on próbuje ratować szkło i kaleczy się w rękę, po czym zaczyna skakać po pokoju w poszukiwaniu chustki. Nie może jej znaleźć, ponieważ zostawił ją w kieszeni marynarki, która dziwnym trafem zapodziała się Bóg wie gdzie. Wszyscy zaprzestają poszukiwania narzędzi i wszczynają poszukiwania marynarki, a wujaszek tańczy wkoło i sieje rwetes.

– Czy nikt w tym domu nie wie, gdzie podziałem marynarkę? W życiu nie widziałem takiej bandy fajtłap, Bóg mi świadkiem! Sześć osób i żadna nie może znaleźć marynarki, którą zdjąłem pięć minut temu! A niech to wszystko…

Nagle zrywa się z miejsca, stwierdza, że na niej siedział, i krzyczy ile sił w płucach:

– Koniec alarmu! Sam ją znalazłem. Więcej pożytku miałbym z kota niż z was.

Mija pół godziny: opatrują mu palec, przynoszą nową szybkę, narzędzia, drabinkę, krzesło oraz świecę i wujaszek podejmuje kolejną próbę. Cała rodzina wraz ze służką i podkuchenną otacza go wianuszkiem, gotowa nieść natychmiastową pomoc. Dwie osoby przytrzymują krzesło, trzecia pomaga wujaszkowi na nie wleźć, a następnie go asekuruje, czwarta podaje mu gwóźdź, a piąta młotek. Wujaszek chwyta gwóźdź, po czym upuszcza go na podłogę.

– A niech to! – mówi urażony. – Teraz gwóźdź mi przepadł.

Wszyscy rzucają się na kolana i szukają gwoździa, a wujaszek sterczy na krześle i pogania.

Wreszcie znajdują gwóźdź, ale okazuje się, że wujaszek gdzieś zapodział młotek.

– Gdzie ten młotek, pytam? Co ja zrobiłem z młotkiem?

Na miłość boską! Gapią się jak cielę w malowane wrota i nie wiedzą, gdzie podziałem młotek!

Znajdujemy młotek, a wujaszek traci z oczu znak, który zrobił ścianie w miejscu, gdzie należało wbić gwóźdź. Kolejno stajemy obok niego na krześle i wytężamy wzrok, po czym każdy wskazuje inne miejsce. Wujaszek wymyśla każdemu od idiotów i każe nam zejść. W końcu bierze linijkę, raz jeszcze dokonuje pomiarów i stwierdza, że chce zawiesić obraz w połowie odległości od rogu, wynoszącej trzydzieści jeden i trzy ósme cala. Próbuje obliczyć to w głowie i znowu traci cierpliwość.

Wszyscy gorączkowo obliczamy to w pamięci i ku ogólnej wesołości każdemu wychodzi co innego. W wyniku zamieszania wyjściowa liczba wylatuje nam z głowy i wujaszek Podger jest zmuszony ponownie dokonać pomiarów.

Tym razem używa do tego sznurka. W momencie krytycznym, kiedy stary głupiec pochyla się na krześle pod kątem czterdziestu pięciu stopni, próbując sięgnąć trzy cale dalej, aniżeli pozwalają na to jego ramiona, sznurek wyślizguje mu się z rąk. Wujaszek traci równowagę i pada jak długi na fortepian: jego głowa i całe ciało uderzają we wszystkie klawisze, powodując nader intrygujący efekt muzyczny.

Ciocia Maria oznajmia, że nie pozwoli, aby ktoś się tak wyrażał przy dzieciach.

Wreszcie wujaszkowi udaje się zlokalizować żądany punkt i lewą ręką przystawia doń gwóźdź, chwytając młotek prawicą. Przy pierwszym uderzeniu wali się w kciuk i z wrzaskiem upuszcza młotek na czyjąś stopę.

Ciocia Maria zaznacza mimochodem, by przy okazji kolejnego wbijania gwoździa wujaszek zawczasu ją uprzedził, aby mogła na tę okoliczność wyjechać wraz z dziećmi do matki.

– Ach, wy, kobiety, zawsze robicie z igły widły – mówi wujaszek Podger, odzyskując rezon. – Przecie takie zajęcie to dla mnie drobnostka.

Bierze kolejny zamach i gwóźdź przechodzi przez gips razem z połową młotka. Wujaszek z impetem wpada na ścianę i mało nie miażdży sobie nosa.

Znów szukamy linijki oraz sznurka i wujaszek robi kolejną dziurę w ścianie. Około północy obraz wisi, acz krzywo i cokolwiek niepewnie. Ściana wygląda, jakby ktoś potraktował ją grabiami i wszyscy mają serdecznie dość. Wszyscy – oprócz wujaszka Podgera.

– No proszę – mówi, po czym ciężko złazi z krzesła, nadeptując podkuchennej na odciski, i z dumą ogarnia wzrokiem krajobraz zniszczenia. – I pomyśleć, że niektórzy zatrudniają po to fachowca!

Harris będzie na starość kropka w kropkę jak mój wujaszek. Nie omieszkałem mu o tym powiedzieć, dodając, żeby się broń Bóg nie przeforsował.

– Nie, ty idź po kartkę, ołówek i katalog, George sporządzi listę, a ja zajmę się resztą.

Pierwszą listę musieliśmy wyrzucić, ponieważ łódź zdolna pomieścić taki ładunek rzeczy absolutnie niezbędnych żadną miarą nie przecisnęłaby się korytem Tamizy.

Zaczęliśmy od nowa i George powiedział:

– Wiecie co, podążamy błędnym tropem. Nie myślmy o rzeczach, które nam się przydadzą, lecz o tych, bez których sobie nie poradzimy.

Ten George ma czasem głowę na karku. Zdziwilibyście się, naprawdę. Bywa, że przemawia przezeń prawdziwa mądrość, i nawiązuję tu nie tylko do naszej wycieczki, ale ogólnie do podróży przez rzekę, jaką jest całe nasze życie. Iluż to ludzi, nie bacząc na groźbę zatonięcia, obciąża swą łódź stosem drobiazgów w swym mniemaniu niezbędnych dla przyjemności i wygody podróży, które stanowią wszak jeno zbędny balast!

Gromadzą na swej łupince przepyszne stroje i domostwa, bezużyteczną służbę oraz roje tak zwanych przyjaciół, którzy mają ich za nic i sami są niewiele warci, trwonią czas i energię na czcze rozrywki, które nikogo nie bawią, na mody i ceregiele, pozy i fanfaronadę oraz – co najstraszliwsze ze wszystkiego! – strach przez kąśliwym językiem sąsiadów, słodycz co mdli, rozkosz, co przyprawia o nudę śmiertelną i pustkę, co niczym żelazna korona zbrodniarza kaleczy serce, które otacza!

To wszystko balast, człowieku, sterta śmieci! Za burtę z tym! Łódź ciąży, a ty omdlewasz przy wiosłach. Trudno utrzymać kurs, trwoga towarzyszy ci na każdym zakręcie i strudzony nie znajdujesz chwili wytchnienia, by ogarnąć wzrokiem grę ulotnych cieni na mieliźnie, taniec roziskrzonych promieni słonecznych na zmarszczonej tafli, dostojne drzewa zapatrzone w swoje odbicia, lasy w zieleni i złocie, białe i żółte lilie wodne, rozkołysane trzciny, tatarak, storczyki, błękitne niezapominajki.

Balast za burtę! Niechaj twoja łódź życia lekko pruje fale i niesie tylko to, co ci potrzebne: przytulny dom i proste przyjemności, jednego czy dwóch przyjaciół, którzy w pełni zasługują na to miano, osobę, która odwzajemnia twoje uczucie, psa, kota, fajkę lub dwie, talerz strawy, kaftan na grzbiet i hojny zapas napitku, albowiem pragnienie to niebezpieczna rzecz.

Lżej ci będzie wiosłować i łódź tak łatwo się nie wywróci, a jeśli nawet, trudno: jej zawartość nie dozna uszczerbku. Znajdziesz czas i na pracę, i na chwilę zadumy. Czas, aby sycić się słoneczną esencją życia. Czas, aby wsłuchać się w eolską muzykę, którą boski wiatr wygrywa na strunach serc ludzkich wokół nas. Czas, aby…

Wybaczcie. Trochę się zagalopowałem.

George przystąpił do układania listy.

– Nie zabierzemy namiotu – oznajmił – tylko łódź z daszkiem. Tak będzie o wiele prościej i wygodniej.

Jego pomysł przypadł nam do gustu. Czy wiecie, o jaką łódź chodzi? Mocuje się nad nią żelazne pałąki, rozpina na nich brezent i mocuje go od dziobu do rufy, dzięki czemu łódź zamienia się w przytulny, acz nieco duszny domek. Cóż, nie ma róży bez kolców, jak powiedział pewien jegomość, kiedy po śmierci teściowej przyszło mu pokryć koszty jej pogrzebu.

George dodał, że w takim wypadku musimy wziąć po jednym pledzie, lampę, mydło, szczotkę i grzebień (wspólne), szczoteczkę do zębów (razy trzy), miednicę, proszek do zębów, przybory do golenia (brzmi jak repetytorium z francuskiego, prawda?) oraz dwa duże ręczniki kąpielowe. Zauważyłem, że planując wyjazd w pobliże wody, ludzie zawsze snują śmiałe plany odnośnie do kąpieli, a gdy już dotrą na miejsce, wnet puszczają je w niepamięć.

Podobnie jest z wyjazdem nad morze. W Londynie obiecuję sobie solennie, że będę codziennie zrywał się bladym świtem i zażywał kąpieli przed śniadaniem, toteż skrzętnie pakuję kąpielówki i ręcznik. Zawsze zabieram czerwone kąpielówki. Uważam, że bardzo mi w nich do twarzy, gdyż wprost idealnie pasują do mojej karnacji. Ale gdy już jestem nad morzem, poranna kąpiel przestaje być atrakcją.

Wręcz przeciwnie, odczuwam nieodpartą pokusę wylegiwania się w łóżku aż do śniadania. Raz lub dwa razy cnota wzięła górę nad lenistwem. Wstałem o szóstej, spakowałem ręcznik oraz kąpielówki i niechętnie powlokłem się na plażę. Nie sprawiło mi to wielkiej frajdy. Tak się osobliwie składa, iż zawsze gdy najdzie mnie ochota na kąpiel, jak na złość zacina wschodni wiatr, ktoś pozbiera wszystkie kanciaste kamienie i poukłada je na samym wierzchu, ostre skały czają się pod stopami, dla niepoznaki zdradziecko przysypane piaskiem, a morze złośliwie cofa się o dwie mile, przez co drżący i skulony biegnę mu na spotkanie w wodzie głębokiej na sześć cali. Gdy wreszcie rzucam się w fale, są wzburzone i zachowują się nad wyraz obelżywie.

Jedna podnosi mnie do góry i rzuca, naturalnie z całej siły, w pozycji siedzącej na skałę, którą ustawiono tam właśnie w tym celu. Nim zdążę stęknąć i zrozumieć, co się stało, fala powraca i zanosi mnie na środek oceanu. Jak oszalały młócę rękami wodę i nachodzi mnie straszliwe przeczucie, że więcej nie ujrzę domu i przyjaciół, po czym zaczynam żałować, że w dzieciństwie nie byłem milszy dla siostry. Kiedy już porzucam wszelką nadzieję, fala wynosi mnie na piasek w pozie rozgwiazdy. Odwróciwszy się, stwierdzam, że walczyłem o życie na głębokości dwóch stóp. Wyskakuję na brzeg, pospiesznie wciągam ubranie i czmycham do domu, gdzie udaję chojraka i mówię, że było fantastycznie.

Tymczasem rozmawialiśmy tak, jakbyśmy zamierzali pływać każdego ranka. George przekonywał, że miło obudzić się bladym świtem i wskoczyć do kryształowej wody. Harris zapewniał, że kąpiel przed śniadaniem to niezawodny środek na poprawę apetytu, przynajmniej w jego wypadku, na co George odparł, że jeśli Harris ma jeść więcej niż normalnie, powinniśmy mu stanowczo zakazać pływania.

Wystarczy, że będziemy holować pod prąd zapasy dla Harrisa, dodał kategorycznie.

Usiłowałem wszelako przemówić mu do rozsądku, argumentując, że warto pokusić się o balast w postaci dodatkowego prowiantu w zamian za widok czystego kolegi. Po namyśle przyznał mi rację i wycofał swój sprzeciw.

Koniec końców postanowiliśmy zabrać trzy ręczniki kąpielowe, aby żaden z nas nie musiał czekać na drugiego.

Co do odzieży, George stwierdził, że wystarczą nam po dwa flanelowe ubrania, które w razie zabrudzenia sami możemy uprać w rzece. Zapytaliśmy, czy kiedykolwiek miał okazję prać flanelę w rzece, na co odpowiedział, że sam nie, ale zna osoby, dla których to dziecinna igraszka. Harris i ja przyjęliśmy naiwnie, że wie, co mówi, wierząc, iż trzech poczciwych młodzieńców bez wpływów, pozycji społecznej oraz doświadczenia w przepierce zdoła wyprać swe koszule i spodnie w Tamizie za pomocą kawałka mydła.

W ciągu następnych dni mieliśmy przekonać się poniewczasie, że George jest bezwstydnym oszustem, który ma o praniu dość blade pojęcie. Gdybyście widzieli później naszą odzież… Ale, jak powiadają autorzy tanich powieści, nie uprzedzajmy wypadków.

George przekonał nas ostatecznie, byśmy zabrali bieliznę na zmianę oraz kilka par dodatkowych skarpetek na wypadek wywrotki. A także chusteczki, którymi można przetrzeć to i owo, oraz skórzane trzewiki, którymi w razie potrzeby zastąpimy przemoczone buty.

Rozdział 4

Kwestia prowiantu. Zastrzeżenia co do smrodu nafty. Zalety sera jako towarzysza podróży, czyli o tym, jak skłonić mężatkę do wyprowadzki. Dalsze środki ostrożności na wypadek wywrotki. Pakuję się. Przewrotność szczoteczek do zębów. George i Harris też się pakują. Paskudne zachowanie Montmorency'ego. Idziemy spać.

Przyszła kolej na omówienie kwestii prowiantu.

Pierwszy odezwał się George:

– Zacznijmy od śniadania. – (Zmysł praktyczny George'a doprawdy zasługuje na najwyższy podziw.) – Będziemy potrzebować patelni. – (Harris wtrącił, że jest niejadalna, lecz kazaliśmy mu nie pleść głupot i George podjął przerwany wątek.) – Prócz tego zabierzmy imbryk, czajnik i maszynkę spirytusową.

– Byle nie naftową – uzupełnił znacząco, na co Harris i ja gorliwie pokiwaliśmy głowami.

Wzięliśmy raz maszynkę naftową, ale „nigdy więcej". Przeciekała, w wyniku czego spędziliśmy tydzień w oparach nafty. W życiu nie czułem takiego smrodu. Trzymaliśmy ją na dziobie, gdzie nafta ściekała na ster, przesączając całą łódź i wszystko po drodze. Przeniknęła również do rzeki, skutecznie zatruwając atmosferę i przyjemność obcowania z pięknym widokiem. Czasami wiał naftowy wiatr zachodni, czasami naftowy wiatr wschodni, a innym razem północny lub południowy, ale każdy jednakowo smrodliwy. Czy docierał znad śniegów Arktyki czy piasków Sahary, przebijała zeń nienawistna woń nafty.

Smród wzbijał się do góry i rujnował zachód słońca, promienie księżyca również cuchnęły naftą.

W Marlow podjęliśmy desperacką próbę ucieczki. Pozostawiwszy łódź przy moście, ruszyliśmy do miasta, wszelako smród ciągnął się za nami. Całe miasto śmierdziało naftą. Mijając przykościelny cmentarzyk, odnieśliśmy nieodparte wrażenie, że nieboszczyków pogrzebano w nafcie. Na deptaku nie było inaczej: wprost nie mogliśmy się nadziwić, że mieszkańcy to znoszą. Wędrowaliśmy przed siebie, mila za milą, w kierunku Birminghamu, lecz zaduch towarzyszył nam na każdym kroku. Cała okolica była skąpana w nafcie.

Pod koniec wyprawy spotkaliśmy się o północy na polu pod zwalonym dębem i zaklęliśmy się (klęliśmy przez cały tydzień na swój zwykły, mieszczański sposób, ale tym razem to była grubsza sprawa), że nigdy więcej nie weźmiemy do łodzi nafty – chyba że ze względów zdrowotnych.

Dlatego w obecnej sytuacji postanowiliśmy poprzestać na maszynce spirytusowej, która niestety też ma swoje minusy. Spirytus w potrawce i spirytus w cieście. Wszelako spirytus, nawet spożywany w większych ilościach, jest dla organizmu zdrowszy od nafty.

Wracając do kwestii śniadania, George zaproponował bekon i jajka, które nadzwyczaj łatwo przyrządzić, szynkę, herbatę oraz chleb, masło i dżem. Co do lunchu, mogliśmy jego zdaniem posilać się biskwitami, szynką oraz chlebem z masłem i dżemem – byle nie serem. Ser, podobnie jak nafta, za bardzo lubi zaznaczać swoją obecność. Chce zagarnąć całą łódź dla siebie. Jego woń przenika przez kosz z prowiantem, nadając serowy posmak wszystkiemu dokoła. Nie wiesz, czy jesz szarlotkę, kiełbaski czy też truskawki ze śmietaną. Wszystko smakuje jak ser. Tak, ser ma stanowczo zbyt intensywny zapach.

Pamiętam, jak pewien mój znajomy zakupił kiedyś w Liverpoolu kilka gatunków sera. Były wyborne, sprężyste i dojrzałe, a ich aromat niósł się na trzy mile i mógł zwalić z nóg każdego w promieniu dwustu jardów. Przebywałem wówczas w Liverpoolu i poproszono mnie, bym przewiózł je do Londynu, albowiem znajomy zamierzał pozostać jeszcze na miejscu dzień lub dwa i wyraził obawę, że zwłoka mogłaby im zaszkodzić.

– Ależ naturalnie, mój drogi – odpowiedziałem. – Z najwyższą przyjemnością.

Zabrałem sery i wsiadłem do dorożki. Był to zdezelowany powozik zaprzężony w koślawego, upadłego na duchu somnambulika, którego właściciel w przypływach entuzjazmu nazywał koniem. Umieściłem sery na dachu i ruszyliśmy w tempie, jakiego nie powstydziłby się najszybszy walec parowy. Zdążaliśmy przed siebie z animuszem konduktu pogrzebowego, dopóki nie skręciliśmy za róg i wiatr zawiał smród prosto w chrapy naszego rumaka. Wyrwana z drzemki chabeta kwiknęła ze zgrozą i pokłusowała naprzód w zawrotnym tempie trzech mil na godzinę. Nadal posuwaliśmy się pod wiatr i nim dotarliśmy do końca ulicy, konisko gnało z prędkością blisko czterech mil na godzinę, pozostawiając kulawych i zażywne staruszki daleko w tyle.

Kiedy dotarliśmy na stację, dorożkarz zapanował nad szkapą dopiero z pomocą dwóch tragarzy. Zapewne i oni niewiele by wskórali, szczęściem jeden przytomnie zakrył zwierzęciu chrapy chustką i spalił mu pod nosem kawałek dykty.

Zakupiłem bilet i uzbrojony w sery dumnie pomaszerowałem na peron. Ludzie z szacunkiem ustępowali mi z drogi. Pociąg pękał w szwach, toteż musiałem dzielić przedział z siedmioma innymi osobami. Pewien czerstwy staruszek głośno wyraził swe niezadowolenie, lecz nie zważając na jego protesty, położyłem sery na półce pod sufitem, po czym usiadłem z uśmiechem i słowami: „Piękny mamy dzień, nieprawdaż?". Minęło kilka chwil i staruszek zaczął wiercić się niespokojnie.

– Strasznie tu duszno – oznajmił.

– W rzeczy samej – poparł go sąsiad.

Obaj jak jeden mąż poczęli węszyć, po czym jednocześnie stracili dech, bez słowa wstali i wyszli. Fertyczna niewiasta także zerwała się z miejsca, wołając, że to skandal, aby tak znieważyć szanowaną mężatkę. Następnie sięgnęła po torbę i pozbierawszy swoje osiem tobołków, również opuściła przedział. Pozostali czterej pasażerowie przez chwilę siedzieli w milczeniu, po czym pewien uroczysty dżentelmen, którego strój i aparycja zdradzały przynależność do cechu grabarzy, wyraził głębokie przekonanie, iż woń przywodzi mu na myśl zmarłe niemowlę, na co troje towarzyszy podróży naraz runęło ku drzwiom, usiłując z narażeniem życia wydostać się na korytarz.

Uśmiechnąłem się na jegomościa w czerni i zapewniłem go na pocieszenie, że teraz mamy cały przedział dla siebie. W odpowiedzi roześmiał się uprzejmie i odparł, że niektórzy doprawdy robią wiele hałasu o nic. Ale nawet on jakby nieco zmarkotniał, toteż gdy dojechaliśmy do Crewe zapytałem, czy nie miałby ochoty ugasić pragnienia. Przystał na to z zapałem i przecisnęliśmy się do bufetu, gdzie przez kolejny kwadrans tupaliśmy i wymachiwaliśmy parasolami, wrzeszcząc ile sił w płucach. Wreszcie ściągnęliśmy na siebie uwagę panienki, która spytała, czy może przyjąć zamówienie.

– Dla pana? – spytałem, zwracając się do swego towarzysza.

– Poproszę czystą brandy za pół korony – odpowiedział.

Wychyliwszy zawartość szklanki, ulotnił się cichaczem i zaszył w innym przedziale. Uznałem to za impertynencję.

I tak mimo tłoku od Crewe miałem przedział dla siebie. Gdy przystawaliśmy na kolejnych stacjach, na widok wolnych miejsc ludzie hurmem rzucali się w stronę mojego przedziału. „Cho no tutaj, Maria, patrzaj no, ile miejsc!", „Siadamy tutaj, Tom", krzyczeli na wyścigi. Biegli na łeb na szyję, objuczeni ciężkim bagażem, przepychając się, kto pierwszy dopadnie drzwi. Zwycięzca stawał na progu, po czym chwiejnie cofał się w objęcia jegomościa, który stał tuż za nim. Jak na komendę pociągali nosami i robili w tył zwrot, by następnie tłoczyć się w przepełnionych przedziałach lub dopłacić różnicę i przesiąść się do pierwszej klasy.

W Euston zaniosłem sery do domu znajomego. Jego żona od razu zwietrzyła niebezpieczeństwo.

– Co tak śmierdzi? Proszę mówić śmiało. Spodziewam się najgorszego.

– To sery – odpowiedziałem skwapliwie. – Tom zakupił je w Liverpoolu i poprosił, bym przywiózł je do domu.

Zapewniłem ją solennie, iż nikczemna woń nie ma ze mną nic wspólnego, na co odparła, że rozumie i nie omieszka rozmówić się z Tomem, kiedy ten raczy wrócić do domu.

Znajomy zabawił w Liverpoolu dłużej, niż początkowo zamierzał, i po upływie trzech dni jego żona złożyła mi wizytę.

– Co Tom mówił o tych serach? – zapytała.

Odpowiedziałem, że kazał przechowywać je w wilgotnym miejscu i prosił, by nikt ich nie dotykał.

– Niech go o to głowa nie boli – odrzekła małżonka. – Czy on je w ogóle wąchał?

Byłem pewien, że tak. Ponadto sprawiał wrażenie bardzo do nich przywiązanego.

– Czy pana zdaniem będzie się gniewał – drążyła – jeśli dam komuś suwerena, żeby zabrał je jak najdalej od domu i zakopał?

Odparłem, że ani chybi byłby niepocieszony.

Naraz uderzyła ją pewna myśl.

– A może pan byś je przechował? – zapytała z nadzieją. – Za pozwoleniem przyślę je do pańskiego domu.

– Droga pani – odpowiedziałem. – Osobiście przepadam za wonią sera, a wiadoma podróż z Liverpoolu na zawsze pozostanie w mej pamięci jako szczęśliwe zwieńczenie udanych wakacji. Wszelako nie możemy kierować się w życiu jedynie własnym dobrem. Dama, pod której dachem mam zaszczyt przebywać, jest wdową, a do tego najprawdopodobniej również sierotą. Jest kategorycznie, by nie rzec elokwentnie przeciwna wszelkim „niedogodnościom", w poczet których, jak podpowiada mi intuicja, niechybnie zaliczyłaby obecność wspomnianych serów. Nie uchodzi, bym ze swojej strony przyłożył rękę do gnębienia niebogi.

– No dobrze – skwitowała żona znajomego, podnosząc się z miejsca. – Zatem nie pozostaje mi nic innego jak zabrać dzieci i pomieszkać z nimi w hotelu dopóty, dopóki sery nie zostaną zjedzone. Odmawiam dalszego przebywania z nimi pod jednym dachem.

I dotrzymała słowa, pozostawiając dom pod opieką posługaczki, która na pytanie o smród zapytywała: „Jaki smród?", a gdy podtykano jej sery pod nos zaklinała się na wszystkie świętości, że czuje subtelny aromat melonów. Niniejszym uznano, że nie dozna większego uszczerbku na zdrowiu i pozostawiono ją samej sobie.

Rachunek za hotel opiewał na piętnaście gwinei. Po podliczeniu wszystkich wydatków znajomy mój doszedł do wniosku, że sery kosztowały go osiem szylingów i sześć pensów za funt. I choć należał do grona zagorzałych pasjonatów sera, uznał ze smutkiem, że go na to nie stać, i postanowił się ich pozbyć. Najpierw wrzucił je do kanału, po czym niezwłocznie musiał wyłowić, gdyż zaprotestowali przewoźnicy. Zapach przyprawiał ich ponoć o ból głowy. Tom podjął kolejną próbę pozbycia się serów i pod osłoną nocy podrzucił je do parafialnej kostnicy, gdzie zostały odkryte przez koronera, który narobił okropnego rabanu. Twierdził, że ktoś niecnie próbuje pozbawić go źródła utrzymania, chcąc przywrócić zmarłych do życia.

Doprowadzony do ostateczności znajomy wywiózł je wreszcie do nadmorskiego miasteczka i zakopał na plaży, co przysporzyło miejscu niezłą renomę. Przyjezdni zgodnie uznali, że nigdy dotąd nie zwrócili uwagi na moc tutejszego powietrza, i przez kolejne lata ściągały tu tłumy spragnionych jodu kuracjuszy.

Dlatego też, bez względu na swe upodobanie do serów, przyznałem George'owi rację. Żadnych serów.

– Obejdziemy się też bez podwieczorku – oświadczył George (Harrisowi zrzedła mina) – ale za to o siódmej spałaszujemy godziwy posiłek: obiad, podwieczorek i kolację w jednym.

Harris rozchmurzył się nieco. George zaproponował mięso, placek z owocami, szynkę, pomidory, owoce oraz zieleninę. Do picia postanowiliśmy zabrać cudownie lepką miksturę Harrisa, która po dolaniu wody zyskuje miano lemoniady, mnóstwo herbaty oraz butelkę whisky, również (jak nie omieszkał zaznaczyć George) na wypadek wywrotki.

Odniosłem wrażenie, że George uczepił się wywrotki jak rzep psiego ogona. Moim zdaniem nie warto z takim nastawieniem wyruszać w podróż.

Ale ta whisky to wcale niegłupi pomysł.

Nie wzięliśmy piwa ani wina, nie sprawdzają się na wycieczce po rzece. Człowiek robi się po nich śpiący i ociężały. Kieliszek podczas wieczornej rundki po mieście to rozumiem, ale nie gdy słońce przygrzewa i trzeba wywijać wiosłami.

Sporządziliśmy listę rzeczy do zabrania; kiedy rozstawaliśmy się wieczorem przed snem, była ona dość obszerna. Następnego dnia, czyli w piątek, złożyliśmy wszystko w jednym miejscu i spotkaliśmy się wieczorem, aby to spakować. Przynieśliśmy wielką walizę na ubrania oraz dwa kosze na wiktuały i przybory kuchenne. Przesunęliśmy stół pod okno, spiętrzyliśmy wszystko na środku pokoju i usiedliśmy w zadumie dokoła.

Oznajmiłem, że sam się tego podejmę.

Przyznaję z dumą, że opanowałem sztukę pakowania jak mało kto. W moim odczuciu to jedna z wielu umiejętności, które wyróżniają mnie spośród innych śmiertelników. (Czasem sam nie posiadam się ze zdumienia nad ich liczbą.) Oznajmiwszy to George'owi i Harrisowi, zaproponowałem, aby zdali się wyłącznie na mnie. Przystali na to z nad wyraz podejrzaną gorliwością. George zapalił fajkę i rozwalił się na fotelu, a Harris położył nogi na stole i wyjął cygaro.

Nie tego oczekiwałem. Liczyłem, że George i Harris zakasają rękawy, a ja, służąc radą i doświadczeniem, wskażę im właściwy kierunek. Tymczasem ich nonszalancja wyprowadziła mnie z równowagi. Nie ma nic bardziej irytującego niż widok ludzi, którzy zbijają bąki, kiedy ja sam mam ręce pełne roboty.

Mieszkałem kiedyś z jegomościem, który doprowadzał mnie w ten sposób do szału. Wylegiwał się na sofie i niestrudzenie obserwował moje zmagania. Nic, tylko wodził wzrokiem po pokoju, śledząc każdy mój ruch. Twierdził, że moja krzątanina dodaje mu otuchy. Dzięki niej zyskiwał bowiem absolutną pewność, iż życie to nie tylko marzenie obiboka, który siedzi na sofie i ziewa, lecz także pasmo obowiązków do cna wypełnione mrówczą pracą. Nie mógł się nadziwić, jak radził sobie beze mnie, kiedy nie mógł sycić oczu cudzym wysiłkiem.

Nie, ja nie z takich. Nie umiem siedzieć bezczynnie, gdy inni wokół mnie harują w pocie czoła. Nie, muszę trzymać rękę na pulsie: mam na wszystko oko i wydaję polecenia. Taka już moja energiczna natura i nic na to nie poradzę.

Wszelako tym razem bez słowa przystąpiłem do pakowania. Wkrótce do mnie dotarło, że zajmie mi to więcej czasu, niż myślałem, ale w końcu uporałem się z walizą, a następnie usiadłem na niej i zapiąłem pasy.

– A trzewiki? – spytał Harris.

Rozejrzawszy się, stwierdziłem, że istotnie zapomniałem o trzewikach. Ach ten Harris, to do niego podobne: olśniło go dopiero, gdy zapiąłem walizę, no bo jakże by inaczej. Rzecz jasna George wybuchnął tym swoim durnym i nader denerwującym bełkotliwym śmiechem. Ci ludzie kiedyś doprowadzą mnie do ostateczności, mówię wam.

Otworzyłem walizkę i spakowałem trzewiki. W chwili gdy zamykałem ją ponownie, przyszła mi do głowy straszna myśl. Czy spakowałem swoją szczoteczkę do zębów? Nie mam pojęcia, jak to się dzieje, ale zawsze zapominam o szczoteczce.

Szczoteczka niezmiennie prześladuje mnie w czasie podróży, zamieniając moje życie w pasmo udręki. W nocy mi się śni, że zapomniałem ją spakować, i budzę się zlany zimnym potem, po czym wyskakuję z łóżka i gorączkowo przetrząsam torbę. Rano chowam szczoteczkę jeszcze przed jej użyciem i ponownie muszę się rozpakować, przy czym zawsze odnajduję ją na samym dnie. Potem znów pozostawiam ją na umywalce i w ostatniej chwili muszę pędzić na górę, a następnie targam ją na stację owiniętą w chustkę.

Naturalnie teraz też wywróciłem wszystko do góry nogami, doprowadzając rzeczy do stanu, w jakim musiały się znajdować przed stworzeniem świata, czyli za panowania chaosu. Na próżno. Jak łatwo się domyślić, kilkakrotnie napatoczyłem się na szczoteczki George'a i Harrisa, ale moja zapadła się jak kamień w wodę. Kolejno brałem do ręki każdą rzecz i odkładałem ją na bok. Wreszcie wymacałem szczoteczkę w bucie. I znów musiałem wszystko spakować.

Kiedy skończyłem, George zapytał, czy w walizce jest mydło. Odparłem, że guzik mnie to obchodzi. Zatrzasnąłem walizę i pozapinałem pasy, po czym przypomniałem sobie, że niechcący zostawiłem w środku swój kopciuch, i walizkę trzeba było otwierać na nowo. O godzinie dwudziestej drugiej pięć torba została ostatecznie zamknięta. Zostały jeszcze kosze. Harris oznajmił, że skoro za niespełna dwanaście godzin mamy ruszać w drogę, on i George powinni zająć się resztą. Przystałem na tę propozycję i usiadłem, a oni przystąpili do dzieła.

Zaczęli w beztroskim duchu, najwyraźniej chcąc udzielić mi paru lekcji. Powstrzymałem się od komentarza i w milczeniu czekałem na rozwój sytuacji. Żaden z nich nie ma bladego pojęcia o pakowaniu, toteż widok sterty naczyń, dzbanków, butelek, słoików oraz rozmaitych artykułów żywnościowych uświadomił mi dobitnie, że szykuje się niezgorsza zabawa.

Jak się okazało, nie byłem daleki od prawdy. Zaczęło się od potłuczonej filiżanki. Była to dokładnie pierwsza rzecz, jaką zrobili. Uczynili to po to, aby pokazać, na co ich stać, i zwrócić na siebie uwagę obserwatora.

Następnie Harris położył dżem truskawkowy na pomidorze. Pomidor się zgniótł, w wyniku czego musieli wygrzebać jego szczątki łyżeczką.

Przyszła kolej na George'a, który bez wahania nadepnął na masło. Ja dalej nic nie mówiłem, podszedłem tylko bliżej i przysiadłem na stole, co rozeźliło ich bardziej aniżeli mój ewentualny komentarz. Czułem to przez skórę. Ogarnięci nerwową ekscytacją poczęli rozdeptywać wszystko, co znalazło się w zasięgu ich stóp, i rozsiewać wokół drobiazgi, których następnie ani rusz nie mogli znaleźć. Pasztety rzecz oczywista ułożyli na samym dnie, kładąc na wierzch ciężkie rzeczy i gniotąc je na miazgę.

Wszystko hojnie obsypali solą, a co do masła... cóż, jako żywo nie wiedziałem, co dwóch mężczyzn może zrobić z osełką za szylinga i dwa pensy. Kiedy George odkleił masło od kapcia, spróbowali wepchnąć je do kociołka. Naturalnie ani rusz nie chciało się tam zmieścić, a to, co jakimś cudem przeniknęło do środka, za nic nie chciało wyleźć na zewnątrz. Wreszcie jakoś to wyskrobali i położyli na krześle, na którym następnie przysiadł Harris. Masło przywarło mu do ubrania, a oni zaczęli go szukać po całym pokoju.

– Dam głowę, że kładłem je tutaj – zaklinał się George, świdrując wzrokiem puste krzesło.

– Kładłeś, sam widziałem – potwierdził lojalnie Harris.

Ponownie wszczęli poszukiwania, po czym spotkali się na środku i wymienili bezradne spojrzenia.

– Cóż za niezwykła sprawa – oznajmił George.

– I jaka tajemnicza! – dorzucił Harris.

Po chwili George znalazł się za plecami Harrisa i tajemnica się wyjaśniła.

– No proszę, tkwiło tu przez cały czas – zawołał oskarżycielsko.

– Gdzie? – wykrzyknął Harris, kręcąc się w kółko.

– Stój spokojnie, z łaski swojej! – wrzeszczał George, usiłując pochwycić zgubę.

Wreszcie zdrapali masło i wsadzili je do imbryka.

Oczywiście Montmorency był w siódmym niebie. Życiową ambicją mojego pieska jest pętać się pod nogami i stać się obiektem wyzwisk. Jeśli udaje mu się wcisnąć tam, gdzie nikt go nie chce, gdzie może przeszkadzać ile wlezie i sprawić, że rozwścieczeni ludzie zaczną obrzucać go czym popadnie, dopiero wtedy ma poczucie, że dzień nie poszedł na marne.

Gdy ktoś się o niego potknie i przez godzinę będzie przeklinać go na czym świat stoi, najwyższy cel Montmorency'ego zostanie osiągnięty i foksik mało nie pęknie z dumy.

Przysiadł na rzeczach do spakowania i najwyraźniej wychodził przy tym z założenia, że sięgając po coś ręką, George i Harris koniecznie chcieli natrafić na jego mokry nos. Wsadził łapę do dżemu, wysypał łyżeczki, po czym zaczął udawać, że cytryny to szczury. I nim Harris przeszkodził mu patelnią, zdążył dobrać się do koszyka i ukatrupić trzy z nich.

Harris stwierdził, że to ja go do tego zachęcam. To nieprawda. Ten pies nie potrzebuje zachęty. Taki już przyszedł na świat i to jego grzeszna natura pcha go do podobnych postępków.

Uporaliśmy się z pakowaniem dziesięć minut przed pierwszą w nocy. Harris przysiadł na dużym koszu i wyraził nadzieję, że nic się nie potłucze. George odrzekł, że jeśli coś ma się potłuc, to się potłucze, i ta refleksja wyraźnie podniosła go na duchu. Dodał, że pada z nóg i musi iść spać. Wszyscy byliśmy wykończeni. Tej nocy Harris nocował z nami, toteż bez dalszej zwłoki poszliśmy na górę.

Rzuciliśmy monetą o łóżka, i wypadło, że Harris będzie spać ze mną.

– Wolisz przy ścianie czy na zewnątrz, J.? – zapytał.

Odparłem, że generalnie wolę sypiać w łóżku, nie na zewnątrz, na co Harris burknął, że to stary dowcip.

– O której mam was obudzić, chłopcy? – spytał George.

– O siódmej – zażądał Harris.

– Nie, o szóstej – zaoponowałem. – Mam do napisania parę listów.

Oczywiście zaraz musieliśmy się o to pokłócić, ale w końcu poszliśmy na ugodę i padło na szóstą trzydzieści.

– Obudź nas o wpół do siódmej, George – poprosiłem.

George nie odpowiedział. Gdy podeszliśmy bliżej, zobaczyliśmy, że od dłużej chwili śpi jak suseł. Podstawiliśmy mu dla kawału balię koło łóżka, po czym sami też udaliśmy się na spoczynek.

Rozdział 5

Budzi nas pani P. Gnuśny George. O „wiarygodnych" prognozach pogody. Nasz bagaż. Zdeprawowany mały ulicznik. Zbiegowisko. Wyruszamy w wielkim stylu i dojeżdżamy na Waterloo. Nonszalancja pracowników kolei, czyli rzecz o rozkładzie jazdy. Ach, jak przyjemnie kołysać się wśród fal.

Następnego ranka obudziła mnie pani Poppets.

– Czy pan wie, że dochodzi dziewiąta, sir? – zapytała.

– Dzie... co? – zawołałem, wyrwany z głębokiego snu.

– Dziewiąta – powtórzyła przez dziurkę od klucza. – Tak mi przyszło do głowy, że pewnie zaspaliście.

Obudziłem Harrisa i oznajmiłem mu nowinę.

– Podobno chciałeś, żebym wstał o szóstej? – rzekł.

– Owszem – odpowiedziałem.

– To czemu, do licha, mnie nie obudziłeś? – burknął. – Jak tak dalej pójdzie, wypłyniemy o dwunastej. Ciekawe, że w ogóle zadałeś sobie trud, żeby wstać.

– Masz szczęście, że to zrobiłem – odparowałem. – Gdybym cię nie obudził, wylegiwałbyś się całe dwa tygodnie.

Warczeliśmy na siebie przez kolejnych kilka minut, dopóki nie przerwało nam donośne chrapnięcie George'a. Wówczas po raz pierwszy od pobudki przypomnieliśmy sobie o jego istnieniu. Ten, który pytał, kiedy nas obudzić, tkwił rozwalony na wznak, z jadaczką otwartą na oścież i kolanami sterczącymi do góry.

Nie wiem dlaczego, lecz kiedy sam jestem na nogach, widok śpiącego człowieka wybitnie działa mi na nerwy. Świadomość czasu, który bezpowrotnie przecieka mu przez palce, jest dla mnie wprost nie do zniesienia.

Weźmy takiego George'a: chrapiąc w najlepsze, zaprzepaszcza dar czasu i marnotrawi bezcenne sekundy, z których przyjdzie mu się kiedyś rozliczyć, co do jednej. Tymczasem mógłby się opychać jajkami na bekonie, droczyć się z psem albo flirtować z pokojówką, miast tkwić w tym pożałowania godnym bezwładzie.

Ta potworna myśl poraziła jednocześnie nas obu. Postanowiliśmy za wszelką cenę ocalić jego duszę, wielkodusznie puszczając w niepamięć własne niesnaski. Jak na komendę dopadliśmy jego łóżka i zdarliśmy z niego pościel. Harris przylał mu kapciem, a ja wrzasnąłem mu do ucha. Wtedy się obudził.

– Sosiestało? – wybełkotał, rozglądając się nieprzytomnie.

– Wstawaj, imbecylu! – ryknął Harris. – Za piętnaście dziesiąta.

– Co takiego? – zaskrzeczał George i wyskoczył z łóżka wprost do balii. – Kto, u diabła, to tu postawił?

Odpowiedzieliśmy, że tylko dureń nie zauważyłby balii przed łóżkiem.

Skończyliśmy się ubierać, a gdy przyszło do porannej toalety, przypomnieliśmy sobie, że zapakowaliśmy szczoteczki (ta zmora doprowadzi mnie kiedyś do zguby, ja to wiem) oraz szczotkę i grzebień, w związku z czym musieliśmy zbiec na dół i wyłowić je z walizki. George zażądał przyborów do golenia, po czym został niezwłocznie poinformowany, że się bez nich obejdzie, gdyż nie mamy zamiaru na nowo przetrząsać torby.

– No dajcie spokój – zaoponował. – Jak mam iść w takim stanie do banku?

Istotnie pociągało to za sobą pewne ryzyko, ale co nas obchodzą cierpienia ludzkości? I Harris skwitował na swój prostacki sposób, że bank może się wypchać.

Zeszliśmy na śniadanie. Montmorency zaprosił w ramach pożegnania dwóch kumpli i wszyscy trzej dla zabicia czasu wszczęli na progu dziką burdę. Za pomocą parasola zaprowadziliśmy na nowo ład i porządek, po czym zasiedliśmy do kotletów i wołowiny na zimno.

– Nie ma to jak porządne śniadanie – oświadczył Harris i dodał, że najpierw zajmie się kotlecikami, póki ciepłe, gdyż wołowinie zwłoka i tak nie zrobi różnicy.

George chwycił gazetę i przeczytał nam opisy nieszczęśliwych wypadków na łódkach oraz prognozę pogody, zwiastującą „chłód, opady i nieliczne przejaśnienia" (czyli najgorsze, co może być), „miejscowe burze, wiatr ze wschodu oraz niż w hrabstwach centralnych (Londyn i kanał). Ciśnienie spada".

Moim skromnym zdaniem, pośród bezmiaru otaczającej nas głupoty tak zwane „prognozy pogody" wiodą zdecydowany prym. „Prognozują" one bowiem ni mniej, ni więcej, tylko pogodę wczorajszą lub przedwczorajszą, czyli dokładnie odwrotność tego, co nastąpi dnia dzisiejszego.

Pamiętam, jak któregoś roku późną jesienią lektura prognozy w lokalnej gazecie kompletnie popsuła mi wakacje. „Dziś przewidywane są intensywne opady oraz burze", przeczytałem w poniedziałek. Łatwowiernie zrezygnowaliśmy z pikniku i cały boży dzień przesiedzieliśmy w czterech ścianach w oczekiwaniu na deszcz. Ludzie w odkrytych powozach i brekach wesolutko mijali nasz dom, słońce świeciło jak gdyby nigdy nic, a na niebie, jak okiem sięgnąć, nie było ani jednej chmurki.

– Ho, ho! – mówiliśmy, wyglądając przez okno. – Ależ oni przemokną!

I w duchu zacieraliśmy ręce, dumni z własnej przezorności, po czym zasiadaliśmy z książką przy rozpalonym kominku i porządkowaliśmy zielnik oraz zebrane muszelki. O dwunastej słońce dalej wpadało przez okno, grzejąc niemiłosiernie, a my zachodziliśmy w głowę, kiedy wreszcie nadejdą spodziewane deszcze i nawałnice.

– Ha, pewnie po południu, zobaczycie – dodawaliśmy sobie otuchy. – Ależ ci nieszczęśnicy zmokną, to dopiero będzie widok!

O pierwszej przyszła gospodyni z pytaniem, czy aby nie wybieramy się na dwór. Taka śliczna pogoda!

– O nie – odpowiedzieliśmy, wymieniając znaczące uśmieszki. – My nie damy się nabrać. Nie chcemy zmoknąć, nie ma mowy.

Minęło bezchmurne popołudnie, a my wytrwale pocieszaliśmy się myślą, że pewnie lunie znienacka, kiedy wszyscy zaczną zjeżdżać do domów. Deszcz złapie ich pewnie w szczerym polu i przemoczy do nitki. Wszelako nie spadła ani jedna kropla i po pięknym dniu nadszedł pogodny wieczór.

Następnego ranka przeczytaliśmy, że zapowiada się „ciepły, wręcz upalny dzień", toteż z radością przyodzialiśmy się w przewiewną odzież i ochoczo wyległiśmy na dwór. Pół godziny później lunęło jak z cebra, a zimny, przenikliwy wiatr, który pojawił się nie wiedzieć skąd, wysmagał nas bezlitośnie. Czym prędzej wróciliśmy do domu i wylądowaliśmy w łóżkach z katarem, o łamaniu w kościach nie wspominając.

Tak, kompletnie nie znam się na pogodzie. Nigdy nie mogę się w niej połapać. Co do barometru, uważam go za bezużyteczny i równie mylący jak gazetowe prognozy pogody.

W oksfordzkim hotelu, gdzie zatrzymałem się ubiegłej wiosny, wisiał sobie jeden taki egzemplarz. Kiedy dotarłem na miejsce, wskazywał „pogodę", chociaż na zewnątrz padało od samego rana. Ze zdumieniem postukałem w barometr: słupek podskoczył i zatrzymał się na „suszy". Przechodzący opodal pucybut był łaskaw mnie poinformować, że chodzi o dzień jutrzejszy. Przyszło mi do głowy, iż rzecz dotyczy może pogody sprzed dwóch tygodni, lecz pucybut odparł, że jestem w błędzie.

Następnego ranka ponownie zastukałem w barometr: słupek podskoczył jeszcze wyżej, a na zewnątrz rozpadało się ze zdwojoną siłą. W środę podjąłem kolejną próbę i słupek minął „pogodę", „suszę" oraz „upał", po czym zatrzymał się na końcu skali i dalej ani rusz. Robił co w jego mocy, lecz urządzenie skonstruowano w taki sposób, iż dalsze próby prognozowania ładnej pogody niosły groźbę uszkodzenia mechanizmu. Aż się palił, by przepowiedzieć wyschnięcie rzek, udary słoneczne, samumy i tym podobne atrakcje, wszelako mechanizm okazał się nieugięty, w związku z czym musiał poprzestać na skromnej suszy.

Tymczasem padał rzęsisty deszcz, a położone niżej rejony miasta znalazły się pod wodą, bo rzeka wystąpiła z brzegów.

Pucybut stwierdził optymistycznie, że kiedyś doczekamy się ładnej pogody, i odczytał dwuwiersz wygrawerowany ponad wyrocznią:

Mądrej głowie dość dwie słowie,
Barometr prawdę ci powie.

Tamtego lata nie doczekaliśmy się poprawy pogody. Podejrzewam, że barometr prognozował aurę na przyszłą wiosnę.

Są też nowe barometry, proste i podłużne. Za nic nie mogę się w nich połapać. Z jednej strony pokazują godzinę dziesiątą dnia poprzedniego, z drugiej dziesiątą dnia dzisiejszego, ale kto to widział tak wcześnie wstawać. Idą w górę i opadają na deszcz, słońce i różne natężenia wiatru, na jednym końcu mamy „płn", na drugim „wsch" (ki czort?), a kiedy w nie postukać, głupieją doszczętnie i ani be, ani me. Potem trzeba wziąć poprawkę na wysokość nad poziomem morza i przeliczać na Fahrenheity, a człowiek i tak nie jest mądrzejszy niż na początku.

Ale w końcu kto chce wiedzieć, jaka będzie pogoda? Sama w sobie jest dostatecznym utrapieniem, dlatego lepiej oszczędzić sobie zgryzoty płynącej ze znajomości prognozy. Ulubionym prorokiem jest starzec, który w wyjątkowo pochmurny ranek, kiedy tęsknie wypatrujemy słonka, łypie mądrym okiem na horyzont i powiada:

– O nie, łaskawy panie, dziś nie ma co obawiać się deszczu. Ani chybi lada chwila się przejaśni.

– Kto jak kto, ale ten na pewno zna się na pogodzie – mówimy z ulgą i pożegnawszy go życzliwie, idziemy na spacer. – Cóż za niezwykła przenikliwość!

I naszej sympatii bynajmniej nie umniejsza fakt, że wbrew optymistycznej prognozie wracamy do domu z przemoczonymi nogami.

– Cóż – kwitujemy. – Zrobił, co mógł.

Osobnik, który zapowiada deszcz, nie ma szans na podobną łaskawość.

– Uszanowanie! – wołamy przyjaźnie, mijając go na ulicy. – Przejaśnia się, prawda?

– Gdzież tam – odpowiada i potrząsa głową. – Do wieczora będzie lało.

– Stary dureń! – mruczymy pod nosem. – A cóż on może wiedzieć?

Jeśli prognoza okazuje się trafna, wracamy do domu jeszcze bardziej rozgniewani i pełni niejasnych przeczuć, że jegomość osobiście maczał w tym palce.

Rozochoceni ładną pogodą za oknem nie zwróciliśmy większej uwagi na mrożące krew w żyłach doniesienia prasowe. Widząc, że nic nie wskóra, George porzucił gazetę i zwędziwszy mi starannie skręconego papierosa, poszedł do pracy.

Harris i ja dokończyliśmy śniadanie, po czym wynieśliśmy bagaż na ganek i zaczekaliśmy na dorożkę.

Uzbierało nam się trochę tego bagażu. Walizka, mała torba podręczna, dwa kosze, grubo zwinięte pledy, cztery lub pięć płaszczów i prochowców, kilka parasoli, zapakowany oddzielnie melon, który nigdzie się nie zmieścił, dwa funty winogron w kolejnej torbie, japońska parasolka z papieru i patelnia, którą z braku stosownego futerału owinęliśmy w brązowy papier.

Jednym słowem, było tego całkiem sporo, toteż Harris i ja poczuliśmy się nieco zawstydzeni, chociaż sam nie wiem dlaczego. Jak na złość nigdzie ani śladu dorożki. Nadeszli za to mali ulicznicy i z wyraźnym zaciekawieniem wlepili w nas wzrok.

Pierwszy pojawił się chłopak od Biggsa. Biggs to miejscowy handlarz warzywami, który odznacza się niezwykłym darem zjednywania sobie usług najbardziej zakazanych młodocianych typków pod słońcem. Gdy w okolicy zjawia się wyrostek o wyjątkowo podejrzanym wyglądzie, to ani chybi najnowszy nabytek Biggsa. Podobno w czasie głośnego morderstwa przy Great Coram Street podejrzenia mieszkańców naszej ulicy jednogłośnie padły na (ówczesnego) pomagiera Biggsa. Lokatorka spod numeru dziewiętnastego, do której rankiem przyszedł po zamówienie, niezwłocznie wzięła go w obroty (mężnie wspierana przez sąsiadkę, która akurat stała na ganku) i gdyby nie przedstawione przez gołowąsa żelazne alibi, byłoby z nim krucho. Wprawdzie nie znałem go osobiście, wszelako wnosząc po zajściach, których bywałem naocznym świadkiem, na miejscu obu pań nie przywiązywałbym do owego alibi większej wagi.

Jak wspomniałem, zza węgła napatoczył się chłopak Biggsa. Kiedy ukazał się naszym oczom, najwyraźniej bardzo mu się spieszyło, lecz na widok Harrisa, mnie, Montmorency'ego oraz sterty rzeczy wnet zwolnił kroku i w jego oczach błysnął cień zainteresowania. Harris i ja odpowiedzieliśmy mu nachmurnymi spojrzeniami. Człowiek o bardziej wrażliwej naturze niezwłocznie wziąłby nogi na pas, wszelako chłopaki Biggsa to z reguły nader gruboskórne plemię. Ten bynajmniej nie stanowił wyjątku: stanął jak kołek jakiś jard od nas, po czym oparł się o płot, leniwie wetknął w zęby źdźbło trawy i zlustrował nas jednym okiem. Najwidoczniej miał zamiar prześledzić spektakl aż do finału.

Niebawem po przeciwnej stronie ulicy zjawił się chłopak sklepikarza. Pomocnik Biggsa dał mu znak ręką.

– Te! – zawołał. – Ci spod czterdziestki dwójki pakują manatki!

Chłopak sklepikarza posłusznie dopadł płotu i zajął pozycję po drugiej stronie furtki. Potem nadszedł młody subiekt od szewca i stanął u boku smarkacza od Biggsa, a inny obibok zajął niezależne stanowisko na krawężniku.

– Głodować to oni nie będą, co? – słusznie zauważył młody subiekt.

– Ha! – zawołał w odpowiedzi superintendent. – Gdybyś zamierzał przepłynąć małą łódką Atlantyk, też zabrałbyś to i owo.

– Przecie oni nie zamierzają przepłynąć Atlantyku – wtrącił chłopak Biggsa. – To wyprawa na biegun północny!

Tymczasem zebrał się spory tłumek gapiów i jeden zapytywał drugiego, co się stało. Część zebranych (ta młodsza i rozchichotana) utrzymywała, że to wesele i uparcie wskazywała Harrisa jako pana młodego. Starsza i rozważniejsza grupa gawiedzi skłaniała się raczej ku przypuszczeniu, że chodzi o pogrzeb, a ja najprawdopodobniej jestem bratem nieboszczyka.

Wreszcie doczekaliśmy się wolnej dorożki (na ulicy, gdzie przeważnie jest ich na pęczki i tylko tarasują człowiekowi drogę), upchnęliśmy w niej nasz dobytek i przegoniliśmy kompanów Montmorency'ego, którzy najwyraźniej poprzysięgli nie opuścić go aż do śmierci. Następnie usadowiliśmy się w środku i odjechaliśmy wśród wiwatów tłumu. Chłopak Biggsa na pożegnanie cisnął w nas marchewką.

O jedenastej dotarliśmy na stację Waterloo i zapytaliśmy, z którego peronu odjeżdża pociąg o jedenastej pięć. Oczywiście nikt nie potrafił nam pomóc: na Waterloo nikt nigdy nie wie, skąd i dokąd jedzie dany pociąg. Wszyscy błądzą w kompletnej nieświadomości. Tragarz sugerował, że na peron drugi, a jego kolega, do którego zwrócił się z prośbą o radę, skłaniał się raczej ku pierwszemu, tymczasem zawiadowca gotów był dać głowę, że z żadnego z nich.

Chcąc ostatecznie rozwikłać tę kwestię, udaliśmy się po informacje do dyżurnego ruchu i usłyszeliśmy, że właśnie rozmawiał z człowiekiem, który podobno widział nasz pociąg przy peronie trzecim. Uradowani pognaliśmy tam w te pędy, by na miejscu usłyszeć, że to najprawdopodobniej ekspres do Southampton, a jeśli nie, to chyba osobowy do Windsoru. W każdym razie „na bank" nie był to pociąg do Kingston, chociaż nikt nie potrafił uzasadnić, skąd czerpie tę niezbitą pewność.

Wtedy nasz tragarz oznajmił, że poszukiwany przez nas środek transportu musi znajdować się na górnym peronie, tak mu się przynajmniej zdawało. Udaliśmy się zatem na górny peron i zapytaliśmy maszynistę, czy jedzie do Kingston. Zgodnie z naszymi przewidywaniami odparł, że nie jest pewien, ale chyba tak. Po namyśle dodał, że jeśli to nie „11.05 do Kingston", to na pewno „9.32 do Virginia Water" bądź „10.00 na Isle of Wight" lub gdzieś w tamtym kierunku. Następnie nie omieszkał nas zapewnić, że gdy przybędziemy na miejsce, nasze wątpliwości niechybnie zostaną rozwiane. Wsunęliśmy mu do ręki pół korony, błagając, by zechciał być tym „11.05 do Kingston".

– I tak nikt się nie połapie – przekonywaliśmy. – Zresztą, co za różnica? Drogę pan zna, proszę dyskretnie zboczyć z kursu i zawieźć nas do Kingston.

– Bo ja wiem, panowie – odrzekł z niejakim powątpiewaniem ów szlachetny jegomość. – Ale w sumie jakiś pociąg musi pojechać do Kingston. A, co mi tam. Dajcie jeszcze pół korony.

Tym sposobem dotarliśmy do Kingston dzięki kolejom londyńskim i południowo-zachodnim.

Dowiedzieliśmy się później, że był to pocztowy do Exeter. Podobno godzinami przetrząsano Waterloo w poszukiwaniu tego pociągu i nikt nie miał zielonego pojęcia, co się z nim stało.

Nasza łódź czekała w Kingston tuż pod mostem. Skierowaliśmy się tam niezwłocznie, zapakowaliśmy do niej bagaż, a następnie wsiedliśmy na pokład.

– Wszystko w porządku, panowie? – zapytał właściciel.

– W porządku – odpowiedzieliśmy. Następnie z Harrisem przy wiosłach, ze mną przy rumplu i nieszczęśliwym Montmorencym na dziobie wypłynęliśmy na wody, które na najbliższe dwa tygodnie miały się stać naszym domem.

Rozdział 6

Kingston. Parę słów na temat wczesnej historii Anglii. Parę słów na temat rzeźbionego dębu i życia w ogóle. Smutny przypadek Stivvingsa juniora. Rozważania o starożytności. Zapominam, że steruję. Ciekawe skutki powyższego. Labirynt w Hampton Court. Harris przewodnikiem.

Ranek był cudowny, późna wiosna lub wczesne lato, w zależności od punktu widzenia, kiedy blada zieleń liści i traw nabiera soczystszego odcienia, a rok zdaje się niczym płoche dziewczę, pulsujące przeczuciem rychłej kobiecości.

Boczne uliczki Kingston, dochodzące do samej granicy wody, w blasku słońca prezentują się nader malowniczo. Roziskrzona tafla usiana dryfującymi barkami, drewniany pomost, eleganckie domy po drugiej stronie, stękający przy wiosłach Harris w czerwono-pomarańczowym blezerku wraz z odległym zarysem pałacu Tudorów: to wszystko złożyło się w urokliwy obrazek, barwny, a zarazem tchnący spokojem, pełen życia, a zarazem wyciszony, że mimo wczesnej pory z rozkoszą oddałem się sennym rozmyślaniom.

Zadumałem się nad Kingston, albo „Kyningestun", jak zwano je w czasach, gdy koronowano tu „królów" saksońskich. Wielki Cezar przekroczył tu rzekę, a na zboczach wzgórz obozowały rzymskie legiony. Cezar, podobnie jak później Elżbieta, bywał dosłownie wszędzie, lecz w przeciwieństwie do poczciwej królowej Eli nie zniżał się do noclegu w oberżach.

Angielska Królowa Dziewica darzyła oberże wielkim upodobaniem. W promieniu dziesięciu mil od Londynu nie uświadczysz gospody, do której nie zajrzała, gdzie nie obiadowała lub nocowała. Gdyby tak, dajmy na to, Harris postanowił rozpocząć nowy Rozdział swego życia, stał się szanowanym obywatelem, a następnie dokonał żywota jako premier, na odwiedzanych przezeń oberżach zawieszono by tabliczki w rodzaju: „Harris wychylił tu szklaneczkę ciemnego piwa”, „Latem ’88 Harris wysączył tu dwie zimne szkockie”, „W grudniu 1886 wyrzucono stąd Harrisa na zbity pysk”.

Nie, byłoby ich zbyt wiele! Największą sławę zyskałyby raczej gospody, których progu nigdy nie dane mu było przestąpić. „Jedyna gospoda w południowym Londynie, do której Harris nigdy nie wstąpił na jednego!”. Ludzie waliliby tam drzwiami i oknami, gnani ciekawością, co zacz.

Ależ ten nieszczęsny, głupkowaty król Edwy musiał nienawidzić Kyningestun! Uczta koronacyjna solidnie dała mu w kość. Być może nie przypadły mu do gustu łby dzika faszerowane cukrowanymi śliwkami (mnie na pewno by nie przypadły) tudzież przesadził z trunkiem, w każdym razie porzucił gwarną salę, by skraść upojną godzinę w towarzystwie ukochanej Elgivy.

Kto wie, może stanęli ramię w ramię przy oknie, wpatrzeni w księżycową poświatę na rzece, a z oddali docierały echa hucznej zabawy i gromkie okrzyki biesiadników.

Wtenczas brutalny Odo i święty Dunstan wtargnęli do komnaty, miotając stekiem obelg w słodkie lico królowej, po czym zaciągnęli biednego Edwika z powrotem do przybytku pijaństwa i swawoli.

Kiedy po latach przy wtórze werbli grzebano saksońskich królów, pieczętując tym samym kres ery saksońskich hulanek, zdawało się, że czasy świetności Kingston również minęły bezpowrotnie. Miasto odzyskało znaczenie, gdy Hampton Court stał się siedzibą Tudorów i Stuartów, królewskie barki cumowały przy brzegach Tamizy, a barwnie odziani kawalerowie schodzili nad wodę, gromko nawołując prom.

Wiele starych domów pamięta czasy, kiedy Kingston było miastem królewskim. W okolicy roiło się od dworzan i wielmożów, a długa droga do pałacowych bram od świtu do nocy rozbrzmiewała szczękiem stali, stukotem kopyt oraz szelestem aksamitów i jedwabi. Owe wielkie, przestronne domostwa z wykuszami i witrażami, ich wielkie kominki i dwuspadowe dachy przywołują wspomnienia pończoch i kaftanów, wyszywanych perłami gorsetów i żarliwych przyrzeczeń. Wzniesiono je w czasach, gdy „ludzie wiedzieli, jak należy budować". Twarde, czerwone cegły oparły się niszczącej mocy czasu i jęły przylegać do siebie jeszcze ściślej, a dębowe schody nie skrzypią i nie jęczą, kiedy próbujesz zejść po nich po cichu.

Skoro mowa o dębowych schodach, w jednym z miejscowych domów znajduje się przepięknie rzeźbiony egzemplarz takowych. Wspomniany budynek stoi przy rynku i obecnie mieści się w nim sklep, wszelako dawniej była to posiadłość jakiejś wielkiej osobistości. Pewien mój przyjaciel, mieszkaniec Kingston, któregoś razu udał się tam w celu nabycia kapelusza i w przypływie chwilowego zaćmienia umysłu sięgnął do kieszeni, po czym niezwłocznie uiścił zapłatę gotówką.

Sklepikarz (znajomy mego przyjaciela) prędko otrząsnął się z początkowego zdumienia i uznał, iż należy zachęcać klientów do równie chwalebnych działań. W nagrodę zaproponował, że pokaże mu piękny przykład rzeźbionej dębiny. Przyjaciel mój przystał na to ochoczo i sklepikarz zaprowadził go na górę. Po drodze zaprezentował mu misternie toczone balasy i rzeźbienia na ścianach, jakich nie powstydziłby się żaden pałac.

Następnie skierowali swe kroki do salonu, jasnego, przestronnego pomieszczenia, obitego dość jaskrawą, błękitną tapetą. Pokój wszelako nie wyróżniał się niczym szczególnym i mój przyjaciel zachodził w głowę, po co go tu sprowadzono. Tymczasem sklepikarz podszedł do ściany i zastukał w tapetę.

Pod spodem najwyraźniej znajdowało się drewno.

– Dąb – wyjaśnił jegomość. – Rzeźbiony dąb, od podłogi aż po sufit, identyczny jak na schodach.

– Ależ na Jowisza, dobry człowieku! – zdumiał się mój przyjaciel. – Chyba nie chcesz pan powiedzieć, żeś zasłonił rzeźbione drewno niebieską tapetą?

– Owszem – zabrzmiała odpowiedź. – I sporo mnie to kosztowało. Najpierw trzeba było wyrównać ścianę deskami. Ale od razu zrobiło się weselej. Dawniej było tu strasznie ponuro.

W sumie go za to nie obwiniam (jak mniemam, odetchnął z ulgą). Z punktu widzenia przeciętnego właściciela domu, który lekko podchodzi do życia, nie zadając sobie trudu tropienia zabytkowych okazów, postąpił ze wszech miar słusznie i zrozumiale. Miło czasem popatrzeć na zdobione drewno, lecz ciągły widok rzeźbionych ścian, zwłaszcza gdy ktoś za nim nie przepada, musi być nader przygnębiający. Byłoby zupełnie tak, jak byśmy zamieszkali w kościele.

Nie, w tym przypadku najsmutniejsze jest to, że wspomniany sklepikarz, nie będący miłośnikiem rzeźbionego dębu, ma nim wyłożony cały salon, podczas gdy niektórzy płacą krocie, by go zdobyć. Oto zasada rządząca światem: mamy to, czego nie chcemy, a inni posiadają to, na czym nam zależy najbardziej na świecie.

Żonaci mężczyźni mają żony, których chętnie by się pozbyli, podczas gdy kawalerowie utyskują na ich brak. Nędzarze, którzy z trudem wiążą koniec z końcem, mają na utrzymaniu ośmioro dziatek, a stare bogate małżeństwa umierają bezdzietne, nie mając komu zostawić pieniędzy.

Weźmy też dziewczęta i ich zalotników. Te, które mają ich na pęczki, najchętniej wysłałyby ich, gdzie raki zimują. A ten taki owaki, powiadają, dlaczego nie pójdzie sobie do leciwej panny Smith i brzydkiej panny Brown, które nie mają nikogo? My nie chcemy zalotników, co to, to nie. I za nic w świecie nie chcemy wyjść za mąż.

Nie warto tego roztrząsać, po co psuć sobie humor.

W naszej szkole był chłopak, którego przezywaliśmy Sandford i Merton*. Naprawdę nosił nazwisko Stivvings. Był to najbardziej niezwykły młodzieniec, z jakim kiedykolwiek miałem do czynienia. Podejrzewam, że naprawdę lubił się uczyć. Częstokroć dostawał burę za przesiadywanie po nocach i wkuwanie greki, a co do francuskich czasowników nieregularnych, wprost siłą trzeba było mu zabierać podręcznik. Postawił przed sobą nieludzki i nader niezdrowy cel: pragnął stać się chlubą rodziców i szkoły, chciał zdobywać nagrody za osiągnięcia w nauce, wyrosnąć na mądrego człowieka i takie tam dyrdymały. W życiu nie znałem istoty równie dziwnej, a przy tym bezbronnej jak nowo narodzone dziecię.

Traf chciał, że średnio dwa razy na tydzień biedak zapadał na jakąś chorobę, w związku z czym nie mógł iść do szkoły. Świat nigdy nie widział równie chorowitego chłopca jak Sandford i Merton. Jeśli w promieniu dziesięciu mil ktoś chorował, nieszczęśnik przechodził tę samą chorobę, i to z powikłaniami. W czasie kanikuły zapadał na bronchit, a na Boże Narodzenie dopadał go katar sienny. Sześciotygodniowa susza kończyła się dlań ostrym atakiem reumatyzmu, a spacer w listopadowej mgle udarem słonecznym.

Któregoś roku cierpiał na dotkliwe bóle zębów, toteż poddano go działaniu gazu rozweselającego i wyrwano mu wszystkie, wstawiając w zamian sztuczną szczękę. Nie był to wszelako koniec jego udręki, albowiem natychmiast zapadł na schorzenia układu nerwowego i zapalenie ucha. Był wiecznie

---

* Przezwisko pochodzi od tytułu wpływowej powieści Thomasa Daya (1748-1789), *Historia Sandforda i Mertona.* Autor, żarliwy wielbiciel Rousseau, głosi wiarę w poprawę człowieka i odwołuje się do zdrowego rozsądku. Bohaterami są Tommy Merton (bogaty i arogancki młodzieniec) oraz Harry Sandford (przyzwoity syn farmera). Na końcu cnota zwycięża i Tommy staje się lepszym i (bez wątpienia) nudniejszym człowiekiem. (Przyp. tłum.)

przeziębiony, prócz dziewięciu tygodni, które spędził w łóżku ze szkarlatyną, zawsze też doskwierały mu odmrożenia kończyn. Podczas wielkiej epidemii cholery w roku 1871 nasza okolica szczęśliwie nie ucierpiała. W naszej parafii zanotowano tylko jeden przypadek – był nim rzecz jasna młody Stivvings.

Musiał leżeć w łóżku i zajadać kurczaki, kogel-mogiel i winogrona. Leżał i płakał, ponieważ nie pozwalano mu odrabiać łaciny i zabrano mu repetytorium z niemieckiego.

Tymczasem nam, pozostałym chłopcom, którym ani się nie śniło przysparzać rodzicom dumy i którzy chętnie oddaliby dziesięć semestrów szkolnego życia w zamian za jeden dzień choroby, nawet nie strzyknęło w kolanie. Przeciąg dodawał nam wigoru, a przejedzenie zaostrzało apetyt. Chwytaliśmy się wszelakich sposobów, lecz aż do wakacji spełzały na niczym. Wówczas, w dzień zakończenia roku szkolnego, dostawaliśmy kataru, kaszel rozrywał płuca i doskwierały nam wszystkie możliwe przypadłości. I tak aż do końca wakacji, kiedy mimo naszych usilnych starań choroby mijały jak ręką odjął i znów byliśmy zdrowi.

Takie jest życie, a my jesteśmy jak to ziele, które ścinają, wrzucają do pieca i suszą.

Wracając do kwestii rzeźbionego drewna, naszych przodków musiało cechować szczególne wyczucie piękna. Dzisiejsze dzieła sztuki stanowią ledwie echo dzieł sprzed trzystu bądź czterystu lat. Zastanawiam się, czy wiekowe talerze, kufle lub szczypce do świec kryją w sobie prawdziwą wartość czy może tylko czas przydaje im blasku w naszych oczach. Stara porcelana, którą przyozdabiamy nasze ściany, służyła niegdyś jako zwykła zastawa, a różowi pasterze i żółte pastereczki, nabożnie pokazywane znajomym, były ni mniej, ni więcej, tylko bezwartościowymi bibelotami, które osiemnastowieczna matka dawała do ssania płaczącemu dziecku.

Czy podobnie będzie w przyszłości? Czy wczorajsza tania

błahostka zawsze będzie dzisiejszym skarbem? Czy w roku 2000 nasze talerze zawisną dumnie u możnych tego świata? Czy białe filiżanki ze złotą obwódką i bliżej nieokreślonym złotym kwiatkiem w środku, które nasze służące tłuką beztrosko tuzinami, zostaną pieczołowicie sklejone, staną na honorowym miejscu i tylko pani domu będzie mogła je odkurzać?

Weźmy porcelanowego pieska, który stoi w sypialni mojego wynajmowanego mieszkanka. Jest biały, ma niebieskie oczy i czerwony nos nakrapiany czarnymi plamkami. Stoi z nienaturalnie zadartą głową i rozanieloną miną imbecyla. Zaznaczam, że wcale mi się nie podoba. Ba, z artystycznego punktu widzenia doprowadza mnie wręcz do białej gorączki. Moi bezmyślni przyjaciele szydzą zeń niemiłosiernie, nawet gospodyni nie darzy go specjalnym sentymentem i tłumaczy jego obecność faktem, iż jest to prezent od ciotki.

Wszelako za dwieście lat ktoś wygrzebie go ze sterty szpargałów, pozbawionego łapek, z ukruszonym ogonkiem, a następnie sprzeda jako antyk. Piesek stanie w szklanej gablocie i będzie ozdobą domu. Wszyscy będą go podziwiać, zachwyceni głębią koloru nosa, snując domysły nad niewątpliwym urokiem odłamanego ogonka.

Cóż, my, współcześni, nie dostrzegamy uroku pieska. Jego widok zanadto nam spowszedniał. Zupełnie jak zachód słońca i gwiazdy: nie rozwodzimy się nad ich czarem, gdyż oglądamy je zbyt często. Podobnie rzecz się ma z porcelanowym pieskiem. W roku 2288 ludzie będą się nad nim rozpływać w zachwycie. Do tego czasu wytwarzanie takich piesków stanie się zapomnianą dziedziną sztuki. Nasi potomkowie nie będą mogli wyjść z podziwu nad naszym kunsztem i pomysłowością. Zyskamy opinię „wielkich dziewiętnastowiecznych artystów, którzy zasłynęli produkcją porcelanowych piesków".

Szkolna robótka najstarszej córki stanie się „tkaniną z epoki wiktoriańskiej" i jako taka będzie niemal bezcenna.

Wyszczerbione kubki z przydrożnej oberży staną się towarem na wagę złota i bogacze będą zeń sączyć najznamienitsze trunki. Japońscy podróżnicy będą skupować ocalałe „Prezenty z Ramsgate" i „Pamiątki z Margate", a następnie pokazywać je w Jedo jako angielskie osobliwości.

Na tym etapie moich przemyśleń Harris rzucił wiosła, położył się na plecach i zadarł do góry nogi. Montmorency zawył i wywinął salto, przewracając ustawiony na wierzchu koszyk i wysypując całą zawartość.

Okazałem pewne zdziwienie, lecz zdołałem utrzymać nerwy na wodzy.

– Ejże! – zawołałem wcale przyjaznym tonem. – A co to ma znaczyć?

– Co to ma znaczyć? Ty...

Po namyśle dochodzę do wniosku, że odpowiedź Harrisa nie nadaje się do powtórzenia. Cóż, może istotnie zawiniłem, nic wszelako nie usprawiedliwia wrzasków i plugawego słownictwa, zwłaszcza z ust człowieka, który otrzymał równie nienaganne wychowanie jak Harris. Pochłonięty innymi sprawami zapomniałem, że steruję, w wyniku czego wylądowaliśmy na ścieżce flisaczej. Podczas krótkiej szamotaniny straciliśmy orientację w terenie, po chwili jednak naprawiliśmy błąd i wyrównaliśmy kurs.

Harris oświadczył kategorycznie, że ma dość wiosłowania i zasugerował, że teraz moja kolej, toteż wysiadłem na brzeg, chwyciłem linę holowniczą i pociągnąłem łódź aż za Hampton Court. Od widoku starego muru biegnącego wzdłuż rzeki niezmiennie robi mi się ciepło na sercu. Zacna, poczciwa sterta kamieni: jakiż to urokliwy obrazek, tu porost, tam mech, na szczycie chybocze młoda, nieśmiała winorośl, zapuszczając ciekawskie oko na ruchliwą rzekę, a nieco dalej cisną się dostojne pędy bluszczu. Każde dziesięć jardów starego muru kryje w sobie pięćdziesiąt barw i odcieni. Gdybym umiał rysować albo malować, wnet uwieczniłbym na papierze to cudeńko. Często myślałem, że miło byłoby zamieszkać w Hampton Court. Miejsce tchnie ciszą i spokojem; tak przyjemnie powłóczyć się tu z samego rana, kiedy w okolicy nie ma jeszcze zbyt wielu ludzi.

Gdyby jednak przyszło co do czego, pewnie wcale nie byłbym zachwycony. Tutejsze wieczory, kiedy lampa rzuca złowrogie cienie na wyłożone drewnem ściany, a na zimnych korytarzach dudni echo dalekich kroków, muszą sprawiać przygnębiające wrażenie. W ciszy, która wówczas zapada, słychać pewnie tylko łomot własnego struchlałego serca.

My, ludzie, jesteśmy dziećmi słońca. Kochamy światło i życie. Dlatego właśnie tłoczymy się w miastach i miasteczkach, a na wsi z każdym rokiem ubywa mieszkańców. W blasku słońca, za dnia, kiedy natura wokół nas tętni życiem, zachwycamy się widokiem pagórków i zagajników, wszelako nocą, gdy Matka Ziemia udaje się na spoczynek... Ach, nocą świat zdaje się nam opuszczony i zdjęci trwogą łkamy jak osamotnione dzieci w pustym domu. Wtenczas ciągniemy do oświetlonych ulic, łaknąc dźwięku ludzkich głosów oraz innych przejawów życia. W niezmąconej ciszy, którą zakłóca jeno szelest liści na wietrze, czujemy się mali i bezbronni. Dokoła snują się zastępy duchów, a ich stłumione westchnienia budzą w nas wielką żałość. Zbierajmy się przeto w wielkich miastach, rozpalajmy ogniska z miliona gazowych płomyków, krzyczmy ile sił w płucach i nie dajmy się przestraszyć!

Harris zapytał, czy kiedykolwiek byłem w labiryncie w Hampton Court. On sam wszedł tam raz, by kogoś oprowadzić. Najpierw przestudiował plan i labirynt wydał mu się wręcz idiotycznie prosty, nie wart nawet dwóch pensów, jakie pobierano za wstęp. Potem stwierdził, że ta mapa to był jakiś żart, gdyż w ogóle nie wskazywała drogi i tylko namąciła mu w głowie. Zabrał tam swojego kuzyna ze wsi i oznajmił na wstępie:

– Zajrzymy tam tylko na chwilę, przynajmniej będziesz mógł powiedzieć, żeś tam był. To łatwizna, zobaczysz. Że też w ogóle nazywają to labiryntem! Pospacerujemy przez dziesięć minut, a potem pójdziemy na lunch.

Wkrótce po wejściu do środka napotkali grupę osób, która tkwiła tam od trzech kwadransów i była już u kresu wytrzymałości. Harris wspaniałomyślnie zaproponował nieszczęśnikom, by poszli za nim, albowiem wpadł tylko na chwilę i zaraz wychodzi. Odrzekli, że to bardzo miło z jego strony, i ruszyli za nim.

Po drodze dołączali do nich inni ludzie i wreszcie zebrał się całkiem spory tłumek. Pechowcy, którzy porzucili już wszelką nadzieję, że kiedykolwiek wydostaną się z labiryntu, powrócą do domu i ponownie ujrzą rodzinę oraz przyjaciół, na widok Harrisa nabierali otuchy i rozpływając się w podziękowaniach, przyłączali się do procesji. Harris stwierdził, że musiała ona liczyć co najmniej dwadzieścia osób, a jakaś kobieta z dzieckiem, która tkwiła tam od samego rana, uparła się trzymać swego wybawcę za rękę w obawie, że straci go z oczu.

Harris za każdym razem skręcał w prawo. Droga dłużyła się niemiłosiernie i kuzyn wyraził przypuszczenie, że to chyba bardzo duży labirynt.

– Ho, ho, jeden z największych w Europie – odpowiedział Harris.

– Zapewne – przytaknął kuzyn. – Przeszliśmy już chyba dwie mile z okładem.

Harris w duchu uznał to za bardzo dziwne, lecz niestrudzenie podążał dalej. Wreszcie natknęli się na leżącą na ziemi bułkę za pół pensa i kuzyn Harrisa jął się zaklinać, że widział ją siedem minut wcześniej. Harris usiłował go zapewnić, że to niemożliwe, ale kobieta z dzieckiem wyznała, że sama ją tu zostawiła, tuż zanim spotkała Harrisa. Wyraziła przy tym ubolewanie, iż spotkanie to w ogóle miało miejsce i nazwała Harrisa oszustem, co bardzo go zdenerwowało. Pokazał wszystkim mapę, objaśniając przy tym swoją teorię.

– Mapa może by nam się przydała – skwitował jeden ze słuchaczy – gdybyśmy wiedzieli, gdzie jesteśmy.

Harris oczywiście nie wiedział, toteż zaproponował, aby wrócić do punktu wyjścia i zacząć od początku. Ta sugestia nie wzbudziła wielkiego entuzjazmu, wszelako wizja powrotu do punktu wyjścia zdała się wszystkim nader obiecująca i przyklaśnięto jej jednogłośnie. Gromadka zawróciła i znów posłusznie podreptała za Harrisem, tym razem w przeciwną stronę. Minęło kolejnych dziesięć minut, po czym znaleźli się w samym środku labiryntu.

Zrazu Harris postanowił udawać, iż taki był jego zamiar, ale ponieważ miny towarzyszy nie wróżyły nic dobrego, uznał, że bezpieczniej będzie przyznać się do błędu.

Tak czy inaczej, zyskali jakiś punkt zaczepienia. Wiedzieli, gdzie się znajdują, dlatego ponownie przestudiowali plan. Rzecz wydała się śmiesznie prosta, toteż ruszyli przed siebie po raz trzeci.

Trzy minuty później ponownie stanęli na środku.

Wyglądało na to, że utknęli w martwym punkcie. Bez względu na to, gdzie się skierowali, zawsze lądowali pośrodku labiryntu. Odbywało się to tak regularnie, że niektórzy po prostu przystawali w miejscu i czekali, aż reszta zrobi rundkę dokoła i do nich dołączy. Po jakimś czasie Harris znów wyjął plan, co dodatkowo rozjuszyło tłum. Ktoś mu poradził, żeby użył go na papiloty i zakręcił sobie loczki na głowie. Harris nie mógł się oprzeć wrażeniu, iż stracił nieco na popularności.

Doprowadzeni do ostateczności nieszczęśnicy poczęli chórem przyzywać dozorcę, który stanął na drabinie i usiłował okrzykami wskazać im właściwą drogę. Niestety, wszystkim tak się pomieszało w głowach, że nie rozumieli tych wskazówek ni w ząb. Dozorca kazał im nie ruszać się z miejsca i obiecał, że zaraz przybędzie na ratunek. Ludzie posłusznie zbili się w gromadkę i pogrążyli w oczekiwaniu.

Traf chciał, że trafili na młodego, niedawno zatrudnionego dozorcę, który wlazł do środka i za nic nie mógł do nich dotrzeć. Tak długo krążył po labiryncie, że w końcu sam się zgubił. Widzieli czasem, jak miota się po drugiej stronie żywopłotu, po czym spieszy w ich kierunku, by po pięciu minutach pojawić się dokładnie w punkcie wyjścia, z pretensjami, gdzie też się podziewali.

Prawdziwym wybawcą okazał się jeden ze starszych dozorców, który przyszedł im z pomocą po obiedzie.

Harris podsumował swą opowieść stwierdzeniem, że labirynt jest istotnie imponujący, i postanowiliśmy w drodze powrotnej namówić George'a, by tam wszedł.

Rozdział 7

Rzeka w niedzielnym rynsztunku. Stroje na rzece. Szansa dla mężczyzn. Harris nie ma gustu. Blezer George'a. Dzień w towarzystwie modnej panienki. Grób pani Thomas. Człowiek, który nie lubi grobów ani cmentarzy. Harris dostaje szału. Jego opinia na temat George'a, banków i lemoniady. Sztuczki Harrisa.

O swych perypetiach w labiryncie Harris opowiedział mi podczas przeprawy przez śluzę w Moulsey. Trochę to trwało, ponieważ przeprawialiśmy się jako jedyni, a śluza jest słusznych rozmiarów. Nie przypominam sobie, bym kiedykolwiek widział tu tylko jedną łódź. Nawet w porównaniu ze śluzą w Boulter musi to być najbardziej uczęszczana śluza na Tamizie.

Bywało, że panował tam tak wielki ruch, iż miast wody widać tylko barwny rój blezerów, czapek, fikuśnych kapeluszy, kolorowych parasolek, pledów, palt, roztańczonych wstążek i śnieżnobiałych spodni. Spoglądając na rzekę od strony nadbrzeża, człowiek odnosi wrażenie, że patrzy na kosz wypełniony po brzegi tęczową stertą rzuconych bezładnie kwiatów.

W bezchmurną niedzielę podobny stan rzeczy utrzymuje się przez calutki dzień: po obu stronach śluzy, jak okiem sięgnąć, ustawiają się kolejki łodzi oczekujących na swoją kolej. Migocząca w słońcu rzeka od pałacu aż do kościoła w Hampton mieni się feerią niezliczonych barw. Wszyscy mieszkańcy Hampton i Moulsey stroją się w kostiumy wioślarskie i włóczą się z psami dokoła śluzy, flirtując, paląc i obserwując łodzie. Czapki i kurtki mężczyzn, kolorowe suknie kobiet, harcujące psy oraz białe żagle w połączeniu z rozmigotaną wodą tworzą jeden z najmilszych dla oka obrazków w okolicach nudnego i tchnącego szarzyzną Londynu.

Rzeka daje prawdziwe pole do popisu w kwestii ubioru. My, mężczyźni, wreszcie mamy możliwość się wykazać, i jeśli chcecie znać moje zdanie, wychodzimy z tego obronną ręką. Osobiście uważam, że odrobina czerwieni bardzo do mnie pasuje, zwłaszcza w połączeniu z czernią. Mam włosy w złocistobrązowym, podobno bardzo ładnym odcieniu, i ciemna czerwień doskonale z nim harmonizuje. Do tego błękitny krawat, buty z rosyjskiej skóry oraz czerwona jedwabna szarfa wokół pasa. Śmiem twierdzić, że szarfa prezentuje się o niebo lepiej niż pasek.

Harris gustuje w odcieniach oranżu i żółci, w jego przypadku niezbyt fortunnych. Uważam, że jest zbyt śniady na żółć. Ten kolor nie pasuje do niego i już. Próbowałem go przekonać, że najbardziej mu do twarzy w niebieskim, z białymi i kremowymi dodatkami dla kontrastu, ale gdzie tam! Jak widać, brak gustu bywa wprost proporcjonalny do uporu. Niezmiernie nad tym ubolewam, gdyż w ten sposób nigdy nie będzie miał powodzenia, choć jest jeden lub dwa kolory, w których wyglądałby nie najgorzej, zwłaszcza w kapeluszu na głowie.

George zakupił parę sztuk odzieży na naszą wyprawę. Pożal się Boże! Blezer jest stanowczo zbyt krzykliwy. Wolałbym nie mówić tego George'owi, lecz nie znajduję na to lepszego określenia. Przyniósł go w czwartkowy wieczór, żeby nam pokazać. Zapytaliśmy, jaki to kolor, lecz nie umiał nam odpowiedzieć. Uznał, iż nie posiada on nazwy. Sprzedawca powiedział, że to wzór orientalny. George nałożył blezer i zapytał, co myślimy. Harris odparł, że gdyby zawiesić go wczesną wiosną nad klombem w celu odstraszenia ptactwa, ani chybi byłby jak znalazł, wszakże jako ubiór cywilizowanego człowieka budzi w nim przemożną niechęć. George zaraz się nadąsał, na co Harris dodał, że skoro nie chce usłyszeć jego zdania, po co w ogóle o nie pyta.

Harris i ja trochę się obawiamy, że blezer ściągnie na nas powszechną uwagę otoczenia.

Dziewczęta również potrafią się wystroić. Nie ma to jak gustowny kostium wioślarski. Wszelako „kostium wioślarski", o czym niektóre panie zdają się zapominać, powinien nadawać się do łodzi, a nie do szklanej gabloty. Nic tak nie psuje wycieczki jak obecność osób, które nie myślą o niczym innym, jak tylko o własnym wyglądzie. Miałem kiedyś pecha wybrać się na piknik z dwiema takimi osóbkami. To dopiero była frajda!

Obie pięknie się wyszykowały: całe w koronkach, jedwabiach i wstążkach, cienkich bucikach i białych rękawiczkach. Jednym słowem, ubrały się jak do fotografii, a nie na piknik. Były to „kostiumy wioślarskie" rodem z francuskiego żurnala. I jakikolwiek kontakt z prawdziwą ziemią, wodą i powietrzem groził niechybną katastrofą.

Na wstępie obie panienki uznały, że łódka nie grzeszy czystością. Wytarliśmy wszystkie siedzenia i zapewniliśmy, że wręcz przeciwnie, lecz one za nic nie dały się przekonać. Jedna przejechała po obiciu urękawiczonym palcem i pokazała drugiej, na co obie westchnęły ciężko i usiadły z minami chrześcijańskich męczennic, które z rezygnacją godzą się na swój los. Bywa, że przy wiosłowaniu chlapie się wodą i krople padają na odzież. Jak się okazało, w tym przypadku plamy były absolutnie nie do usunięcia.

Mnie przypadła rola szlakowego. Naprawdę, robiłem, co w mojej mocy. Zawieszałem wiosła dwie stopy nad wodą w oczekiwaniu aż ociekną, a przed kolejnym zanurzeniem sprawdzałem, czy powierzchnia wody jest zupełnie gładka. (Po chwili mój towarzysz oświadczył, że nie uważa się za równie wytrawnego wioślarza jak ja, w związku z czym pozwoli sobie przestudiować moją technikę. Uznał ją za nader intrygującą.) Wszelako pomimo moich wysiłków zdarzało się, że niechcący ochlapywałem suknie.

Dziewczęta cierpiały w milczeniu, tuląc się do siebie i zaciskając usta. Ilekroć dosięgała je zbłąkana kropla, kuliły się i trzęsły jak osiki. Był to zaiste rozdzierający widok, który rozstroił mnie doszczętnie. Mam stanowczo zbyt czułe serce. Przeto im usilniej starałem się nie chlapać, tym bardziej zamaszyste stawały się moje ruchy.

Wreszcie dałem za wygraną i zamieniłem się miejscami z kolegą, który uznał to za bardzo dobry pomysł. Panienki westchnęły z ulgą i jakby nieco się rozchmurzyły. Nieszczęsne! Rychło przyszło im za mną zatęsknić, znalazły się bowiem w bezpośrednim sąsiedztwie niefrasobliwego i zgoła ograniczonego figlarza o wrażliwości szczenięcia rasy nowofunlandzkiej. Wesoły ów grubianin bynajmniej nie zwracał uwagi na piorunujące spojrzenia, których nie szczędziły mu dziewczęta, a jeśli nawet, nie brał ich sobie zbytnio do serca. Dziarsko machnął wiosłem, śląc na pasażerki istne fontanny. Gdy jedną z sukien dosięgła ponad kwarta wody, szlakowy posłał dziewczętom niewinny uśmieszek.

– Panie wybaczą. – I podał im chusteczkę.

– Ach, nic nie szkodzi – wymamrotały biedne panienki, po czym ukradkiem owinęły się kocami i jak na komendę rozłożyły koronkowe parasolki.

Sam piknik również kosztował je mnóstwo nerwów. Poproszono, aby usiadły na trawie, rzecz jasna bardzo brudnej. Pnie drzew, o które miały się oprzeć, też pozostawiały sporo do życzenia, albowiem najwyraźniej nie czyszczono ich od wielu tygodni. Wreszcie chcąc nie chcąc, rozłożyły na ziemi chusteczki i siadły na nich, wyprostowane jak struny. Później ktoś przechodził obok z pasztetem i potknął się o korzeń, z wiadomym skutkiem. Szczęściem pasztet wylądował w bezpiecznej odległości od sukien, wszelako incydent uzmysłowił panienkom kolejne niebezpieczeństwo. Odtąd gdy ktoś wstawał z miejsca z talerzem pełnym czegoś, co mogło spaść i nabrudzić, dziewczęta z niepokojem śledziły jego ruchy dopóty, dopóki ponownie nie usadowił się na trawie.

– Pora na zmywanie, dziewczęta – oznajmił wesoło mój kolega po skończonym posiłku.

Początkowo nie zrozumiały, kiedy jednak dotarł do nich sens jego słów, przyznały, że nie potrafią zmywać.

– Ależ ja was nauczę – odrzekł beztrosko. – To naprawdę wyborna zabawa! Po prostu kładziecie się na brzu... to jest, na brzegu i płuczecie talerze. Nic prostszego!

Starsza siostra wyraziła przekonanie, że nie są odpowiednio ubrane.

– Ależ skąd – zapewnił bezlitośnie. – Wystarczy tylko podkasać suknie.

I kazał im to uczynić, przekonując, że to najciekawsza część pikniku. Dziewczęta przyznały, że to istotnie bardzo interesujące zajęcie.

Zastanawiam się, czy ów kolega rzeczywiście był tak ograniczony, na jakiego wyglądał, czy może... Nie, niemożliwe. Wszak jego twarz miała tak niewinny wyraz!

Harris zapragnął wysiąść przy kościele w Hampton i obejrzeć grób pani Thomas.

– Co to za jedna? – zapytałem.

– A skąd niby mam wiedzieć? – burknął Harris. – Ma po prostu śmieszny grób. Chciałbym go zobaczyć.

Kategorycznie się temu sprzeciwiłem. Może mam nie po kolei w głowie, ale fascynacja miejscami pochówku jest dla mnie doprawdy niepojęta. Podobno po przyjeździe do wsi lub miasteczka należy w pierwszej kolejności zwiedzić cmentarz, ja wszelako zawsze odmawiam sobie tej przyjemności. Też mi coś, włóczyć się za dychawicznym staruszkiem i czytać epitafia. Widok spękanej mosiężnej płyty na kamiennym tle nie sprawia mi nawet cienia frajdy.

Sieję zgorszenie wśród kościelnych niewzruszoną postawą wobec frapujących inskrypcji oraz obojętnością dla dziejów miejscowych rodów, a moja ostentacyjna chęć ucieczki dotkliwie rani ich uczucia.

Pewnego słonecznego ranka stałem sobie oparty o niski kamienny mur okalający wiejski kościółek. Paliłem fajkę, upajając się idyllicznym spokojem płynącym z sielskiej scenerii: szara świątynia porośnięta bluszczem z misternie rzeźbioną drewnianą kruchtą, biała wstęga drogi, wijąca się pośród pagórków między wysokimi rzędami wiązów, widoczne ponad schludnie przyciętymi żywopłotami strzechy chat, srebrzyste pasmo rzeki w dolinie, zalesione wzgórza… Ach, cóż za urokliwy obrazek!

Widok zaiste zapierał dech w piersi. Był idylliczno-poetyczny i nader inspirujący. Raptem poczułem się na wskroś dobry i szlachetny. Zapragnąłem porzucić życie pełne grzesznych występków. Zamieszkam tutaj i już nigdy nie zhańbię się plugawym czynem, wiodąc odtąd chwalebny żywot bez skazy. Tutaj się zestarzeję, a dobrotliwy staruszek Czas posrebrzy mi włosy na głowie, i tym podobne.

Wybaczyłem rodzinie i przyjaciołom ich złośliwość oraz nikczemność, a następnie pobłogosławiłem im ze szczerego serca. Naturalnie nie mieli pojęcia, że to uczyniłem, i dalej parli ku zgubie, nieświadomi mej wspaniałomyślności. Mimo to wytrwałem w swym postanowieniu, żarliwie pragnąc, aby dowiedzieli się, co dla nich zrobiłem, albowiem nade wszystko miałem na uwadze ich dobro. Snułem owe szlachetne i czułe rozmyślania, gdy naraz ciszę brutalnie przerwał czyjś piskliwy głos.

– Już dobrze, pszepana. Idę, już idę. Po co ten pośpiech?

Unosząc wzrok, dostrzegłem kuśtykającego w moim kierunku łysego starca z ogromnym pękiem kluczy, które kołysały się i pobrzękiwały przy każdym kroku.

Z godnością machnąłem ręką, aby go odprawić, a ten dalej swoje:

– Idę, już idę. Żem trochę kulawy, nie to, co dawniej. Tędy, pszepana.

– Idź precz, żałosny starcze – powiedziałem.

– Przecie nie mogłem przyjść prędzej – odrzekł. – Moja stara jeno co pana zobaczyła. Proszę za mną, pszepana.

– Precz, powiedziałem – powtórzyłem. – Znikaj, nim przesadzę mur i się z tobą rozprawię.

Natręt jakby trochę się zdziwił.

– Nie chcesz pan obejrzeć grobów? – spytał.

– Ani mi to w głowie – odpowiedziałem. – Wolę tu sobie postać. Jazda stąd i ani mi się waż przeszkadzać. Rozmyślam o bardzo ważnych sprawach i nie życzę sobie, aby mi zawracano głowę jakimiś głupimi grobami. Wynocha, znajdź kogoś, kto cię tanio pochowa, a ja zobowiązuję się pokryć połowę kosztów.

Wyraźnie go zatkało. Potarł oczy i przyjrzał mi się uważnie. Sprawiałem wrażenie istoty z krwi i kości, toteż nic z tego nie rozumiał.

– Pan nietutejszy? – zapytał. – Nie mieszkasz pan w okolicy?

– Zgadza się – odparłem. – Nie mieszkam. Inaczej by cię tu nie było.

– W takim razie – skwitował z uporem – na pewno życzysz pan sobie obejrzeć groby, no wiesz pan… trumny!

– Bluźnierco! – wykrzyknąłem, unosząc się gniewem. – Nie mam zamiaru oglądać twoich grobów. Wybij to sobie z głowy. Ja… moja rodzina… mamy własne groby. Grób wuja Podgera na cmentarzu Kensal Green to duma całej okolicy, a grobowiec mojego dziadka w Bow pomieści ośmiu zwiedzających. Cioteczna babka Susan zaś leży na cmentarzu w Finchley pod murowanym obeliskiem z płaskorzeźbą w kształcie imbryka, a gruba na sześć cali marmurowa płyta kosztowała fortunę! Jeśli nachodzi mnie ochota na groby, tam właśnie się udaję i wzruszam. Cudze groby to żadna rozrywka. Kiedy umrzesz, przyjdę na twój. Nic więcej nie mogę dla ciebie zrobić.

Starzec wybuchnął płaczem i wyjąkał przez łzy, że na jednej z tutejszych mogił widnieje kamień będący zapewne resztkami posągu, a na innej napis, którego nikomu nie udało się rozszyfrować.

Widząc, iż nie wywarło to na mnie żadnego wrażenia, dodał:

– A okno pamiątkowe?

Kiedy oparłem się i tej pokusie, postanowił wytoczyć najcięższą artylerię. Podszedł bliżej i wyszeptał ochryple:

– Mam w krypcie kilka czaszek. Gorąco namawiam do ich obejrzenia! Młodzieńcu na wakacjach przyda się odrobina rozrywki. Chodźmy zobaczyć czaszki!

Wtedy odwróciłem się na pięcie i bez namysłu wziąłem nogi za pas, ścigany rozpaczliwymi okrzykami:

– Czaszki, chodźmy zobaczyć czaszki!

W przeciwieństwie do mnie Harris lubuje się w grobowcach, mauzoleach i epitafiach, toteż na myśl, że ominie go widok grobu pani Thomas, wprost odchodził od zmysłów. Oznajmił, iż czekał na tę okazję, odkąd podjęliśmy decyzję o wyprawie, i gdyby nie perspektywa wizyty na cmentarzu, wcale by z nami nie popłynął.

Przypomniałem mu o George'u, z którym mieliśmy się spotkać o piątej w Shepperton. Wtedy Harris jak nie wsiądzie na George'a. Do czego to podobne, żeby ten gałgan przez cały dzień zbijał bąki, podczas gdy my w pocie czoła harujemy przy wiosłach na tej sakramenckiej łajbie? A może by tak przyszedł i nas wyręczył? Nie mógł wziąć na tę okazję wolnego? Do diabła z bankiem! Co on tam niby, u licha, robi?

– Ilekroć tam byłem – perorował dalej Harris – nigdy nie widziałem, żeby był z niego jakikolwiek pożytek. Cały boży dzień tkwi w okienku i nawet palcem nie kiwnie. Po co komu facet w okienku? Ja muszę ciężko pracować na swoje utrzymanie. A on? Dlaczego nie weźmie się do uczciwej roboty? A tak w ogóle to na co komu banki? Biorą twoje pieniądze, a gdy wystawisz czek, odsyłają go z pieczątką „bez pokrycia" albo „zwrot do wystawcy". W ubiegłym tygodniu dwukrotnie zrobili mi taki numer. Dłużej tego nie zniosę. Zlikwiduję konto, a co. Gdyby tu był, moglibyśmy bez przeszkód odwiedzić cmentarz. Pewnie wcale nie polazł do banku, tylko włóczy się gdzieś, a my odwalamy za niego brudną robotę. Wysiadam i idę się napić.

Poinformowałem, że w pobliżu nie ma żadnej karczmy, co wywołało kolejną serię utyskiwań, tym razem pod adresem rzeki. No bo na co komu rzeka, skoro człowiek usycha z pragnienia?

W takich wypadkach Harris musi się wygadać. Powie, co mu leży na wątrobie, a potem siedzi cicho.

Przypomniałem mu, że w koszu jest syrop, a na dziobie stoi galon wody. Wystarczy zmieszać odrobinę jednego z drugim, a uzyskamy przepyszną, orzeźwiającą lemoniadę.

Oczywiście dostało się też lemoniadzie. Harris gardził napojami w rodzaju imbirowego piwa i syropu, określając je mianem „popłuczyn". I nie omieszkał wyrazić opinii, że powodują one niestrawność, rujnują ciało i umysł oraz są powodem połowy przestępstw w Anglii.

Uznał wszelako, że musi ugasić pragnienie, i po namyśle zastosował się do mojej rady. Butelka z syropem znajdowała się na samym dnie kosza. Harris nie mógł jej znaleźć, w związku z czym pochylał się coraz niżej, próbując jednocześnie sterować. Wreszcie szarpnął za niewłaściwą linkę i wpakował łódź na mieliznę. W wyniku wstrząsu stracił równowagę i zanurkował do kosza, po czym stanął na głowie, przytrzymując się oburącz burty, z nogami w górze. W obawie, że wpadnie do wody, nie odważył się nawet drgnąć i trwał tak dopóty, dopóki nie złapałem go za nogi i pociągnąłem z powrotem, co dodatkowo go rozwścieczyło.

Rozdział 8

Szantaż. Właściwy tok postępowania. Egoizm i prostactwo właścicieli gruntów nadrzecznych. Tablice „ostrzegawcze". Niechrześcijańska postawa Harrisa. O tym, jak Harris śpiewa komiczną piosenkę. Przyjęcie w wyższych sferach. Haniebne zachowanie dwóch młodych niegodziwców. Garść bezużytecznych informacji. George kupuje bandżo.

Postanowiliśmy coś przekąsić i usiedliśmy pod wierzbami w Kempton Park. Był to uroczy zakątek: zielona polanka w cieniu drzew. Kiedy zabieraliśmy się do trzeciego dania, a mianowicie chleba z dżemem, naszym oczom ukazał się jegomość w koszuli z krótkim rękawem i z fajką w dłoni. Zapytał, czy wiemy, że naruszyliśmy własność prywatną. Odrzekliśmy, że nic nam o tym nie wiadomo, albowiem nie poddaliśmy owej kwestii gruntownej analizie, jeśli wszelako da nam uroczyste słowo honoru, iż to właśnie miało miejsce, uwierzymy mu na słowo.

Jegomość udzielił nam stosownych zapewnień. Grzecznie mu podziękowaliśmy, ale on ani myślał sobie pójść i dalej stał nad nami z wielce niezadowoloną miną. Zapytaliśmy więc, cóż jeszcze możemy dlań zrobić, a Harris w przypływie wielkoduszności poczęstował go kromką chleba z dżemem.

Podejrzewam, iż należał do stowarzyszenia, którego członkowie poprzysięgli na wieki wyrzec się chleba z dżemem, albowiem mężnie oparł się pokusie. Zachował się przy tym grubiańsko, jakby miał o to do nas Bóg wie jakie pretensje, po czym dodał, że jego obowiązkiem jest nas stąd wyprosić.

Harris odparł, że obowiązek rzecz święta, a następnie wyraził zainteresowanie co do metody, jaką nasz rozmówca ma zamiar zastosować. Dodam na marginesie, że Harris jest mężczyzną słusznej postury, a do tego krzepkim i kościstym. Jegomość zmierzył go wzrokiem i oznajmił, że pójdzie i zapyta swego pana, po czym wturla nas obu do rzeki.

I tyle go widzieliśmy. Oczywiście liczył na szylinga, nic więcej. Istnieje pokaźna grupa nadrzecznych opryszków, którzy zbierają latem wcale spore sumki, przeczesując brzeg i siejąc postrach wśród mniej rozgarniętych piknikowiczów. Rzekomo działają na polecenie właścicieli gruntów nadrzecznych. W podobnych przypadkach należy pozostawić swoje nazwisko i adres do dyspozycji właściciela, a ten – o ile rzeczywiście miał z tym coś wspólnego – poda cię do sądu za zbrukanie ziemi, na której miałeś czelność przysiąść. Wszelako większość ludzi zamiast wykazać odrobinę silnej woli, z nieśmiałości tudzież zwykłego lenistwa ulega bezprawnym naciskom, w związku z czym proceder miast upaść, kwitnie w najlepsze.

Jeżeli wina leży po stronie właścicieli, należy ich bezlitośnie demaskować. Ich egoizm z każdym rokiem coraz bardziej daje się nam we znaki. Gdyby mogli, najchętniej w ogóle odcięliby dostęp do Tamizy, do czego nierzadko dochodzi w przypadku dopływów i wód stojących. Wbijają słupy w dno i przeciągają łańcuchy między brzegami, wywieszając na każdym drzewie tablice z ostrzeżeniem. Widok owych tablic budzi we mnie mordercze instynkty. Najchętniej zerwałbym każdą z nich i zatłukł nimi tego, kto je wywiesił. Następnie bym go pochował i umieścił na jego grobie tablicę zamiast pomnika.

Kiedy wspomniałem o tym Harrisowi, odparł, że on posunąłby się jeszcze dalej. Zamordowałby nie tylko tego, kto wywiesił tablice, ale wyrżnąłby w pień całą jego rodzinę i przyjaciół, a następnie spalił jego dom. Uznałem to za lekką przesadę i powiedziałem o tym Harrisowi, ale się ze mną nie zgodził.

– Bynajmniej – odrzekł. – Dostaliby za swoje. Mało tego: jeszcze zatańczyłbym na zgliszczach i zaśpiewał komiczną piosenkę.

To bardzo smutne, jak niektórzy ulegają krwiożerczym skłonnościom. Nie powinniśmy dopuścić, aby nasze poczucie sprawiedliwości przerodziło się w pospolitą mściwość. Chwilę trwało, nim zdołałem nawrócić Harrisa na ścieżkę godną chrześcijanina, ale w końcu przyrzekł mi solennie, że oszczędzi rodzinę oraz przyjaciół nieszczęśnika i nie zaśpiewa na zgliszczach komicznej piosenki.

Nigdy nie mieliście okazji usłyszeć, jak Harris śpiewa komiczną piosenkę, toteż nie rozumiecie skali moich zasług dla ludzkości. Nie wiedzieć czemu, Harris wbił sobie do głowy, że potrafi zaśpiewać komiczną piosenkę, natomiast grono jego bliskich przyjaciół, którzy słyszeli, jak usiłuje to uczynić, jest święcie przekonanych, że wręcz przeciwnie. Ba, są zdania, że powinno mu się zakazać wszelkich prób.

Kiedy na przyjęciu ktoś prosi Harrisa, żeby zaśpiewał, ten odpowiada niezmiennie:

– No cóż, tak naprawdę umiem zaśpiewać tylko wesołą piosenkę. – Przy czym mówi to tonem świadczącym dobitnie, że owa piosenka w jego wykonaniu to bez mała ósmy cud świata.

– Jak to miło – odpowiada gospodyni. – Proszę dać się namówić, panie Harris.

Na co Harris zrywa się z miejsca i dziarsko podąża w stronę pianina z miną człowieka, który pragnie bezinteresownie przysłużyć się światu.

– Cisza! – woła do zgromadzonych gospodyni. – Pan Harris będzie śpiewał!

– Fantastycznie – mruczą goście, po czym tłumnie ściągają do salonu i otaczają artystę wianuszkiem, śląc mu zachęcające uśmiechy.

Harris zaczyna śpiewać.

Cóż, zaśpiewanie komicznej piosenki nie wymaga Bóg wie jakich umiejętności. Nadmiar oktaw to w tym wypadku rzecz zbędna. Nieważne, że ktoś w połowie frazy wyciąga za wysoko i zaczyna fałszować. Rytm także nie ma większego znaczenia. Machamy ręką, gdy śpiewak o dwa takty wyprzedza akompaniament i w połowie zwrotki zaczyna wykłócać się z pianistą, by w końcu zacząć piosenkę od nowa. Wymagamy jednego: słów.

To, że śpiewak zna tylko pierwsze trzy linijki i powtarza je aż do refrenu, budzi w nas niejakie zdziwienie. Nie spodziewamy się też, że urwie w pół słowa, by stwierdzić z rozbrajającym uśmiechem, że dalej nie pamięta i będzie improwizował, po czym nagle doznaje olśnienia i nie bacząc na wysiłki pianisty, odśpiewuje to, co akurat przyszło mu do głowy. Nie sądzimy... cóż, dam wam próbkę „występu" Harrisa i sami osądzicie.

HARRIS (*staje przed pianinem i zwraca się do wyczekującej publiczności*): Obawiam się, że to stary kawałek. Dam głowę, że wszyscy znacie go na pamięć. Ale nic innego nie znam. To aria Sędziego z *Pinafore*... to znaczy, nie z *Pinafore*... znaczy się... rozumiecie, co mam na myśli. Chciałbym, żebyśmy refren zaśpiewali razem.

Szmer nabożnego lęku i zachwytu od strony widowni. Błyskotliwe preludium arii Sędziego z „Procesu" w wykonaniu nerwowego pianisty. Moment, kiedy Harris powinien zacząć śpiewać, przechodzi przez wyżej wymienionego niezauważony. Nerwowy pianista ponownie odgrywa preludium; w tej samej chwili Harris niespodziewanie intonuje arię Pierwszego Lorda Admirała z Pinafore. *Nerwowy pianista usiłuje skończyć preludium, daje za wygraną, po czym próbuje akompaniować Harrisowi pieśnią Sędziego z „Procesu", traci głowę, po czym próbuje sobie przypomnieć, kim jest i gdzie się znajduje. Nerwy odmawiają mu posłuszeństwa i bezsilnie opuszcza ręce.*

HARRIS (*z nutą życzliwej zachęty w głosie*): Nic nie szkodzi. Świetnie panu idzie, proszę grać dalej.

NERWOWY PIANISTA: Obawiam się, że zaszła pomyłka. Co pan śpiewa?

HARRIS (*z niezachwianą pewnością siebie*): Arię Sędziego z „Procesu". Nie zna pan?

ZNAJOMY HARRISA (*gdzieś z tyłu*): Nieprawda, bałwanie. Śpiewasz arię Admirała z *Pinafore*.

Długa i burzliwa wymiana zdań pomiędzy Harrisem i jego znajomym. Wreszcie znajomy oświadcza, że nieważne, co Harris śpiewa, byle odśpiewał to do końca, na co Harris (z poczuciem krzywdy wypisanym na twarzy) prosi pianistę o akompaniament. Pianista posłusznie zaczyna grać preludium do arii Lorda Admirała. Nie bacząc na tempo, Harris zaczyna śpiewać.

HARRIS:

Gdy byłem małym chłopczykiem,
To chciałem zostać prawnikiem.

Ogólny ryk śmiechu, co Harris bierze za dobrą monetę. Pianista, mając na uwadze dobro własnej rodziny, rezygnuje z udziału w tej nierównej walce i opuszcza plac boju. Jego miejsce zajmuje jegomość o mocniejszych nerwach.

NOWY PIANISTA (*wesoło*): Mniejsza o preludium, staruszku. Ty śpiewaj, a ja cię dogonię.

HARRIS (*który zaczyna rozumieć, o co chodzi, i wybucha śmiechem*): A niech mnie! Proszę o wybaczenie. No tak, pomyliłem dwie pieśni. Jenkins namieszał mi w głowie. Zaczynajmy.

Śpiewa; jego głos dobiega jak ze studni, niczym łoskot zwiastujący trzęsienie ziemi.

Gdy byłem małym…

(*Półgębkiem do pianisty*): Za nisko, przyjacielu. Jeśli nie masz nic przeciwko temu, zacznijmy od nowa.

Ponownie śpiewa to samo, tym razem falsetem. Wielkie zdziwienie ze strony publiczności. Znerwicowana starsza pani przy kominku zaczyna płakać i trzeba ją wyprowadzić z pokoju.

HARRIS (*niezrażony*):

Myłem okna, myłem drzwi,
Myłem...

Zaraz, zaraz... Myłem okna i wielkie drzwi... Podłogę szorowałem... Tam do licha. Przepraszam najmocniej. Dziwne, nie mogę sobie przypomnieć, jak to leci. Myłem... myłem... Mniejsza z tym, przejdźmy do refrenu (*śpiewa*):

Param-pam pam, Pimpi-rimpi,
Dziś stoję na czele marynarki.

Uwaga, teraz refren, powtarzacie ostatnie dwie linijki.

CHÓR:

Param-pam pan, Pimpi-rimpi,
Dziś stoi na czele marynarki.

Co ciekawe, Harris nie ma zielonego pojęcia, że robi z siebie durnia, a przy okazji działa na nerwy ludziom, którzy nie wyrządzili mu żadnej krzywdy. Wręcz przeciwnie, jest święcie przekonany, że są zachwyceni, i obiecuje zaśpiewać po kolacji coś jeszcze.

Skoro mowa o ariach komicznych i przyjęciach, pamiętam pewien dość osobliwy incydent, w którym miałem sposobność uczestniczyć. Rzuca on światło na ogólny mechanizm natury ludzkiej i dlatego moim zdaniem warto go tu przytoczyć.

Zebraliśmy się w nader kulturalnym i światowym gronie. Mieliśmy na sobie najlepsze ubrania, rozprawialiśmy ze swadą i erudycją i byliśmy bardzo szczęśliwi – wszyscy z wyjątkiem dwóch studentów, którzy właśnie powrócili z Niemiec. Byli to młodzieńcy o dość pospolitej aparycji, którym nadmiar energii wyraźnie nie pozwalał usiedzieć w jednym miejscu. Prawdę mówiąc, byliśmy dla nich zbyt inteligentni. Nie umieli się znaleźć wśród błyskotliwej konwersacji, a i nasz wysmakowany gust daleko wykraczał poza ich wątłe możliwości. Kompletnie do nas nie pasowali i w ogóle nie należało ich wpuszczać. Nikt z nas nie miał później co do tego wątpliwości.

Graliśmy *morceaux* starych niemieckich mistrzów. Dyskutowaliśmy o etyce i filozofii. Flirtowaliśmy wytwornie i z wdziękiem. Nawet żartowaliśmy, naturalnie w granicach przyzwoitości.

Po kolacji ktoś wyrecytował francuski poemat, który jednogłośnie uznaliśmy za bardzo piękny. Następnie pewna dama zaśpiewała sentymentalną balladę po hiszpańsku, tak smutną, iż parę osób uroniło łzę wzruszenia.

Wówczas dwaj wspomniani młodzieńcy powstali z miejsc i zapytali, czy kiedykolwiek mieliśmy okazję usłyszeć, jak Herr Slossenn Boschen (który właśnie przyszedł i akurat znajdował się w jadalni) śpiewa arię komiczną po niemiecku.

Odparliśmy, że nie.

Jeden z młodzieńców oznajmił, że to najzabawniejsza aria, jaką kiedykolwiek napisano i (jeśli sobie życzymy) poprosi Herr Slossenn Boschena (którego bardzo dobrze zna), aby ją zaprezentował. Podobno jest tak śmieszna, że gdy Herr Slossenn Boschen odśpiewał ją kiedyś przed cesarzem niemieckim, trzeba było go (cesarza) zanieść do łóżka, bo ze śmiechu nie mógł ustać na nogach.

Młodzieńcy zgodnie twierdzili, że pod względem kunsztu Herr Slossenn Boschen nie ma sobie równych, albowiem podczas występu zachowuje powagę typową raczej dla arii tragicznych, co rzecz jasna wzmaga pocieszny efekt. Nie daje po sobie poznać, że śpiewa coś śmiesznego, inaczej wszystko by popsuł. To właśnie ceremonialny, żeby nie powiedzieć podniosły ton pieśni czyni ją tak nieodparcie komiczną.

Żądni uciechy zapragnęliśmy to usłyszeć, toteż młodzieńcy niezwłocznie udali się po naszego artystę.

Herr Schlossenn Boschen chyba odniósł się do naszej prośby z aprobatą, gdyż zaraz przyszedł na górę i bez słowa zasiadł przy pianinie.

– Zaraz zobaczycie. Boki zrywać – szepnęli młodzieńcy, po czym przeszli przez pokój i zajęli dyskretną pozycję za plecami profesora.

Herr Schlossenn Boschen sam sobie akompaniował. Preludium nie zapowiadało arii komicznej; ba, wydawało się wręcz przygnębiające. Ciarki przeszły nam po plecach, lecz skoro profesor grał na modłę niemiecką, postanowiliśmy cierpliwie czekać na rozwój wydarzeń.

Nie znam niemieckiego. Uczyłem się go w szkole, lecz dwa lata po jej ukończeniu nie pamiętałem już ani słowa, i zrobiło mi się znacznie lżej na duszy. Uznałem wszelako, iż roztropniej będzie nie zdradzać swojej ignorancji przed znajomymi, w związku z czym wpadłem na wyborny w swoim mniemaniu pomysł, a mianowicie obserwowałem reakcje dwóch studentów. Kiedy parskali śmiechem, ja robiłem to samo, a gdy szczerzyli zęby, sumiennie szedłem za ich przykładem. Sporadycznie chichotałem też z własnej inicjatywy, jakbym dostrzegał komizm tam, gdzie uszedł on uwagi pozostałych. Moim zdaniem było to bardzo sprytne i pomysłowe.

W miarę upływu czasu począłem dostrzegać, że inni również nie spuszczają oka z młodzieńców, ukradkiem obserwując i mnie. Oni także we wskazanych momentach parskali śmiechem i szczerzyli zęby, a że studenci czynili to nader często, szło nam nadzwyczaj gładko.

Wszelako niemiecki profesor nie miał zbyt uszczęśliwionej

miny. Kiedy po raz pierwszy gruchnęliśmy śmiechem, na jego twarzy odmalowało się niebotyczne zdumienie, jakby miał do czynienia z najmniej spodziewaną reakcją. Uznaliśmy to za przezabawne: wszak uprzedzono nas, iż jest to część gry. Gdyby profesor dał po sobie poznać, że wie, jaki jest zabawny, jego wysiłki poszłyby na marne. Stopniowo jego zaskoczenie ustąpiło miejsca irytacji i jął toczyć wściekłym spojrzeniem po zgromadzonych (wyłączając studentów, którzy przezornie ulokowali się za jego plecami). Na ten widok zaczęliśmy pokładać się ze śmiechu. Mówiliśmy sobie, że chyba zaraz pękniemy. Słowa pieśni same w sobie były paradne, a połączeniu z udawaną powagą profesora – po prostu boki zrywać!

W ostatniej zwrotce artysta przeszedł samego siebie. Rzucił nam tak miażdżące spojrzenie, że gdyby nie ostrzeżenia studentów, pewnie byśmy się zaniepokoili, po czym uderzył w tak żałosną nutę, że gdybyśmy nie mieli do czynienia z komiczną piosenką, ani chybi wybuchnęlibyśmy płaczem.

Ostatnim taktom towarzyszyły gromkie salwy śmiechu. Zgodnie doszliśmy do wniosku, że w życiu nie słyszeliśmy czegoś równie zabawnego. To doprawdy zadziwiające, mówiliśmy, że Niemcy mają opinię narodu kompletnie pozbawionego poczucia humoru. I poradziliśmy profesorowi, by przetłumaczył pieśń na angielski w celu rozpowszechnienia jej w mniej wykształconych kręgach.

Herr Slossenn Boschen z rozmachem powstał z krzesła i zrobiło się bardzo nieprzyjemnie. Zaczął kląć na nas po niemiecku (czyli w języku wprost do tego stworzonym), skakać i wymachiwać pięściami, przetykając swą tyradę nielicznymi znanymi mu angielskimi obelgami. Oświadczył też, że w życiu nie doznał takiej zniewagi.

Okazało się, że pieśń wcale nie była śmieszna. Opowiadała o dziewczynie mieszkającej w Górach Harcu, która oddała życie, by ratować duszę kochanka. Kiedy umarł, spotkali się w niebiosach, gdzie niewierny wystawił ją do wiatru i rzucił dla innej. Nie pamiętam szczegółów, ale chodziło o coś bardzo smutnego. Herr Boschen śpiewał ją kiedyś dla cesarza niemieckiego, który szlochał jak dziecko. Podobno była to jedna z najbardziej tragicznych i uroczystych pieśni w języku niemieckim.

Sytuacja była, co tu dużo mówić, bardzo niezręczna. Nie mieliśmy pojęcia, jak z niej wybrnąć. Rozejrzeliśmy się za dwójką kawalarzy, ci jednak ulotnili się chyłkiem tuż po występie profesora.

Spotkanie dobiegło końca. W życiu nie widziałem, żeby towarzystwo rozeszło się tak cicho i bez ceregieli. Obyło się nawet bez pożegnania. Przemykając pod ścianami, kolejno zeszliśmy na dół i szeptem poprosiliśmy służącego o kapelusze i okrycia, po czym wymknęliśmy się z domu i nie patrząc na boki, z ulgą zniknęliśmy za węgłem.

Od tamtej pory straciłem zainteresowanie niemieckimi pieśniami.

O wpół do czwartej dotarliśmy do śluzy w Sunbury. Rzeka jest tam przeurocza, woda w śluzie tak samo, ale nie próbujcie wiosłować w niej pod prąd.

Ja kiedyś spróbowałem. Siedziałem przy wiosłach i zapytałem kolegów, którzy sterowali, czy ich zdaniem da się to zrobić, a oni na to, że przy odrobinie wysiłku jak najbardziej. Przepływaliśmy akurat pod niewielkim mostkiem, który przecina śluzę pomiędzy dwiema groblami, toteż mocniej uchwyciłem wiosła i napiąłem mięśnie.

Wiosłowałem jak się patrzy, miarowo i rytmicznie. Pracowałem dosłownie całym ciałem, a do tego w wielkim stylu. Koledzy stwierdzili, że aż miło na mnie patrzeć. Po upływie pięciu minut uznałem, że chyba dopływamy do grobli, i uniosłem wzrok. Staliśmy pod mostkiem dokładnie w punkcie wyjścia, a ci dwaj kretyni dusili się ze śmiechu. Mimo morderczych wysiłków nie przesunąłem łodzi nawet o cal.

Od tamtej pory dałem sobie spokój z wiosłowaniem pod prąd. Niech inni się męczą.

Dopłynęliśmy do Walton, całkiem sporego jak na miejscowość położoną nad rzeką. Podobnie jak w przypadku innych miasteczek tego rodzaju, tylko jego skrawek dosięga wody, w związku z czym można ulec złudzeniu, iż mamy do czynienia z wioską złożoną z nie więcej niż pół tuzina domów. Windsor i Abingdon to jedyne miejscowości pomiędzy Londynem a Oksfordem widoczne od strony rzeki. Pozostałe kryją się za rogiem, mamiąc widokiem pojedynczej ulicy. I chwała im za to: wolę patrzeć na lasy, pola i wodociągi.

Nawet Reading, które w dużej mierze plugawi widok, litościwie chowa szpetną facjatę za kępą drzew.

Walton gościło onegdaj Cezara, który miał tu okopy bądź obozowisko. Cezar często stacjonował opodal rzeki. Zaglądała tu również królowa Elżbieta, jakżeby inaczej. Wszędzie jej było pełno, gdziekolwiek się nie obejrzysz. Cromwell i Bradshaw (nie ten, który jest naszą wyrocznią, lecz ten, który posłał na śmierć króla Karola) także bywali w okolicy. Musieli razem tworzyć wcale sympatyczną gromadkę.

W kościele w Walton znajduje się „uzda sekutnicy". Używano jej kiedyś, aby trzymać w ryzach babskie języki. Obecnie porzucono wszelkie próby w tym kierunku. Podejrzewam, iż zaczynało brakować żelaza, a pozostałe tworzywa okazały się za słabe, by sprostać wyzwaniu.

W kościele można też obejrzeć kilka ciekawych krypt; obawiałem się, że Harris będzie mi wiercił dziurę w brzuchu, ale chyba o nich zapomniał i popłynęliśmy dalej. Powyżej mostu rzeka wije się we wszystkie strony. Wygląda to nader malowniczo, lecz z punktu widzenia osoby wiosłującej bądź holującej łódź bywa dość irytujące, stając się kością niezgody pomiędzy wyżej wspomnianymi.

Po prawej stronie mijamy Oatlands Park. To bardzo stary i słynny zakątek. Henryk VIII skradł go pewnej osobie, nie pamiętam dokładnie komu, po czym sam tu zamieszkał. W parku znajduje się grota, którą można zwiedzić po uiszczeniu stosownej opłaty. Uchodzi za nadzwyczaj interesującą, lecz osobiście nie widzę w niej nic szczególnego. Świętej pamięci księżna Yorku, która mieszkała w Oatlands, kochała psy i miała ich niewyobrażalną liczbę. Kazała utworzyć specjalny cmentarz, gdzie chowała je po śmierci. Każdy z pięćdziesięciu pupilów spoczywa pod własnym nagrobkiem opatrzonym stosownym epitafium.

Cóż, jak mniemam, otrzymały to, na co zasługuje przeciętny chrześcijanin.

Pod Corway Stakes, na pierwszym zakolu za mostem waltońskim, rozegrała się bitwa między wojskami Cezara i Cassivelaunusa. Cassivelaunus przygotował rzekę na przyjęcie wielkiego Rzymianina, najeżając ją licznymi żerdziami (bez wątpienia nie obyło się też bez tablic ostrzegawczych). Ale Cezar i tak dopiął swego. Za nic nie udało się go wykurzyć z Tamizy. Oto przykład człowieka, któremu chętnie kazalibyśmy wiosłować pod prąd.

Od strony rzeki miasteczka Halliford i Shepperton prezentują się wcale malowniczo, ale tak naprawdę nie wyróżniają się niczym szczególnym. Na cmentarzu w Shepperton wszelako widnieje obelisk, na którym wyryto poemat, w związku z czym nabrałem skądinąd uzasadnionych obaw, że Harris uprze się go zobaczyć. W miarę jak podpływaliśmy coraz bliżej, zauważyłem, jak spogląda tam tęsknym wzrokiem, toteż jednym zwinnym ruchem strąciłem mu do wody czapkę. Oburzony moją niezdarnością rzucił się w ślad za nią i z tego wszystkiego zapomniał o wymarzonym obelisku.

W Weybridge wpadają do Tamizy Wey (uroczy strumień, żeglowny dla mniejszych łodzi aż do Guildford; zawsze chciałem go zbadać, ale nigdy mi się to nie udało), Bourne oraz kanał Basingstoke. Śluza znajduje się dokładnie na wysokości miasta i pierwszą rzeczą, jaka rzuciła się nam w oczy, był blezer George'a przy jednej z bramek. Bliższe oględziny wykazały, iż kryje on naszego przyjaciela we własnej osobie.

Montmorency zaczął ujadać, ja wrzasnąłem, Harris ryknął, a George pomachał kapeluszem i odkrzyknął coś w odpowiedzi. Dozorca śluzy pospieszył z bosakiem, święcie przekonany, że ktoś wpadł do wody, po czym ku swej nieopisanej irytacji stwierdził, że nic z tego.

George trzymał w ręku dość intrygujący pakunek owinięty ceratą, z jednej strony płaski i okrągły, a z drugiej wyposażony w prostą, podłużną rączkę.

– A cóż to takiego? – spytał Harris. – Patelnia?

– Bynajmniej – odpowiedział George z szaleńczym błyskiem w oku. – Macie przed sobą ostatni krzyk mody, absolutnie niezbędny podczas rejsu. Oto bandżo.

– Nie wiedziałem, że grasz na bandżo! – wykrzyknęliśmy jednocześnie.

– Niezupełnie – uściślił George. – Ale to podobno bajecznie proste. Poza tym mam instrukcję!

Rozdział 9

George poznaje uroki ciężkiej pracy. Barbarzyńskie zwyczaje lin holowniczych. Niewdzięczne postępowanie „dwójki". Holujący i holowani. Odkrycie pożytku z zakochanych. Osobliwe zniknięcie starszej pani. Co nagle, to po diable. Holowanie przez dziewczęta i towarzyszące temu przyjemności. Zaginiona śluza, czyli o nawiedzonej rzece. Muzyka. Ocaleni!

Z miejsca zaprzęgliśmy George'a do pracy. Ma się rozumieć, ani mu to było w głowie. Tłumaczył, że w banku dostał w kość. Harris, z natury obcesowy i bezlitosny, niezwłocznie pozbawił go złudzeń.

– Aha! No to teraz dostaniesz w kość na rzece, odmiana wyjdzie ci na zdrowie. Wysiadaj!

Nikt, nawet George, nie miałby w podobnej sytuacji sumienia odmówić. Naturalnie próbował perswadować, że najlepiej będzie, jeśli zostanie w łódce i przygotuje podwieczorek, podczas gdy Harris i ja zajmiemy się holowaniem. Wszak przygotowanie podwieczorku to mordercza harówka, a my wyglądamy na wykończonych. W odpowiedzi tylko wręczyliśmy mu linę. Chcąc nie chcąc, złapał ją bez słowa i jak niepyszny wyszedł na brzeg.

Liny holownicze bywają z natury dziwne i nieprzewidywalne. Zwijasz je z pietyzmem godnym co najmniej nowej pary spodni, by po pięciu minutach stwierdzić, że niepostrzeżenie zamieniły się w jeden upiorny, gigantyczny supeł.

Bez urazy, ale jestem głęboko przekonany, że gdyby wziąć pierwszą z brzegu linę holowniczą, rozwinąć ją na płaskim terenie, a następnie spuścić z oka na trzydzieści sekund, samoistnie utworzyłaby najeżoną węzłami, pozbawioną końców plątaninę, której rozsupłanie zajęłoby nam dobre pół godziny.

Takie jest moje zdanie o linach holowniczych w ogóle. Oczywiście nie wykluczam istnienia chlubnych wyjątków, bynajmniej. Być może są gdzieś na świecie liny holownicze, które przynoszą dumę swej profesji – sumienne, szacowne liny, które posłusznie robią, co do nich należy, i nie próbują ukradkiem zamienić się w robótkę szydełkową. Mówię „być może" i mam szczerą nadzieję, że takowe istnieją. Ale ja nie miałem z nimi do czynienia.

Naszą linę zwinąłem własnoręcznie, zanim dopłynęliśmy do śluzy. Wolałem zrobić to sam, gdyż Harris jest bardzo niedbały. Zwinąłem ją powoli i metodycznie, następnie związałem w środku, złożyłem na dwoje i ostrożnie umieściłem na dnie łódki. Harris podniósł ją z namaszczeniem i podał George'owi, który począł rozplatać zwój tak ostrożnie, jakby co najmniej przewijał noworodka. Niestety, zanim doszedł do dziesięciu jardów, rzecz znów przypominała niechlujnie utkaną, rozwichrzoną wycieraczkę.

Zawsze to samo. Dalszy bieg wydarzeń jest również łatwy do przewidzenia. Człowiek na brzegu usiłuje rozplątać linę i obwinia tego, kto ją zwijał, a że co na sercu, to na języku, wymiana zdań przebiega następująco:

– Coś ty zrobił z tą liną? Co to ma niby być, sieć rybacka? Ładnie ją zaplątałeś, nie można było zwinąć jej porządnie, ty zakuta pało? – mamrocze, desperacko walcząc ze sznurem. Wreszcie rozkłada go na ścieżce i biega w kółko, usiłując znaleźć koniec.

Tymczasem człowiek w łodzi uważa, iż wina leży po stronie tego, kto ją rozwija.

– Kiedy ją brałeś, wyglądała jak należy! – burczy obrażony. – Może byś tak pomyślał, co robisz? Zawsze byle szybko i byle jak! Nawet kij byś poplątał, ot, co!

I są na siebie tak wściekli, że jeden najchętniej powiesiłby drugiego, na linie holowniczej oczywiście. Mija dziesięć minut, po czym pierwszy z wrzaskiem dopada sznura i gnany rozpaczliwą chęcią znalezienia końca szarpie na oślep, w wyniku czego tylko zacieśnia supeł. Wtedy drugi wyłazi z łodzi i spieszy mu na pomoc, co rzecz jasna do niczego nie prowadzi, bo tylko sobie nawzajem przeszkadzają. Jednocześnie łapią za linę i ciągną ją w przeciwnych kierunkach, przekonani, że gdzieś się zahaczyła. Wreszcie po wielkich wysiłkach udaje im się rozplątać supeł, po czym odwróciwszy się, stwierdzają, że łódź odpłynęła i zmierza prosto w kierunku grobli.

Osobiście miałem do czynienia z jednym takim przypadkiem. Działo się to w okolicach Boveney w pewien dość wietrzny poranek. Płynęliśmy z prądem, a gdy minęliśmy zakręt, naszym oczom ukazało się dwóch mężczyzn na brzegu. Spoglądali na siebie z wyrazem największej bezradności i oszołomienia, jakie kiedykolwiek przyszło mi oglądać na ludzkim obliczu. Trzymali w rękach linę holowniczą. Podpłynęliśmy bliżej i zapytaliśmy, co się stało.

– Jak to co, nasza łódź znikła! – odrzekli urażonym tonem. – Ledwie co wyszliśmy na brzeg, aby rozplątać linę, odwracamy się, a jej nie ma!

Ich miny świadczyły dobitnie, iż uważają to za przejaw skrajnej niewdzięczności z jej strony.

Znaleźliśmy uciekinierkę jakieś pół mili dalej, wciśniętą w szuwary, po czym oddaliśmy ją właścicielom. Dam głowę, że przez kolejny tydzień nie spuszczali jej z oka.

Nigdy nie zapomnę widoku tamtych mężczyzn, chodzących tam i z powrotem po brzegu i rozglądających się za łodzią.

Zabawne incydenty związane z holowaniem bynajmniej nie należą do rzadkości. Najczęściej widujemy dwie osoby, które zdążają przed siebie dziarskim krokiem, pochłonięte ożywioną konwersacją, podczas gdy sto jardów za nimi człowiek rozpaczliwie wymachuje wiosłem i na próżno traci głos w łodzi, błagając, by stanęły. A to ster odpadł, a to osęka wypadła za burtę, a to kapelusz zleciał do wody i teraz mknie z nurtem. Sternik krzyczy na holowników, żeby się zatrzymali. Zrazu czyni to łagodnym i uprzejmym tonem.

– Halo! Zatrzymajcie się na chwilę, dobrze? – woła. – Spadł mi kapelusz.

Potem nieco gwałtowniej:

– Halo! Tom, Dick! Słyszycie mnie?

A następnie:

– Halo! A żeby was pokręciło, barany! Halo! Stać! Ach, wy...!

Wreszcie podrywa się z miejsca i tańczy w łodzi, rycząc na całe gardło tak, że krew mało mu nie tryśnie z twarzy, i klnąc na czym świat stoi. Chłopcy na brzegu pokazują go palcami i chichoczą, a gdy przepływa obok z prędkością czterech mil na godzinę, obrzucają go kamieniami.

Większości tego rodzaju kłopotów można by uniknąć, gdyby holujący nie zapominali, że holują, i raczyli od czasu do czasu obejrzeć się na sternika. Najlepiej, kiedy holuje jedna osoba. Dwie wnet zaczynają paplać o dyrdymałach i zapominają o bożym świecie, pozostawiając łódź i jej pasażera na pastwę losu.

Kiedy dyskutowaliśmy o tym po kolacji, George przytoczył historyjkę na potwierdzenie skrajnej nonszalancji po stronie holujących.

On i jego trzej towarzysze płynęli kiedyś bardzo obciążoną łodzią z Maidenhead. Nieco powyżej śluzy w Cookham zobaczyli młodzieńca z dziewczyną, wędrujących wzdłuż brzegu i bez reszty pochłoniętych najwyraźniej bardzo interesującą rozmową. Między sobą nieśli osękę z doczepioną liną, która wlokła się za nimi jednym końcem zanurzona w wodzie. W zasięgu wzroku nie było żadnej łódki. Zapewne kiedyś znajdowała się na rzeczonym końcu liny, ale jaki ponury los ją spotkał, nie wiadomo. Jedno było jasne: cokolwiek się stało, w żaden sposób nie zakłóciło spokoju dwojga młodych.

Mieli osękę, mieli linę i szli przed siebie w poczuciu dobrze spełnionego obowiązku.

George już miał zawołać i obudzić tę parkę, kiedy naraz wpadł na genialny pomysł. Chwyciwszy bosak, zahaczył nim linę, a następnie zawiązał na niej pętle i zarzucił na maszt. Potem wszyscy czterej odłożyli wiosła, zasiedli wygodnie na rufie i zapalili fajki.

Tym sposobem dwoje młodych ludzi zaholowało czterech zwalistych chłopów i wyładowaną po brzegi łajbę aż do Marlow.

George przyznał, że w życiu nie widział tyle przemożnego smutku w jednym spojrzeniu jak wówczas, kiedy na wysokości śluzy młodzi spostrzegli, że przez ostatnie dwie mile holowali niewłaściwą łódź. I dodał, że gdyby nie kojący wpływ słodkiego dziewczęcia u boku, młodzieniec zapewne dałby upust swemu zdumieniu w nieco bardziej dosadny sposób.

Panienka otrząsnęła się pierwsza, po czym klasnęła w ręce i zawołała z rozpaczą:

– Ach, Henry! Gdzie cioteczka?

– Czy znaleźli starszą panią? – spytał Harris.

George nie wiedział.

Świadkami innego dowodu na brak porozumienia pomiędzy holowanym i holującym byliśmy kiedyś z George'em opodal Walton. Stało się to w miejscu, gdzie ścieżka holownicza nieomal styka się z rzeką. Obozowaliśmy wówczas na drugim brzegu, toteż nic z tego, co działo się na rzece, nie uchodziło naszej uwagi. Naraz ujrzeliśmy niewielką łódkę holowaną w zawrotnym tempie przez ogromnego konia z niepozornym chłopczykiem na grzbiecie. Na łódce wylegiwało się sennie pięciu jegomości. Sternik sprawiał wrażenie najbardziej zrelaksowanego.

– Chciałbym zobaczyć, jak pociąga za niewłaściwą linkę – mruknął George. I tak też się stało. Łódź runęła na brzeg z trzaskiem, jakby ktoś rozerwał czterdzieści tysięcy prześcieradeł. Dwóch pasażerów, kosz oraz trzy wiosła w jednej chwili wylądowało za bakburtą i spoczęło na brzegu, a kolejnych dwóch panów wyleciało z przeciwnej strony i usiadło wśród haków, żagli, tobołków i porozrzucanych butelek. Ostatni pasażer pokonał jeszcze dwadzieścia jardów, po czym stanął na głowie.

Pozbawiona balastu łódź pomknęła jak wiatr, a chłopiec okrzykiem popędził konia, który posłusznie ruszył przed siebie galopem. Pasażerowie wymienili nieprzytomne spojrzenia. Upłynęło kilka sekund, nim zrozumieli, co się stało, po czym jak nie zaczną krzyczeć na chłopaka, żeby się zatrzymał. Ten wszelako, bez reszty pochłonięty koniem, okazał się głuchy na ich nawoływania, toteż bez namysłu rzucili się za nim w pogoń. Patrzyliśmy, jak biegną, dopóki nie zniknęli nam z oczu.

Nie mogę z ręką na sercu powiedzieć, że było mi ich żal. Życzyłbym sobie tylko, aby wszystkich młodych durniów, którzy poczynają sobie w ten sposób (a jest ich bez liku), spotkał taki sam los. Narażają oni bowiem na nerwy i niebezpieczeństwo nie tylko siebie, ale i wszystkich, którzy mają pecha stanąć im na drodze. Przy takiej prędkości kolizja często bywa nieunikniona. Ich lina zahacza się o twój maszt i przewraca twoją łódź albo trafia na któregoś z pasażerów, skazując go na kąpiel bądź poważne obrażenia. Dlatego warto zawsze mieć w pogotowiu grubą żerdź i w razie czego pokazać im, gdzie raki zimują.

Najbardziej ekscytujące przeżycie związane z holowaniem to bycie holowanym przez dziewczęta. Każdy powinien tego posmakować. Są do tego potrzebne trzy panienki: dwie trzymają linę, a trzecia biega w kółko i chichocze. Zwykle zaczynają od tego, że same się zaplątują. Najpierw pętają sobie nogi, w związku z czym muszą przysiąść na ścieżce i się uwolnić, a następnie zarzucają sobie linę na szyje i mało nie przypłacają tego życiem. Wreszcie prostują linę i puszczają się biegiem, holując łódź z iście niebezpieczną szybkością. Pokonawszy sto jardów, oczywiście ledwie zipią, toteż zatrzymują się i ze śmiechem siadają na trawie, by odpocząć. Tymczasem łódź dryfuje na środek rzeki i obraca się dokoła własnej osi, przeto nim się spostrzeżesz i zdążysz chwycić za wiosło, siedzisz tyłem do kierunku jazdy. Wtedy one wstają i nie posiadają się ze zdumienia.

– Och, patrzcie! – konstatują z niedowierzaniem. – Wypłynął na środek.

Następnie przez jakiś czas zdążają przed siebie w miarowym tempie, aż wreszcie którejś strzela do głowy, żeby sobie podkasać sukienkę, i wszystkie trzy stają jak wryte, a łódka ląduje na mieliźnie.

Zrywasz się z miejsca, odpychasz ją od brzegu i krzyczysz, żeby się nie zatrzymywały.

– Aha. A co się właściwie stało? – odkrzykują w odpowiedzi.

– Nie zatrzymujcie się! – wrzeszczysz.

– Że co?

– Nie zatrzymujcie się... no dalej, dalej!

– Idź tam, Emily, i zapytaj, o co mu chodzi – proponuje jedna z dziewcząt, na co Emily posłusznie zawraca i zapytuje, w czym rzecz.

– O co chodzi? – pyta. – Czy coś się stało?

– Nie – odpowiadasz. – Wszystko w porządku. Po prostu idźcie przed siebie i się nie zatrzymujcie.

– Niby dlaczego?

– Bo nie mogę sterować. Musicie nadawać tempo.

– Co nadawać?

– Tempo. Po prostu holujcie i już.

– Aha. Dobrze, zaraz im powiem. Jak nam idzie?

– Fantastycznie, tylko pamiętajcie, żeby się nie zatrzymywać.

– To dziecinnie łatwe, a spodziewałam się Bóg wie czego.

– No widzisz. Nie róbcie postojów, a wszystko pójdzie jak z płatka.

– Rozumiem. Czy mógłbyś mi podać mój czerwony szal, leży pod poduszką.

Znajdujesz szal i podajesz Emily. Przychodzi następna dziewczyna i też prosi o szal, po czym stwierdza, że na wszelki wypadek weźmie też szal Mary. Mary nie chce szala, toteż przynoszą go z powrotem i biorą grzebień. Po dwudziestu minutach ruszają w dalszą drogę, by wnet narobić rabanu na widok krowy, a ty rzecz jasna musisz wyleźć z łódki, aby przepłoszyć Bogu ducha winne zwierzę.

Tak, kiedy dziewczęta holują, w łodzi nie ma ani chwili na nudę.

Wreszcie George rozplątał linę i gładko pociągnął nas do Penton Hook. Tam omówiliśmy niezmiernie istotną kwestię biwakowania. Postanowiliśmy spędzić noc na pokładzie, pytanie brzmiało tylko, gdzie zacumować, czy od razu, czy też za Staines. Wszelako słońce świeciło jasno, przeto uznaliśmy, że jeszcze za wcześnie na postój, i popłynęliśmy do oddalonego o trzy i pół mili Runnymede, cichego, zalesionego zakątka, wprost wymarzonego na postój.

Potem żałowaliśmy, że nie zatrzymaliśmy się w Penton Hook. Trzy, cztery mile pod prąd wczesnym rankiem to drobnostka, ale u schyłku dnia taki dystans potrafi człowiekowi dać w kość. Jesteś tak zmachany, że nie masz siły nawet podziwiać widoków. Nie śmiejesz się i nie gawędzisz. Każde pół mili zdaje się niczym dwie. Nie możesz uwierzyć, żeś przepłynął ledwie mały kawałek, i wątpisz w rzetelność mapy, bo przecież pokonałeś co najmniej dziesięć mil, a śluzy jak nie było, tak nie ma. Ba, nachodzą cię obawy, że ktoś ją ukradł i przestawił gdzie indziej.

Dobrze pamiętam, ile nerwów kosztowała mnie pewna wyprawa. Wybrałem się na wycieczkę w towarzystwie młodej panienki, mojej kuzynki po kądzieli. Płynęliśmy do

Goring. Zrobiło się późno i chcieliśmy jak najszybciej być w domu, a przynajmniej jej bardzo na tym zależało. O wpół do szóstej dotarliśmy do śluzy w Benson; zapadał zmierzch i panienka jęła wprost wychodzić ze skóry. Oznajmiła, że koniecznie musi wrócić do domu na kolację. W odpowiedzi odrzekłem, iż w moim interesie jest uczynić to samo, następnie wyjąłem mapę, by sprawdzić nasze położenie. Jak się okazało, znajdowaliśmy się półtorej mili od następnej śluzy w Wallingford. Od Cleeve dzieliło nas kolejnych pięć mil.

– Spokojna głowa – zapewniłem. – Przed siódmą dotrzemy do kolejnej śluzy, a potem zostanie nam już tylko jedna. – Po czym energicznie zabrałem się do wiosłowania.

Minęliśmy most. Po chwili zapytałem, czy widzi śluzę. Kiedy zaprzeczyła, powiedziałem: „Aha" i niezmordowanie wiosłowałem dalej. Minęło kolejne pięć minut i poprosiłem, by znów wytężyła wzrok.

– Nie widzę żadnej śluzy – zabrzmiała powtórna odpowiedź.

– Je... jesteś pewna, że potrafisz rozpoznać śluzę? – spytałem z wahaniem, nie chcąc jej urazić.

Ale panienka się nie obraziła, zaproponowała tylko, żebym sam sprawdził. Odłożywszy wiosła, rozejrzałem się dokoła. Przed nami w półmroku widniał długi na milę prosty odcinek rzeki. I nigdzie ani śladu śluzy.

– Chyba nie myślisz, że się zgubiliśmy, prawda? – zapytała moja towarzyszka.

Wydawało mi się to wręcz nieprawdopodobne, lecz wysunąłem przypuszczenie, że jakimś cudem zboczyliśmy z kursu i zmierzamy w stronę wodospadu.

Moja hipoteza nie podniosła jej jednak na duchu i panienka wybuchnęła płaczem. Wyszlochała, że ani chybi oboje utoniemy i że to kara za to, iż ze mną popłynęła.

Uznałem ją za nieco niewspółmierną do przewinienia, ale

kuzynka za nic nie dawała się przekonać i wyraziła nadzieję na szybką i w miarę bezbolesną śmierć.

Próbowałem ją uspokoić i zbagatelizować całą sprawę. Powiedziałem, że zapewne płynęliśmy zbyt wolno i lada chwila zobaczymy śluzę, po czym mocniej chwyciłem wiosła i przepłynęliśmy kolejną milę.

Wreszcie sam zacząłem się denerwować. Ponownie spojrzałem na mapę. Śluza w Wallingford widniała na niej jak byk, półtorej mili pod śluzą w Benson. Nie miałem powodu, by wątpić w wiarygodność mapy, poza tym doskonale pamiętałem to miejsce, przepływałem tamtędy dwukrotnie. Gdzie my jesteśmy? Co się mogło stać? Nabrałem podejrzeń, że to sen, że chrapię w najlepsze w swoim łóżku, a za chwilę ktoś zbudzi mnie i oznajmi, iż minęła dziesiąta rano.

Zapytałem kuzynkę, czy to możliwe, że śnię; odparła, iż właśnie miała mi zadać to samo pytanie. Skoro zaś obojgu nam się wydaje, że śpimy, to w takim razie, kto z nas należy do świata rzeczywistości? Była to nader frapująca kwestia.

Mimo to wiosłowałem dalej. Jak okiem sięgnąć nie było ani śladu śluzy, a rzeka w zapadających ciemnościach stawała się coraz bardziej mroczna i tajemnicza, siejąc w naszych sercach coraz większy strach i niepokój. Pomyślałem o strzygach, upiorach i goblinach oraz o bezlitosnych dziwożonach, które przesiadują nocami na skałach, wabiąc ludzi w śmiercionośne wiry i inne takie. Żałowałem, że jestem takim grzesznikiem i że nie znam więcej psalmów. Naraz w owe niewesołe rozmyślania wdarły się kojące dźwięki *Dał im radę* grane fałszywie na harmonii i zrozumiałem, że jesteśmy uratowani.

W zasadzie nie przepadam za harmonią, lecz ach! W owej chwili jej zawodzenie zabrzmiało w mych uszach jak najcudowniejsza muzyka, daleko piękniejsza od głosu Orfeusza, lutni Apolla i tym podobnych. Przy naszym stanie ducha niebiańska melodia stałaby się dla nas źródłem dodatkowej udręki: bezbłędne solo na harmonii zabrzmiałoby jak memento i kazałoby nam porzucić wszelką nadzieję. Wszelako spazmatyczna i dość bezładna interpretacja piosenki miała w sobie coś wybitnie ludzkiego i krzepiącego.

Słodkie dźwięki zabrzmiały nieco bliżej i łódź, z której płynęły, wkrótce się z nami zrównała.

Ujrzeliśmy w niej grupkę hożych dziewcząt i chłopców, którzy wybrali się na wycieczkę przy księżycu. (Księżyca wprawdzie nie było, ale to w końcu nie ich wina.) W życiu nie widziałem tak uroczej i sympatycznej gromadki. Zawołałem do nich i spytałem o drogę do śluzy w Wallingford, tłumacząc, iż od dwóch godzin nie mogę jej znaleźć.

– Śluza w Wallingford! – odkrzyknęli w odpowiedzi. – Ależ, miły panie, nie ma jej od ponad roku. Śluza w Wallingford została zlikwidowana. Jesteście blisko Cleeve. A niech mnie drzwi ścisną, Bill! Ten pan szuka śluzy w Wallinford!

W życiu nie przyszło mi do głowy coś podobnego. Miałem ochotę rzucić im się na szyję, szlochając z wdzięczności, ale uniemożliwił mi to silny prąd, przeto musiałem ograniczyć się do słów.

Prześcigaliśmy się w podziękowaniach i rozpływając się nad urokiem wieczoru, życzyliśmy im udanej przejażdżki po rzece. Potem chyba zaprosiłem ich na tydzień do siebie, a kuzynka dodała, iż jej mamusia będzie zachwycona, mogąc poznać tak szlachetne grono. Następnie odśpiewaliśmy wspólnie pieśń żołnierzy z *Fausta* i zdążyliśmy do domu na kolację.

Rozdział 10

Pierwsza noc. Pod płachtą. Prośba o pomoc. Przekora czajników i co na nią poradzić. Kolacja. Jak być cnotliwym. Poszukiwana bezludna wyspa, sucha i z wygodami, najlepiej w południowej części Pacyfiku. Zabawny incydent z udziałem ojca George'a. Bezsenna noc.

Harris i ja zaczęliśmy myśleć, że śluzę w Bell Weir spotkał podobny los. George zaholował nas do Staines i przyszła nasza kolej na holowanie. Mieliśmy wrażenie, że ciągniemy jakieś pięćdziesiąt ton i pokonujemy trasę długości czterdziestu mil. O wpół do ósmej wsiedliśmy z powrotem do łodzi i popłynęliśmy wzdłuż lewego brzegu w poszukiwaniu miejsca na postój.

Pierwotnie zamierzaliśmy dopłynąć do wyspy Magna Charta, urokliwego zakątka, gdzie rzeka wije się poprzez zieloną dolinę, i rozbić się w jednej z licznych malowniczych zatoczek. Jednakże nasz pierwotny zapał do podziwiania pięknych widoków jakby nieco osłabł i byliśmy skłonni zadowolić się choćby skrawkiem lądu pomiędzy gazownią i barką z węglem. Marzyliśmy tylko o kolacji i odpoczynku. Tak czy inaczej dobiliśmy do miejsca zwanego Picnic Point, czyli „Piknikowym Ustroniem", i przywiązaliśmy łódź do rozłożystych korzeni wielkiego wiązu, pod którym mieliśmy zamiar biwakować.

Następnie Harris i ja postanowiliśmy zjeść kolację (zrezygnowaliśmy z podwieczorku, aby zyskać na czasie), ale George zaproponował, byśmy lepiej rozłożyli płachtę, nim zupełnie się ściemni, a potem spokojnie zasiądziemy do posiłku.

Rozłożenie płachty okazało się bardziej skomplikowane,

niż się spodziewaliśmy. Teoretycznie rzecz biorąc, czynność wydawała się bajecznie prosta. Brałeś pięć żelaznych pałąków podobnych do obręczy używanych przy grze w krykieta i mocowałeś je do łodzi. Następnie rozciągałeś na nich płachtę i zabezpieczałeś ją przed zsunięciem. Uznaliśmy, że nie zajmie nam to więcej niż dziesięć minut.

Grubo się pomyliliśmy.

Wzięliśmy pałąki i zaczęliśmy wsuwać je w przeznaczone do tego otwory. Nic prostszego, rzekłbyś, wszelako patrząc wstecz, nie mogę się nadziwić, że uszliśmy z tego z życiem i możemy przytoczyć tamte wydarzenia. To nie były pałąki, lecz diabły wcielone. Zacznijmy od tego, że w ogóle nie zamierzały wleźć do otworów: musieliśmy je wpychać na siłę i skopać, a następnie potraktować bosakiem. Kiedy już były w środku, stwierdzaliśmy, że nie pasują do tych konkretnych otworów, i trzeba było znów je wyciągać.

Owa czynność również stanowiła nie lada wyzwanie. Musieliśmy we dwóch przez pięć minut szarpać pałąk, który ni stąd, ni zowąd wyskakiwał jak z procy, usiłując zepchnąć nas do wody i utopić. Pałąki miały pośrodku zawiasy: wystarczyła chwila nieuwagi, a szczypały nas nimi we wrażliwe części ciała. Kiedy zaś zmagaliśmy się z jednym końcem pałąka, usiłując nakłonić go do posłuszeństwa, drugi koniec tchórzliwie zachodził nas od tyłu i zdradziecko walił po głowie.

Wreszcie umocowaliśmy pałąki i pozostawało nam już tylko rozłożenie płachty. George rozwinął ją i przyczepił jeden koniec nad dziobem łódki. Harris stanął pośrodku: jego zadaniem było podać płachtę mnie, czyli w kierunku rufy. Długo musiałem na to czekać. George'owi poszło gładko, wszelako Harris robił to po raz pierwszy i oczywiście spartaczył.

Nie mam pojęcia, jakim cudem zdołał tego dokonać. On sam też nie potrafił udzielić odpowiedzi na to pytanie. Tak czy inaczej, po dziesięciu minutach nadludzkiego wysiłku doszczętnie zaplątał się w brezent. Płachta osaczyła go tak skutecznie, że nie mógł się spod niej wydostać. Zgodnie ze świętym prawem każdego Anglika wnet wszczął rozpaczliwą walkę o wolność, w wyniku czego (jak dowiedziałem się później) zbił z nóg George'a, który klnąc na czym świat stoi, też zaczął się szarpać i sam się zaplątał.

Oczywiście nie miałem wówczas o tym pojęcia i motywy ich poczynań stanowiły dla mnie zagadkę. Stałem tam, gdzie mi przykazano, i czekałem na nadejście płachty. Montmorency tkwił z niespotykaną grzecznością tuż przy mojej nodze. Patrzyliśmy, jak brezent miota się na wszystkie strony, lecz biorąc to za część procedury, nie podjęliśmy żadnych kroków.

Spod płachty dochodziły zdławione okrzyki, co z uwagi na stopień trudności przedsięwzięcia również nie wzbudziło naszych podejrzeń, toteż spokojnie czekaliśmy na sposobniejszy moment, aby włączyć się do akcji.

Czekaliśmy i czekali, lecz atmosfera wyraźnie robiła się coraz bardziej napięta. Wreszcie spod płachty wychynęła zmierzwiona głowa George'a i odezwała się w te słowa:

– Może byś tak pomógł, pacanie jeden? My się tu dusimy, a ten sterczy jak kukła!

Nigdy nie pozostawałem obojętny na apel o pomoc, przeto zanurkowałem pod płachtę i uwolniłem przyjaciół. Jak się okazało, w samą porę, gdyż Harris robił się już siny na twarzy.

Solidne zamocowanie płachty zabrało nam kolejne pół godziny. Następnie posprzątaliśmy pokład i wyjęliśmy prowiant. Postawiliśmy czajnik na dziobie, po czym przeszliśmy na rufę, pozornie zajęci innymi sprawami.

To jedyny sposób, aby zmusić na rzece czajnik do zagotowania wody. Jeśli szelma podejrzy, że czekasz i się niecierpliwisz, przepadłeś z kretesem. Musisz odejść na bok i przystąpić do przygotowywania posiłku, tak jakby herbata zupełnie cię nie interesowała. Nie wolno ci nawet spojrzeć w tamtą stronę. I ani się obejrzysz, jak woda zabulgocze, skora czym prędzej zaparzyć herbatę.

Jeśli ci się spieszy, warto też wypróbować inną sztuczkę, a mianowicie rozprawiać głośno o tym, że w zasadzie nie macie dziś ochoty na herbatę. Stajesz mimochodem w pobliżu czajnika, tak aby mógł was podsłuchać, i wrzeszczysz: „Nie chcę herbaty. A ty, George?", na co George odkrzykuje: „Ależ skąd, nie cierpię herbaty. Lepiej napijmy się lemoniady, herbata jest bardzo niezdrowa". Na te słowa czajnik zaczyna kipieć, aż zalewa maszynkę.

Zastosowaliśmy ów nieszkodliwy wybieg i po chwili herbata była gotowa. Następnie zapaliliśmy latarnię i zasiedliśmy do kolacji.

Ależ byliśmy głodni.

Przez kolejnych trzydzieści pięć minut słychać było tylko zgrzyt sztućców o talerze oraz chrzęst miarowo przeżuwanej strawy. Po upływie wskazanego czasu Harris westchnął: „Ach!", po czym wyjął spod siebie lewą nogę i umieścił tam prawą.

Pięć minut później George wydał z siebie identyczne westchnienie i wyrzucił talerz na brzeg, a po kolejnych trzech Montmorency po raz pierwszy od rozpoczęcia wyprawy dał wyraz swemu zadowoleniu, przewracając się na boki i prostując wszystkie cztery łapy. Ja też westchnąłem: „Ach!" i odrzuciwszy w tył głowę, wyrżnąłem nią w jeden z pałąków, co bynajmniej nie zmąciło mojego spokoju. Nawet nie zakląłem.

Jakaż radość płynie z faktu posiadania pełnego żołądka, jacy jesteśmy zadowoleni z siebie i ze świata! Ludzie obeznani w temacie powiadają, że kto ma czyste sumienie, czuje się szczęśliwy i ukontentowany, wszelako pełny żołądek wywiązuje się z tego zadania równie skutecznie, a do tego mniejszym kosztem. Nic tak nie skłania do wspaniałomyślności jak suty i treściwy posiłek, a jacy jesteśmy po nim szlachetni!

Wpływ organów trawiennych na nasz intelekt to doprawdy

osobliwe zjawisko. Nie możemy myśleć ani pracować dopóty, dopóki żołądek nie uzna tego za stosowne. Narzuca nam emocje i namiętności. Po jajkach i bekonie wydaje rozkaz: „Pracuj!", a po befsztyku i piwie woła: „Śpij!". Po wypiciu herbaty (dwie łyżeczki na filiżankę, czas zaparzania nie dłuższy niż trzy minuty) mówi do mózgu: „A teraz powstań i pokaż swoją siłę. Bądź czuły i elokwentny, wejrzyj czystym spojrzeniem w naturę i życie, rozwiń białe skrzydła rozedrganej myśli i szybuj, boski duchu, ponad chaosem świata, szlakiem płonących gwiazd prosto ku bramom wieczności!".

Po gorących mufinkach słyszymy: „Bądź ociężały i bezmyślny jak krowa na pastwisku, tępe zwierzę o mętnych ślepiach bez iskry fantazji, nadziei, miłości bądź strachu". Natomiast po wypiciu odpowiedniej ilości brandy nasz żołądek powiada: „Dalej, przewracaj się, szczerz zęby i błaznuj ku uciesze kolegów, nurzaj się w szaleństwie, wydawaj bełkotliwe dźwięki i pokaż, jaką bezradną kreaturą jest biedny idiota, który swój rozum i wolę topi niczym nowo narodzone kocięta w miarce trunku".

Tak, jesteśmy żałosnymi niewolnikami własnych żołądków. Porzućcie ideały dobra i praworządności, przyjaciele. Strzeżcie swych żołądków i z rozwagą dostarczajcie im pożywienia, a cnota i zadowolenie zawładną waszym sercem bez wysiłku z waszej strony. Powiadam wam, staniecie się zacnymi obywatelami, kochającymi mężami i czułymi ojcami.

Przed kolacją George, Harris i ja byliśmy kłótliwi i podminowani, gotowi w każdej chwili skoczyć sobie do oczu. Po kolacji zaś promiennie uśmiechaliśmy się do siebie i do psa, pełni miłości do całego świata. Harris niechcący nadepnął George'owi na odcisk. Gdyby to miało miejsce przed kolacją, George puściłby mu taką wiązkę, że aż strach pomyśleć.

Tymczasem powiedział tylko:

– Uważaj, stary, to moja noga.

A Harris, który na głodniaka nie omieszkałby najbardziej

zjadliwym tonem zauważyć, że w promieniu dziesięciu jardów nie sposób nie nastąpić na jakiś fragment stopy George'a i że z takimi kulasami nie godzi się pchać na łódź i najlepiej wywiesić je za burtę, odrzekł:

– Wybacz, przyjacielu. Mam nadzieję, że nie bolało.

George odparł, że bynajmniej, a tak w ogóle to jego wina, czemu Harris gorąco zaprzeczył.

Aż miło było ich posłuchać.

Zapaliliśmy fajki, patrzyliśmy w cichą noc i rozmawialiśmy.

George spytał marzycielsko, dlaczego nie możemy zawsze wieść życia pełnego cnót i dobrych uczynków, z dala od świata oraz jego grzechów i pokus. Odparłem, iż również często o tym rozmyślałem. Następnie rozważyliśmy możliwość wspólnego wyjazdu na jakąś przytulną bezludną wysepkę i zamieszkania w leśnej kniei.

Harris wyraził obawę, że podobno bezludne wyspy bywają dość podmokłe, na co George odpowiedział, że nie, jeśli je starannie osuszyć.

Podjęliśmy temat osuszania i George przypomniał sobie pewien zabawny incydent z udziałem swego ojca. Przed laty podróżował on przez Walię w towarzystwie innego młodego człowieka i któregoś wieczoru zatrzymali się w małej oberży. A że gości tam nie brakowało, nasi bohaterowie przyłączyli się do wspólnej zabawy.

Spędzili bardzo wesoły wieczór i gdy późną nocą postanowili udać się na spoczynek, obaj byli już nieco podchmieleni. Mieli spać w tym samym pokoju, ale na osobnych łóżkach. Wzięli świecę i poszli na górę. Po drodze zgasła im świeca, więc musieli się rozebrać i trafić do łóżek po omacku. Tak też uczynili, ale pech chciał, że zamiast zająć oddzielne łóżka, obaj nieświadomie wleźli do tego samego, przy czym jeden ułożył się we właściwym kierunku, a drugi legł z nogami na poduszce.

Przez chwilę panowała cisza, po czym ojciec George'a powiedział:

– Joe!

– O co chodzi, Tom? – zabrzmiał głos przyjaciela z drugiego końca łóżka.

– W moim łóżku ktoś leży – oznajmił ojciec George'a. – W dodatku z nogami na poduszce.

– To doprawdy niebywałe, Tom – odpowiedział przyjaciel. – Ale niech mnie diabli, jeśli ja też nie mam nieproszonego gościa!

– I co zrobisz? – spytał ojciec George'a.

– Jak to co, zepchnę go na podłogę – padła bezlitosna odpowiedź.

– Ja też – oświadczył mężnie ojciec George'a.

Wywiązała się krótka szamotanina, po czym dwa ciała z łoskotem zwaliły się na podłogę i odezwał się płaczliwy głos:

– Tom!

– Słucham!

– I jak ci poszło?

– Cóż, prawdę mówiąc, zostałem wyrzucony z łóżka.

– Ja też! Do licha z taką oberżą!

– Jak ona się nazywała? – zapytał nagle Harris.

– „Pod Świnią i Gwizdkiem" – odrzekł George. – A co?

– Aha, czyli to nie ta sama.

– Co masz na myśli? – zaciekawił się George.

– To ciekawe – odpowiedział Harris – ale dokładnie to samo przydarzyło się mojemu ojcu. Często słyszałem, jak opowiadał tę historyjkę. Przyszło mi do głowy, że to mogła być ta sama oberża.

O dziesiątej poszliśmy spać. Byłem pewien, że wnet zmorzy mnie sen, ale nic z tego. Zwykle bywa tak, że ledwie zdążę się rozebrać i położyć głowę na poduszce, zaraz ktoś wali do drzwi, wołając, że jest wpół do dziewiątej. Jeddnak owego wieczoru wszystko sprzysięgło się przeciwko mnie. Nowa sytuacja, twarde dno łodzi, niewygodna pozycja (leżałem z nogami pod jedną ławką i głową na drugiej), plusk wody oraz szum wiatru wśród gałęzi – wszystko to nie pozwalało mi zmrużyć oka.

Owszem, zdrzemnąłem się na kilka godzin, ale tak się niefortunnie złożyło, że jakaś złośliwa część łodzi, która wyrosła w ciągu nocy (dam głowę, że za dnia jej nie było) i przed nadejściem świtu znikła bez śladu, boleśnie wpijała mi się w kręgosłup. Śniło mi się, że połknąłem suwerena i ktoś wiercił mi dziurę w plecach, żeby go wydobyć. Uznałem, że to bardzo niemiłe z jego strony, i zapewniłem, że przed upływem miesiąca spłacę dług co do grosza. Ale on nie chciał o tym słyszeć i upierał się, aby odzyskać go teraz, w przeciwnym bowiem razie narosną odsetki. Wyprowadziło mnie to z równowagi i powiedziałem, co o nim myślę: wiercenie w plecach przybrało na sile i się obudziłem.

Pod płachtą panowała duchota i bolała mnie głowa, przeto uznałem, że łyk świeżego powietrza dobrze mi zrobi. Narzuciwszy, co miałem pod ręką, czyli rzeczy zarówno swoje, jak i przyjaciół, wyczołgałem się na brzeg.

Noc zapierała dech w piersi. Księżyc skrył się, pozostawiając ziemię sam na sam z gwiazdami. Zdawało się, że wśród wszechogarniającej ciszy, kiedy my, dzieci ziemi, trwamy pogrążeni we śnie, gwiazdy roztrząsają tajemnice wszechświata, rozprawiając głosami nieuchwytnymi dla ludzkich uszu.

Te gwiazdy, tak dziwne, chłodne i jasne, budzą w nas nabożny lęk. Jesteśmy niczym dzieci, których małe stopy zabłądziły do mrocznej świątyni boga, którego nie znają, a czczą, pomni nauk, jakie im wpajano. Stajemy pod kopułą w smudze mętnego światła, pełni nadziei, a zarazem strachu, iż naszym oczom ukaże się jakaś potworna zjawa.

A jednak noc dodaje nam siły i otuchy. W obliczu jej wielkości nasze małe smutki umykają w popłochu i zawstydzeniu. Dzień obfituje w troski i zgryzoty, a w sercach panoszy się gorycz i zwątpienie wobec rzekomego zła i niesprawiedliwości świata. Wtedy Noc niczym kochająca matka kładzie dłoń na rozgorączkowanym czole, a my spoglądamy przez łzy na jej uśmiechniętą twarz i chociaż milczy, rozumiemy ją bez słów. Następnie wtulamy w jej pierś rozpalony policzek i ból mija jak ręką odjął.

Czasem nasza męka bywa tak rzeczywista i dojmująca, iż stajemy przed nią w milczeniu, niezdolni wyrazić swego bólu słowami, jeno bezsilnym jękiem. Serce Nocy wzbiera litością: nie może ulżyć nam w cierpieniu. Ujmuje naszą dłoń i świat kurczy się w oczach, po czym znika hen w dole. Na mrocznych skrzydłach Nocy mkniemy wysoko w górę i obcujemy przez chwilę z Istotą daleko od niej potężniejszą. W bijącym od Niej blasku żywot ludzki jawi się niczym otwarta księga, w której Smutek i Ból to nic innego jak posłannicy Boga.

I tylko ci, którym przyszło nosić na skroniach koronę cierniową, mogą wejrzeć w cudowne światło, a po powrocie nie wolno im nic o nim mówić ani zdradzić tajemnicy, jaką im powierzono.

Dawno, dawno temu, przez nieznaną i odległą krainę podróżowało kilku cnych rycerzy. Ich droga wiodła poprzez gęsty las, gdzie splątane krzewy tarniny tworzyły mur nieprzebyty, kalecząc tych, którzy mieli nieszczęście tam zbłądzić. Liście drzew zasklepiły się nad głowami podróżnych i mroku nie rozpraszał choćby jeden promyk światła.

Naraz jeden z rycerzy odłączył się od pozostałych i więcej do nich nie powrócił, a ci chcąc nie chcąc, pojechali dalej, opłakując go jak zmarłego.

Gdy dotarli do zamku będącego celem ich podróży, spędzili tam wiele dni, bawiąc się i radując. Pewnego wieczoru, kiedy przysiedli wesoło wokół ognia płonącego w wielkiej sali, nie żałując sobie trunku, nadszedł zagubiony towarzysz i pozdrowił ich serdecznie. I choć złachmaniona odzież wisiała na nim w strzępach, a jego ciało szpeciły liczne rany, twarz młodzieńca jaśniała wyrazem niewysłowionej radości.

Oblegli go, wypytując, co mu się przydarzyło, a on opowiedział im o tym, jak zgubił drogę w ciemnym lesie i błąkał się dniami i nocami, by wreszcie skrwawiony lec bez sił, gotów wnet wyzionąć ducha.

Pewien rychłej śmierci nieoczekiwanie ujrzał przez sobą nadobną dziewicę, która ujęła go za rękę i poprowadziła krętymi ścieżkami nietkniętymi dotąd ludzką stopą. Naraz zajaśniał blask, przy którym światło dnia jawi się niczym kaganek wobec słońca. W blasku tym nasz rycerz ujrzał postać tak cudną i wspaniałą, że zapomniał o krwawiących ranach i patrzył urzeczony, pełen radości bezdennej jak nie przymierzając morska otchłań.

Wreszcie zjawa znikła, a rycerz ukląkł na mchu i podziękował świętemu, który skierował tu jego kroki i objawił tak zachwycającą wizję.

Las ów zwał się Cierpienie, wszelako wizja, która ukazała się oczom szlachetnego rycerza, musi pozostać tajemnicą.

Rozdział 11

O tym, jak to George wstał kiedyś bladym świtem. George, Harris i Montmorency nie lubią widoku zimnej wody. Bohaterstwo i determinacja J. George i jego koszula, czyli historia z morałem. Harris kucharzem. Rys historyczny, specjalnie na użytek szkół.

Następnego ranka obudziłem się o szóstej i zauważyłem, że George też nie śpi. Obaj przewróciliśmy się na drugi bok, próbując znowu zasnąć, ale nasze wysiłki spełzły na niczym. Gdybyśmy mieli ważny powód, aby szybko wstać i się ubrać, niewątpliwie natychmiast zapadlibyśmy w sen i ciągnęli smugę aż do dziesiątej. A że niestety mogliśmy z czystym sumieniem przekimać kolejne dwie godziny, a wczesna pobudka wręcz zakrawała na absurd, za sprawą zwykłej ironii losu ulegliśmy przekonaniu, że kolejne pięć minut pod kocem ściągnie na nas niechybną zgubę.

George wyznał, że coś podobnego, tylko znacznie gorszego, przytrafiło mu się półtora roku temu, gdy wynajmował pokój u niejakiej pani Gippings. Pewnego wieczoru jego zegarek zbzikował i stanął na godzinie kwadrans po ósmej. Fakt ów przeszedł niezauważony, ponieważ przed pójściem spać George zapomniał go nakręcić (co nigdy przedtem mu się nie zdarzyło). Powiesił go tylko nad poduszką i zasnął.

Miało to miejsce zimą, kiedy dni były krótkie, a miasto od tygodnia otulała gęsta mgła, przez co mrok panujący za zewnątrz nie wzbudził jego podejrzeń. George obudził się i spojrzał na zegarek. Był kwadrans po ósmej.

– O święci pańscy i aniołowie! – wykrzyknął George.

– Przecież o dziewiątej muszę być w banku! Dlaczego nikt mnie nie obudził? A to dopiero! – Cisnął zegarek i wyskoczywszy z łóżka, wziął zimną kąpiel, odział się pospiesznie i ogolił w zimnej wodzie, bo nie było czasu, żeby czekać na ciepłą. Następnie ponownie rzucił okiem na zegarek.

Czy to za sprawą wstrząsu czy Bóg wie czego innego, w każdym razie zegarek znów zaczął chodzić i teraz wskazywał za dwadzieścia dziewiąta.

George chwycił go i zbiegł na dół. W salonie panowała głucha cisza i mrok, kominek wiał chłodem, a na stole próżno było szukać śniadania. George pomyślał z niechęcią o pani G. i obiecał sobie solennie, że wieczorem powie jej kilka słów prawdy. Nałożył palto i kapelusz, chwycił parasol i ruszył w stronę frontowych drzwi. Były jeszcze zaryglowane. Wymyślając w duchu pani G. od leniwych raszpli, George nie mógł się nadziwić, że niektórzy wolą o tej porze gnieździć się w łóżkach. Następnie odryglował drzwi i wybiegł na zewnątrz.

Przebiegł ćwierć mili, po czym zaczęło do niego docierać, że spokój panujący na ulicach zakrawa na dość niecodzienne zjawisko. Wszystkie sklepy były zamknięte na głucho. Poranek był wprawdzie ciemny i mglisty, ale to nie powód, aby w mieście zamarło życie. On musiał iść do pracy. Czyżby inni byli bardziej uprzywilejowani?

Wreszcie dotarł do Holborn. Wszystko pozamykane! Ani jednego autobusu! Dostrzegł w pobliżu trzech mężczyzn, w tym jednego policjanta. Stał tam również wózek wypełniony po brzegi kapustą oraz mocno sfatygowana dorożka. Wyjął zegarek. Za pięć dziewiąta! Zastygł bez ruchu i zbadał sobie puls, po czym schylił się i pomacał nogi. Następnie z zegarkiem w ręku podszedł do policjanta i zapytał, która godzina.

– Która godzina? – powtórzył policjant, mierząc go podejrzliwym spojrzeniem. – Wystarczy posłuchać, zaraz wybije godzina.

George posłusznie nadstawił ucha i rzeczywiście: rozległo się bicie zegara.

– Przecież wybił tylko trzy razy! – zaoponował George z poczuciem, że ktoś nabija go w butelkę.

– A ile razy miał wybić? – zapytał policjant.

– Jak to ile, dziewięć – odparł George, pokazując zegarek.

– Czy pan w ogóle wie, gdzie mieszka? – spytał ostro strażnik porządku publicznego.

George po chwili namysłu podał adres.

– Ach tak? – odrzekł policjant. – Niech pan posłucha mojej rady i zmyka do domu. Zabieraj pan swój zegarek i nie chcę więcej słyszeć ani słowa.

Zbaraniały George wrócił do domu. Początkowo chciał się rozebrać i znowu wskoczyć do łóżka, ale na myśl o ponownym myciu i ubieraniu zrezygnował z tego pomysłu i postanowił zdrzemnąć się na fotelu.

Niestety, nie dość, że nie mógł zasnąć, to jeszcze w życiu nie czuł się równie rześki. Wreszcie wyciągnął szachownicę i rozegrał sam ze sobą partyjkę szachów. Bynajmniej nie poprawiło mu to humoru; ba, wydało się wręcz nudne, toteż porzucił szachy na korzyść lektury. Książka też nie wzbudziła w nim zainteresowania, przeto w akcie ostatecznej desperacji ponownie wdział palto i poszedł na spacer.

Wyludnione ulice sprawiały nader przygnębiające wrażenie, a napotykani po drodze policjanci taksowali go podejrzliwie, świecili mu w oczy latarniami i deptali mu po piętach, w wyniku czego poczuł się jak prawdziwy przestępca. Chyłkiem przemykał bocznymi uliczkami, a dźwięk kroków nadchodzącego patrolu sprawiał, że czym prędzej czmychał do najbliższej bramy.

Naturalnie to zachowanie tylko nasiliło podejrzliwość konstabli. A gdy na pytanie, co robi o tak wczesnej porze (przypomnę, że była czwarta nad ranem), odpowiadał, że nic, po prostu wyszedł na spacer, patrzyli z niedowierzaniem, a dwóch policjantów w cywilu odprowadziło go do domu, by sprawdzić, czy nie podał fałszywego adresu. Patrzyli, jak otwiera drzwi własnym kluczem, po czym zainstalowali się po drugiej stronie ulicy i obserwowali dom.

Przyszło mu do głowy, że rozpali w kominku i dla zabicia czasu przygotuje sobie śniadanie, ale wszystko z hukiem leciało mu z rąk. Trząsł się ze strachu, że hałas obudzi gospodynię, która pomyśli, że to włamywacze, otworzy okno i narobi rabanu. Wtedy dwaj policjanci wkroczą do środka, zakują go w kajdanki i zaprowadzą do sądu.

Roztrzęsiony ujrzał oczyma wyobraźni własny proces oraz bezskuteczne próby wyjaśnienia wszystkiego ławie przysięgłych. Nikt mu nie uwierzy i skażą go na dwadzieścia lat ciężkich robót, a jego matka umrze na serce. Porzucił więc myśl o śniadaniu, okrył się płaszczem i siedział skulony na fotelu, dopóki pani G. o wpół do ósmej nie zeszła na dół.

Podsumował swą opowieść stwierdzeniem, że nigdy więcej nie zdarzyło mu się wstać za wcześnie. Proszę, jaka nauczka od losu.

Siedzieliśmy owinięci kocami, a gdy prawdziwa opowieść George'a dobiegła końca, postanowiłem obudzić Harrisa, używając w tym celu jednego z wioseł. Za trzecim szturchnięciem dopiąłem swego i Harris przewrócił się na drugi bok, mamrocząc, że zaraz zejdzie, musi tylko zasznurować buty. Za pomocą bosaka przypomnieliśmy mu, gdzie się znajduje, w wyniku czego usiadł z rozmachem, a Montmorency, który spał snem sprawiedliwego na jego piersi, przeleciał z impetem przez pół pokładu.

Odsunąwszy płachtę, wystawiliśmy głowy na zewnątrz. Widok zimnej wody przyprawił nas o mimowolny dreszcz. Wedle pierwotnego planu mieliśmy zrywać się dziarsko bladym świtem i z radosnym okrzykiem rzucać do wody w celu zażycia długiej, orzeźwiającej kąpieli. Ale gdy przyszło co do czego, nie była to zbyt kusząca perspektywa. Woda sprawiała wrażenie mokrej i lodowatej, wiał przenikliwy wiatr.

– Kto wskakuje pierwszy? – spytał wreszcie Harris.

Jakoś nikt się nie kwapił. George manifestacyjnie umknął pod płachtę i wciągnął skarpetki. Montmorency zawył mimowolnie, jakby na samą myśl o kąpieli cierpła mu skóra, a Harris wymamrotał, że ciężko będzie wleźć z powrotem do łodzi, po czym zajął się szukaniem spodni.

Ja nie zamierzałem się tak łatwo poddać, chociaż perspektywa wejścia do wody zdawała się niezbyt zachęcająca. Przyszło mi do głowy, że na dnie zapewne roi się od kamieni i wodorostów. Postanowiłem iść na kompromis i trochę się ochlapać, przeto wziąłem ręcznik, wylazłem na brzeg i wdrapałem się na gałąź, której koniec zanurzał się w rzece.

Panował przenikliwy ziąb, wiatr ciął jak nożem. Doszedłem do wniosku, że jednak się nie ochlapię. Wrócę na łódź i ubiorę się jak Bóg przykazał. Kiedy się odwróciłem, aby wcielić ów zamiar w życie, głupia gałąź trzasnęła i z ogłuszającym pluskiem wpadłem do rzeki razem z ręcznikiem. Zanim się obejrzałem, miałem w sobie galon wody.

– A niech mnie! Ten stary bałwan wskoczył do wody – usłyszałem słowa Harrisa, kiedy plując, wynurzyłem się na powierzchnię. – Nie sądziłem, że się odważy, a ty?

– I jak? – zawołał śpiewnie George.

– Cudownie – wykrztusiłem. – Ale z was frajerzy! Przepuścić taką okazję! No dalej, spróbujcie! Wystarczy tylko odrobina samozaparcia.

Ale za nic nie mogłem ich przekonać.

Kiedy się ubierałem, miała miejsce bardzo zabawna rzecz. Po powrocie do łodzi trząsłem się z zimna i gdy w pośpiechu wciągałem koszulę, niechcący upuściłem ją do wody. Strasznie mnie to zdenerwowało, zwłaszcza że George wybuchnął śmiechem. Mnie bynajmniej nie było do śmiechu i nie omieszkałem mu o tym powiedzieć, na co zarechotał jeszcze głośniej. W życiu nie widziałem, żeby ktoś tak się zarykiwał. W końcu doszczętnie straciłem cierpliwość i nazwałem go osłem i skończonym kretynem, co dodatkowo go rozbawiło. Nagle, kiedy już-już miałem wyłowić koszulę, zrozumiałem, że to koszula George'a, którą pomyłkowo wziąłem za własną. Wówczas ja też dostrzegłem komizm sytuacji i ryknąłem śmiechem. Im dłużej patrzyłem na mokrą koszulę i rechoczącego George'a, tym bardziej się śmiałem. I ze śmiechu znów upuściłem koszulę do wody.

– Nie... nie masz... za... zamiaru jej wyciągnąć? – spytał George między jednym wybuchem śmiechu a drugim.

Tak się śmiałem, że przez chwilę nie byłem zdolny wydusić słowa, ale wreszcie wykrztusiłem:

– To nie... mo... moja koszula, ty... tylko twoja!

Nie miałem pojęcia, że wyraz twarzy może ulec tak raptownej zmianie.

– Co?! – wrzasnął, zrywając się na równe nogi. – Ty durna pało! Masz dziurawe ręce, czy co? Nie możesz ubrać się na brzegu? Nie nadajesz się na łódź, ot, co. Dawaj bosak.

Próbowałem mu uzmysłowić komiczną stronę sytuacji, ale gdzie tam. Jego poczucie humoru pozostawia czasem wiele do życzenia.

Harris zaproponował, żebyśmy zjedli na śniadanie jajecznicę. Miał zamiar sam ją usmażyć. Z jego opowieści wynikało, iż jest w tej dziedzinie prawdziwym ekspertem. Często przyrządzał ją na piknikach i podczas wycieczek po rzece. Cieszył się z tego powodu wielkim uznaniem. Podobno ludzie, którzy raz skosztowali jego jajecznicy, odmawiali spożywania innych pokarmów, bez względu na widmo nieuchronnej śmierci głodowej.

Ślinka ciekła nam na samą myśl. Błagając, aby niezwłocznie przystąpił do dzieła, wręczyliśmy mu maszynkę spirytusową, patelnię oraz jajka, które nie zdążyły się potłuc i upaprać całego kosza.

Rozbicie jaj (a dokładniej, umieszczenie ich na patelni, z dala od własnych spodni i rękawów) kosztowało go niemało wysiłku. Kiedy pół tuzina wylądowało bez szwanku tam, gdzie trzeba, Harris kucnął przy maszynce i energicznie zamieszał je widelcem.

George i ja doszliśmy do wniosku, że to bardzo niebezpieczne zajęcie. Ilekroć Harris stanął za blisko patelni, wnet parzył sobie rękę. Rzucał wtedy wszystko i tańczył wokół maszynki, wymachując rękami i klnąc jak szewc. Odstawiał to widowisko, gdy tylko kierowaliśmy nań wzrok. Najwidoczniej był to nieodzowny element kulinarnych zabiegów.

Uznaliśmy, że jajecznica musi być narodową potrawą czerwonoskórych bądź innych plemion egzotycznych, skoro jej przyrządzenie wymagało rytualnych tańców i pieśni. W pewnej chwili Montmorency zbliżył się do patelni i tłuszcz prysnął mu na nos, wywołując serię podobnych zachowań. Ogólnie rzecz biorąc, była to jedna z najciekawszych i najbardziej frapujących operacji, jakich kiedykolwiek byłem świadkiem. Kiedy dobiegła końca, George i ja byliśmy niepocieszeni.

Wbrew szumnym zapowiedziom Harrisa efekt nieco odbiegał od oczekiwań. Tyle zachodu, a dostaliśmy tylko żałosną, przypaloną kupkę nieapetycznej substancji.

Harris obarczył winą patelnię; twierdził, że rondelek do gotowania ryb i piecyk gazowy lepiej spełniłyby swoją rolę. Postanowiliśmy zatem zrezygnować z jajecznicy dopóty, dopóki nie wejdziemy w posiadanie owych przyborów.

Kiedy skończyliśmy śniadanie, słonko przygrzewało mocno i wiatr ustał. Trudno sobie wymarzyć ładniejszy poranek. Nic nie wskazywało na to, że żyjemy w dziewiętnastym wieku. Przeciwnie, spoglądając na roziskrzoną taflę, odnosiłem nieodparte wrażenie, że stulecia dzielące nas od pamiętnego czerwcowego ranka roku 1215 odeszły na bok, a my, synowie angielskich wolnych chłopów w zgrzebnych koszulinach, z nożami za pasem, czekamy, by stać się częścią historii, której znaczenie po czterystu z okładem latach przedłoży masom Oliver Cromwell, wielce w temacie obeznany.

Jest pogodny letni poranek. Wszelako w powietrzu wisi zapowiedź niezwykłych wydarzeń. Król Jan nocował w Duncroft Hall; przez cały poprzedni dzień w miasteczku Staines rozbrzmiewał szczęk oręża, stukot kopyt na bruku, okrzyki dowódców, siarczyste przekleństwa i gburowate żarty brodatych łuczników, halabardników, pikinierów oraz zaciężnych lansjerów rozprawiających jakąś dziwną mową.

Przybyły tu barwnie odziane zastępy rycerzy i paziów, zabłoconych i utrudzonych podróżą. Przez cały wieczór bojaźliwi mieszczanie musieli prędko uchylać wrota przed zastępami grubiańskich wojaków szukających noclegu, inaczej biada domowi i jego mieszkańcom! Albowiem w owych burzliwych czasach miecz pełnił funkcję sędziego i kata, i płacił za to, co należne, oszczędzając tych, którzy mu to ofiarują, wedle własnego widzimisię.

Wokół ogniska na rynku tłoczą się wojska baronów. Jedzą, piją na umór, ryczą pijackie przyśpiewki i rżną w karty, a zmierzch zapada przy wtórze coraz głośniejszych awantur. Blask ognia rzuca posępne cienie na spiętrzoną broń i zwaliste sylwetki żołnierzy. Miejscowe dzieciaki spozierają na nich ukradkiem, pełne nabożnego podziwu, a hoże dziewoje prześcigają się w docinkach z podpitymi wojakami, obojętne na zazdrość młodych wieśniaków, którzy trzymają się na uboczu z pustym uśmiechem na szerokich, prostodusznych obliczach. Na okolicznych polach błyskają blade światła dalekich obozów, gdzie stacjonują poplecznicy jakiegoś wielkiego pana, a wokół miasta krążą przyczajeni jak wilki najemnicy wiarołomnego Jana.

W każdej ciemnej uliczce stoi wartownik, a na wzgórzach wokół miasta płoną ognie straży: noc ustępuje miejsca jutrzence i w dolinie Tamizy nastaje dzień, który przypieczętuje los przyszłych pokoleń.

Począwszy od świtu, z jednej z dwu wysp tuż ponad miejscem, gdzie stoimy, dochodzi nieopisany harmider. Rzemieślnicy uwijają się jak w ukropie: część rozstawia namiot przywieziony tu wczoraj wieczorem, stolarze zbijają ławy, a czeladnicy z Londynu spieszą z naręczem kolorowego sukna, jedwabi oraz tkanin wyszywanych srebrem i złotem.

A oto drogą wijącą się wzdłuż rzeki przybywają ze Staines ludzie barona, halabardnicy. Śmieją się i rozprawiają gardłowym basem, po czym stają jakieś sto jardów w górę rzeki od nas, opierają się na swoim orężu i czekają.

Mijają kolejne godziny. Widzimy coraz liczniejsze rzesze uzbrojonych mężów, których przyłbice i napierśniki odbijają promienie porannego słońca, a na drodze aż gęsto od roztańczonych rumaków i lśniącej stali. Hałaśliwi jeźdźcy galopują od jednego oddziału do drugiego, proporce łopoczą leniwie na ciepłym wietrzyku. Co rusz robi się zamieszanie, kiedy żołnierze ustępują na boki, przepuszczając wielkiego barona na bojowym rumaku, który podąża ze świtą, by zająć miejsce na czele swych poddanych i wasali.

Na zboczu Cooper's Hill, dokładnie naprzeciwko, zbierają się tłumy zaciekawionych wieśniaków, którzy przybyli ze Staines i choć nie mają bladego pojęcia, o co w tym wszystkim chodzi, każdy posiada własną wersję wydarzeń. Niektórzy powiadają, iż dzień ów przyniesie wszystkim wiele dobrego. Tylko starcy z niedowierzaniem potrząsają głowami, albowiem słyszeli to nie raz.

Cała rzeka aż do Staines usiana jest stateczkami, łodziami oraz walijskimi pirogami, które cieszą się coraz mniejszą popularnością i używane są tylko przez biedaków. Silne ramiona wioślarzy sforsowały progi wodne, gdzie po latach powstanie śluza Bell Weir, i łódki tłoczą się nieśmiało dokoła wielkich krytych barek, które czekają na przyjęcie króla Jana. To właśnie jedną z nich popłynie na miejsce, gdzie Karta czeka na jego podpis.

Dochodzi południe, od wielu godzin czekamy cierpliwie wraz z pozostałymi. Ktoś puszcza plotkę, że Jan raz jeszcze wyśliznął się baronom i uciekł z Duncroft Hall w obstawie swych najemników. Widać ma inne sprawy na głowie aniżeli wolność poddanych.

Ale nie! Tym razem znalazł się w potrzasku. Na drodze widać kurzawę; z każdą chwilą staje się większa, narasta stukot wielu kopyt i oczom zebranych ukazuje się bajeczna kawalkada strojnie odzianych lordów oraz rycerzy. Pochód otwierają i zamykają ludzie baronów, a środkiem podąża król Jan.

Jedzie w kierunku oczekujących barek, wielcy baronowie występują z szeregu, aby go powitać. Pozdrawia ich uśmiechem i miodopłynnymi słowy, jakby przybywał na ucztę wydaną na swoją cześć. Wszelako schodząc z konia, najpierw zerka na swych francuskich najemników stłoczonych w tyle, a potem na posępne zastępy otaczających go oddziałów baronów.

Czyżby było już za późno? Jeden cios zadany jeźdźcowi u jego boku, jeden rozkaz wydany Francuzom i jedna desperacka szarża na nieprzygotowane szeregi na wprost niego i zbuntowani baronowie gorzko pożałują, że kiedykolwiek ośmielili się pokrzyżować jego plany! Śmielsza ręka nawet teraz mogłaby odwrócić kartę. Gdyby to był król Ryszard, puchar swobody oderwano by od ust Anglii, przekreślając marzenia o wolności na kolejne sto lat.

Wszelako widok srogich twarzy żołnierzy odbiera Janowi odwagę: bezsilnie opuszcza rękę, zsiada z konia i zajmuje miejsce w pierwszej barce. Baronowie podążają za nim, każdy z dłonią na rękojeści miecza, i wydają rozkaz do odpłynięcia.

Ciężkie, kolorowe barki odrywają się od brzegu Runnymede. Powoli płyną z prądem, po czym dobijają do wyspy, która odtąd będzie nosić nazwę Magna Charta. Król Jan opuszcza barkę, a my zastygamy w oczekiwaniu. Wreszcie okrzyk rozdziera powietrze i wiemy, że oto położono kamień węgielny pod angielską świątynię wolności.

Rozdział 12

Henryk VIII i Anna Boleyn. „Uroki" przebywania pod jednym dachem z zakochaną parą. Czas próby dla narodu angielskiego. Nocne poszukiwania piękna. Bezdomni. Harris szykuje się na śmierć. Przybywa anioł. Skutki nieoczekiwanej radości Harrisa. Kolacyjka. Lunch. Konia z rzędem za musztardę. Krwawa potyczka. Maidenhead. Żeglowanie. Trzech rybaków. Przeklęci.

Siedziałem na brzegu, wyobrażając sobie tę scenę, gdy naraz George zauważył, że skoro się wyspałem, może raczę pomagać w zmywaniu. Wyrwany z rozmyślań o bohaterskich czasach powróciłem do prozaicznej teraźniejszości, gdzie grzech idzie ramię w ramię z udręką. Powróciwszy do łodzi, wyczyściłem patelnię za pomocą patyka i kępy trawy, a następnie wypolerowałem ją mokrą koszulą George'a.

Popłynęliśmy na wyspę Magna Charta i obejrzeliśmy kamień stojący wewnątrz chaty, na którym podobno podpisano akt. Osobiście nie dam głowy, że nastąpiło to właśnie tu czy też w położonym na drugim brzegu Runnymede. Stawiam wszelako na wyspę. Gdybym sam był wówczas jednym z baronów, na pewno przekonałbym towarzyszy, by przewieźć tego szczwanego lisa, króla Jana, na wyspę, a tym samym ograniczyć mu pole manewru i wybić z głowy głupie pomysły.

Na terenie posiadłości Ankerwyke House, leżącej w pobliżu Picnic Point, znajdują się ruiny starego klasztoru. Rzekomo to właśnie tutaj Henryk VIII spotykał się z Anną Boleyn. Spotykali się również w Hever Castle w hrabstwie Kent oraz gdzieś w okolicach St Albans. Podejrzewam, że wszędzie można było się napatoczyć na tę gruchającą parkę.

Mieszkaliście kiedyś pod jednym dachem z parą zakochanych? To doprawdy prawdziwe wyzwanie. Dajmy na to, postanawiasz posiedzieć sobie w saloniku. Otwierając drzwi, słyszysz hałas, jakby ktoś raptem sobie coś przypomniał i zerwał się z miejsca. Kiedy wchodzisz do środka, Emily stoi przy oknie i z natężeniem wypatruje czegoś na drodze, a twój przyjaciel John Edward tkwi w przeciwległym kącie pokoju, sercem i duszą oddany podziwianiu fotografii cudzych krewnych.

– Ach! – mówisz, przystając na progu. – Nie wiedziałem, że ktoś tu jest.

– Doprawdy? – rzecze lodowato Emily z miną, jakby nie wierzyła w ani jedno słowo.

Sterczysz jeszcze przez chwilę, po czym dodajesz:

– Strasznie tu ciemno. Może zapalimy lampę gazową?

John Edward odpowiada, że nie zwrócił na to uwagi, a Emily informuje, że papa nie życzy sobie zapalania lamp po południu.

Dzielisz się z nimi nowinkami, a następnie przedstawiasz swój pogląd na sprawę irlandzką. Na próżno, albowiem nic nie budzi ich zainteresowania. Ograniczają się ledwie do zdawkowych „Czyżby?", „Naprawdę?", „Tak" i „No proszę!". Po dziesięciu minutach męczarni wymykasz się z salonu, a drzwi z trzaskiem zamykają się za twoimi plecami, chociaż nawet ich nie dotknąłeś.

Pół godziny później postanawiasz iść do oranżerii na fajkę. Niestety, jedyne krzesło jest zajęte przez Emily, a John Edwards, wnosząc na podstawie wyglądu jego ubrania, siedział na podłodze. Oboje nie odzywają się ani słowem, lecz ich spojrzenia mówią same za siebie, toteż natychmiast robisz w tył zwrot i zamykasz za sobą drzwi.

Pomny niemiłych doświadczeń stronisz od pozostałych pomieszczeń. Chwilę spacerujesz po schodach, po czym szukasz schronienia we własnej sypialni. Wreszcie znudzony wkładasz kapelusz i wychodzisz do ogrodu. Wędrujesz sobie ścieżką, mijasz altankę i machinalnie zaglądasz do środka. I kogóż widzą twoje oczy? Dwoje młodych kretynów, gruchających w rogu jak dwa gołąbki. Oni też cię dostrzegają i najwyraźniej są zdania, iż wiedziony niecnym i sobie tylko znanym zamysłem uparłeś się deptać im po piętach.

– Czy nie można wyznaczyć w tym celu specjalnego pomieszczenia? – mruczysz pod nosem, po czym biegniesz do domu po parasol i udajesz się na długi spacer.

Kiedy ten sowizdrzał Henryk VIII zalecał się do małej Anny, sytuacja zapewne wyglądała podobnie. Mieszkańcy Buckinghamshire wpadali na nich w okolicach Windsoru albo Wraysbury i wołali: „Ach! Wy tutaj!", na co Henryk odpowiadał z rumieńcem na twarzy, iż właśnie przybył tu na spotkanie z pewnym jegomościem. „Co za niespodzianka", mówiła Anna. „Czy to nie zabawne? Właśnie szłam sobie ścieżką i spotkałam pana Henryka VIII. Proszę sobie wyobrazić, że idziemy w tym samym kierunku!".

Mieszkańcy przezornie postanawiali zejść kochankom z drogi i na czas amorów przenieść się do Kent.

A w Kent pierwszymi napotkanymi osobami były nasze gołąbeczki, gruchające w okolicach zamku Hever.

– A niech to! – pomstowali Bogu ducha winni obywatele. – To nie do wytrzymania. Nic tu po nas. Jedźmy do St Albans, to taki cichy, urokliwy zakątek.

W St Albans zastawali przebrzydłą parkę, całującą się w cieniu murów opactwa. I na czas trwania tego małżeństwa postanawiali zostać piratami.

Pomiędzy Picnic Point i śluzą w Old Windsor rozciąga się prześliczny odcinek rzeki. Cienista droga, usiana tu i ówdzie malowniczymi chatynkami, prowadzi wzdłuż brzegu aż do „Dzwonów Ouseley", sympatycznej jak większość przyrzecznych oberży, gdzie można wychylić szklaneczkę wyśmienitego trunku. Tak przynajmniej twierdzi Harris, a w tej kwestii bezwzględnie można na nim polegać. Old Windsor również cieszy się swoistą renomą. Edward Wyznawca miał tu swój pałac, tutaj też wielki hrabia Godwin został uznany winnym współudziału w zamordowaniu królewskiego brata. Hrabia Godwin ułamał kawałek chleba.

– Jeśli jestem winny – oznajmił – niechaj udławię się tym chlebem!

Następnie włożył chleb do ust, udławił się i zmarł.

Kiedy minie się Old Windsor, rzeka robi się niezbyt ciekawa, dopiero Boveney przynosi pewną poprawę w scenerii. George i ja holowaliśmy łódź wzdłuż Home Park, ciągnącego się na prawym brzegu od mostu Alberta do mostu Wiktorii. Gdy mijaliśmy Datchet, George spytał, czy pamiętam naszą pierwszą wyprawę: dotarliśmy wówczas do Datchet o dziesiątej wieczorem i szukaliśmy noclegu.

Odparłem, że owszem. Minie trochę czasu, nim zdołam o niej zapomnieć.

Była to sobota, sierpień, a w poniedziałek wypadało święto. Podróżowaliśmy w tym samym składzie; głodni i umordowani dobiliśmy do Datchet, po czym wyjęliśmy kosz, dwie torby, okrycia, koce oraz tym podobne drobiazgi i ruszyliśmy na poszukiwanie miejsca do spania. W pewnej chwili zobaczyliśmy uroczy hotelik, z klematisem i powojem na ganku. Ale ja nie wiedzieć czemu wymarzyłem sobie kapryfolium i powiedziałem:

– Chodźmy dalej i sprawdźmy, czy nie mają gdzieś kapryfolium.

Niebawem dotarliśmy do drugiego hotelu. Ów też był niczego sobie, a po jednej ścianie wiło się kapryfolium. Niestety, Harrisowi nie spodobał się jegomość oparty o frontowe drzwi. Uznał, iż wygląda on podejrzanie, a do tego ma paskudne buty, toteż nie pozostawało nam nic innego, jak ruszyć dalej. Uszliśmy spory kawał, a tu ani śladu hoteli. Zatrzymaliśmy pierwszego napotkanego mężczyznę i poprosiliśmy, aby nas pokierował.

– Właśnie stamtąd idziecie – odrzekł. – Musicie zawrócić, a zaraz dojdziecie do „Jelenia".

– Ach, byliśmy tam i wcale nam się nie spodobał. Chcemy hotel z kapryfolium.

– No to spróbujcie w „Manor House", zaraz naprzeciwko. Byliście tam?

Harris odpowiedział, że wykluczone. Wyjaśnił, że nie spodobał mu się wygląd jednego z tamtejszych gości, kolor jego włosów, o butach nie wspominając.

– No to jesteście w kropce – skwitował nasz rozmówca. – W miasteczku nie ma innych hoteli.

– Nie ma? – wykrzyknął Harris.

– Nie ma – potwierdził spokojnie jegomość.

– To co my, na litość boską, zrobimy? – lamentował Harry.

Wtedy głos zabrał George. Oznajmił, że ja i Harris możemy nocować w hotelu zbudowanym specjalnie dla naszych potrzeb wraz z ludźmi stworzonymi wedle naszego widzimisię. On zamierza wrócić do „Jelenia".

Wielkie umysły nigdy nie wcielają w życie swoich ideałów. Harris i ja westchnęliśmy nad daremnością wszelkich ziemskich pragnień i powlekliśmy się za George'em.

Weszliśmy do „Jelenia" i złożyliśmy w holu nasze klamoty.

Przyszedł właściciel.

– Dobry wieczór, panowie.

– Dobry wieczór – odpowiedział George. – Poprosimy o trzy łóżka.

– Bardzo mi przykro, łaskawy panie – odrzekł właściciel – ale obawiam się, że to niemożliwe.

– No cóż, trudno – skwitował George. – W takim razie wystarczą dwa. Dwóch z nas może spać razem, prawda? – dodał, zwracając się do mnie i Harrisa.

Harris energicznie pokiwał głową: uważał, że ja i George bez trudu zmieścimy się na jednym łóżku.

– Naprawdę bardzo mi przykro – powtórzył właściciel – ale w całym hotelu nie ma ani jednego wolnego łóżka. Na jedno przypada dwóch, a czasem nawet trzech dżentelmenów.

Jego słowa nieco zbiły nas z tropu.

Ale Harris, stary wyga, stanął na wysokości zadania.

– Ach, nic nie szkodzi – odparł z wielkodusznym uśmiechem. – Damy radę. Możemy przenocować w sali bilardowej.

– Niestety, proszę pana. Na stole bilardowym śpi już trzech panów, a dwóch innych zajmuje barek. Naprawdę nie mogę udzielić panom gościny.

Zebraliśmy swoje rzeczy i poszliśmy do „Manor House". Był to niewielki, ładny hotelik. Oznajmiłem, że podoba mi się nawet bardziej niż pierwszy, a Harris przyznał mi rację, dodając, że na niefortunnego jegomościa nie musimy wcale patrzeć, poza tym to nie jego wina, że jest rudy.

W życiu nie podejrzewałem go o tyle serca i rozsądku.

Niestety, w „Manor House" od razu pozbawiono nas złudzeń. Właścicielka wyszła nam naprzeciw ze słowami, iż jesteśmy czternastą grupą, którą odprawiła w ciągu półtorej godziny. A gdy nieśmiało zaproponowaliśmy stajnię, salę bilardową tudzież piwnicę na węgiel, tylko nas wyśmiała: wszystko dawno zajęto.

Spytaliśmy, czy doradzi nam miejsce, gdzie moglibyśmy przenocować.

Cóż, nie, żeby nam to polecała, ale jeśli nie mamy zbyt wygórowanych wymagań, pół mili dalej, w kierunku Eton jest piwiarnia.

Nie czekając, aż skończy, porwaliśmy kosz, torby, koce, okrycia i pozostałe tobołki, a następnie puściliśmy się pędem we wskazanym kierunku. Odległość zakrawała bardziej na milę aniżeli pół, ale w końcu dotarliśmy na miejsce i zdyszani wbiegliśmy do szynku.

Ludzie w piwiarni nie grzeszyli dobrym wychowaniem i tylko nas wyśmiali. W całym domu znajdowały się tylko trzy łóżka, zajęte już przez siedmiu dżentelmenów oraz dwa małżeństwa. Ale spotkaliśmy przy barze poczciwego flisaka, który poradził, byśmy spróbowali szczęścia w sklepie z towarami kolonialnymi obok „Jelenia", toteż ruszyliśmy w drogę powrotną.

Jak się okazało, tam też był komplet. Napotkana w sklepie starowinka zaproponowała życzliwie, iż zaprowadzi nas do swojej znajomej, która mieszka ćwierć mili stąd i czasem wynajmuje pokoje.

Staruszka szła bardzo powoli, w związku z czym pokonanie wyżej wymienionej odległości zajęło nam dwadzieścia minut. Kobiecina umilała nam spacer opisami swych niezliczonych dolegliwości.

Wszystkie pokoje u znajomej okazały się zajęte. Zostaliśmy skierowani pod numer dwudziesty siódmy. Stamtąd odesłano nas pod numer trzydziesty drugi, ale tam też nie było już wolnych łóżek.

Po powrocie na gościniec Harris usiadł na koszu i oświadczył, że nie pójdzie ani kroku dalej. W tymże oto cichym zakątku, dodał, przyjdzie mu dokonać żywota. Poprosił, byśmy ucałowali na pożegnanie jego matkę, a pozostałym krewnym przekazali, że wybacza im winy i umiera szczęśliwy.

Wówczas zjawił się anioł pod postacią małego chłopca (trudno sobie wyobrazić w cóż innego mógłby się wcielić) z konwią piwa w dłoni. W drugiej ręce dzierżył sznurek; coś, co znajdowało się na jego końcu i co metodycznie opuszczał na każdy płaski kamień po drodze, wydawało przy tym głośne i przykre dla ucha odgłosy.

Zapytaliśmy owego niebiańskiego posłańca (którym rychło okazał się być), czy nie słyszał o ustronnym domostwie zamieszkanym przez słabych na duchu i ciele (staruszki i zniedołężniali starcy mile widziani), których przemocą moglibyśmy nakłonić do udzielenia noclegu trzem zdesperowanym dżentelmenom. Jeśli nie, to może wskazałby nam drogę do opuszczonego chlewika, nieużywanego pieca do wypalania wapna bądź czegoś w tym rodzaju.

Odparł, że nic mu o podobnych przybytkach nie wiadomo, ale możemy pójść do jego domu, bo matula ma wolny pokój.

Rzuciliśmy się go uściskać, błogosławiąc mu ze szczerego serca w blasku księżyca. Obrazek zapewne chwytałby za serce, gdyby nie to, że pod ciężarem naszych emocji chłopcu ugięły się kolana i padł jak długi na ziemię, a my na niego. Harris z tej radości zemdlał i aby odzyskać przytomność, musiał odebrać chłopcu konew z piwem, a następnie do połowy opróżnić jej zawartość. Potem zerwał się na równe nogi i ruszył biegiem, pozostawiając mnie i George'owi cały bagaż.

Chłopiec mieszkał w niedużej czteroizbowej chatce. Jego matka (Panie, miej ją w swojej opiece!) usmażyła na kolację pięć funtów boczku i zjedliśmy wszystko co do kawałeczka. Na deser spałaszowaliśmy placek z owocami, który popiliśmy dwoma dzbankami herbaty, a następnie poszliśmy spać. W izdebce stały dwa łóżka, jedno polowe o szerokości dwóch stóp i sześciu cali, które zajęliśmy z George'em. Jakimś cudem udało nam się z niego nie spaść, ponieważ przywiązaliśmy się do siebie prześcieradłem. Harrisowi przypadło w udziale chłopięce łóżeczko. Jego sterczące na pół pokoiku gołe nogi posłużyły nam rano jako wieszaki na ręczniki.

Przy okazji kolejnej wizyty w Datchet nie byliśmy już tak wybredni w doborze hotelu.

Wracając do naszej obecnej wyprawy, bez przeszkód minęliśmy Monkey Island i zatrzymaliśmy się na popas. Kiedy zabraliśmy się do wołowiny na zimno, stwierdziliśmy, że nie mamy musztardy. Nigdy w życiu, ani wcześniej, ani później, nie miałem takiej ochoty na musztardę. Właściwie to za nią nie przepadam, lecz wtedy oddałbym za nią konia z rzędem.

Tak, ozłociłbym każdego, kto poratowałby mnie choćby łyżką musztardy. Kiedy nie mogę dostać tego, na czym mi bardzo zależy, dosłownie tracę głowę.

Harris przyznał mi absolutną rację. Ten, kto przechodziłby wówczas nieopodal ze słoikiem musztardy, miałby prawdziwego farta: do końca życia nie zbywałoby mu na niczym.

No tak, ale dam głowę, że po zdobyciu musztardy nie bylibyśmy już tak szczodrzy. Człowiek zapędza się w ekstrawaganckich obietnicach, a potem widzi, że obiekt marzeń wcale nie był tego wart. Słyszałem o jegomościu, który wybrał się w Szwajcarii na wycieczkę po górach i gotów był oddać królestwo za kufel piwa. A potem wszedł do oberży i wszczął karczemną awanturę, ponieważ zażądano odeń pięć franków za butelkę. Uznał, że to zdzierstwo, i napisał o tym do „Timesa".

Brak musztardy skutecznie zwarzył nam humory. W milczeniu zjedliśmy wołowinę. Życie straciło blask i sens. Z westchnieniem pomyśleliśmy o beztroskich czasach dzieciństwa. Jabłecznik nieco podniósł nas na duchu, a gdy George wydobył z dna kosza puszkę ananasów i wtoczył ją na środek łodzi, poczuliśmy, że może jednak nie wszystko stracone.

Wszyscy trzej przepadamy za ananasami. Spojrzeliśmy na etykietę, pomyśleliśmy o soku. Wymieniliśmy uśmiechy i Harris wyczekująco uniósł łyżkę.

Następnie rozejrzeliśmy się za otwieraczem. Przewróciliśmy całą zawartość kosza, a następnie walizek. Zajrzeliśmy nawet pod deski na dnie łodzi, a potem wynieśliśmy wszystko na brzeg. Otwieracza nie było.

Harris spróbował otworzyć puszkę scyzorykiem, ale złamał ostrze i paskudnie się pokaleczył. George zastosował do tego celu nożyczki i mało nie wyłupił sobie oka. Podczas gdy przyjaciele opatrywali sobie rany, ja dobrałem się do puszki ostrym końca bosaka, który ześlizgnął się z metalu, a mnie rzuciło w głęboką na dwie stopy mulistą wodę pomiędzy łodzią a brzegiem. Nietknięta puszka potoczyła się po pokładzie i stłukła filiżankę.

Wówczas jakby szatan w nas wstąpił. Wynieśliśmy puszkę na brzeg. Harris znalazł zaostrzony kamień, a ja wróciłem na łódź po maszt. Następnie George przytrzymał puszkę, Harris przyłożył kamień ostrą częścią do wieka, ja zaś uniosłem maszt wysoko w górę, po czym opuściłem go i rąbnąłem z całej siły.

George zawdzięcza życie słomkowemu kapeluszowi. Zachował go po dziś dzień (a raczej to, co z niego zostało). W zimowe wieczory, kiedy duzi chłopcy zapalają fajki, snując niestworzone opowieści o niebezpieczeństwach, jakie dane im było przeżyć, George dumnie pokazuje kapelusz, puszcza go w kółeczko i na nowo opowiada przerażającą historię, która z czasem zyskuje coraz więcej szczegółów.

Harris doznał tylko draśnięcia.

Wziąłem puszkę i waliłem w nią masztem aż do utraty tchu i sił, po czym zastąpił mnie Harris.

Ubiliśmy ją na płasko, a następnie na kwadratowo. Przybrała wszystkie kształty znane geometrii, wszelako metal okazał się nad wyraz wytrzymały. Potem George zamachnął się z całej siły, nadając puszce kształt tak osobliwy, tak potworny w swej nieopisanej szpetocie, iż zdjęci zgrozą odrzuciliśmy maszt. Wreszcie usiedliśmy wokół niej na trawie i z rezygnacją utkwiliśmy w niej wzrok.

Na puszce powstało wgniecenie na kształt szyderczego uśmiechu. Widok ten doprowadził nas do furii. Harris rzucił się na puszkę i cisnął ją na środek rzeki. Miotając przekleństwa, patrzyliśmy, jak idzie na dno, po czym wskoczyliśmy do łodzi i bez żadnych przystanków dopłynęliśmy do Maidenhead.

Maidenhead to miejscowość zbyt snobistyczna, by zasługiwała na miano miłej. Bywają tu bogacze znad Tamizy wraz ze swymi wystrojonymi towarzyszkami. Jest to miasto wytwornych hoteli, będących mekką gogusiów oraz baletnic, i przedsionek piekła, skąd wypływają demony rzeki, czyli statki parowe. Szlachetnie urodzony bohater brukowca „London Journal" ma tu swoją garsonierę, a bohaterka trzytomowego romansu zawsze przyjeżdża tu na kolację, w towarzystwie cudzego męża, oczywiście.

Szybko przepłynęliśmy przez Maidenhead, po czym zwolniliśmy tempo i bez pośpiechu pokonaliśmy przepiękny odcinek pomiędzy śluzami w Boulter i Cookham. Lasy Cliveden wciąż nosiły zwiewną, wiosenną szatę i wyrastały ponad skrajem wody harmonijną gamą bajkowej zieleni. Był to chyba najładniejszy zakątek, jaki widzieliśmy po drodze, dlatego opuszczaliśmy go z prawdziwą niechęcią.

Opodal Cookham przycumowaliśmy w odnodze i zjedliśmy podwieczorek. Kiedy mijaliśmy śluzę, zapadał zmierzch. O dziwo płynęliśmy z wiatrem, który zwykle dmucha człowiekowi prosto w twarz. Najpierw rankiem, kiedy wyruszasz na całodzienny spacer po rzece, a następnie wieczorem, gdy wraz z tobą zmienia kierunek i musisz się z nim zmagać przez całą drogę do domu.

Jeśli zapomniałeś wziąć żagiel, wiatr sprzyja ci jak na złość w obie strony. Tak już na tym świecie bywa! Jak przeznaczeniem iskry jest pofrunąć w górę i zgasnąć, tak człowiek wiecznie zmaga się z przeciwnościami losu.

Tego wieczoru wszelako najwyraźniej zaszła pomyłka, albowiem zamiast w twarz, wiatr wiał nam w plecy. Chyłkiem podnieśliśmy żagiel i zajęliśmy wygodne pozycje. Żagiel prężył się, wydymał i łopotał na maszcie, a łódź chyżo pruła fale.

Ja sterowałem.

Nie ma nic bardziej ekscytującego aniżeli żeglowanie. Nie istnieje nic, co bardziej przypominałoby latanie, ma się rozumieć prócz tego, co czasem przeżywamy w snach. Skrzydła wiatru niosą cię przed siebie, nie wiadomo dokąd. Przestajesz być ślamazarnym zlepkiem gliny, z wolna pełzającym po ziemi, stajesz się częścią natury! Czujesz bicie jej serca. Opasuje cię ramionami i przyciska do piersi! Wasze dusze łączą się w jedno, twe członki nabierają lekkości, a w uszach dźwięczy pieśń wiatru! Ziemia zdaje się odległa i niepozorna, a chmury tuż ponad twoją głową jawią ci się niczym bracia i tęsknie wyciągasz do nich ręce.

Mieliśmy rzekę tylko dla siebie, nie licząc zakotwiczonej na środku małej łodzi rybackiej z trzema wędkarzami na pokładzie. Bez jednego słowa mknęliśmy po wodzie, nie nadążając wzrokiem za tym, co na brzegu.

Sterowałem.

Podpływając bliżej, zobaczyliśmy, że ci wędkarze to starsi i bardzo szlachetni panowie. Przysiedli sobie na trzech krzesełkach, z uwagą wpatrzeni w spławiki. Tymczasem czerwony zachód słońca rzucał na wodę mistyczne światło i krasił pożogą strzeliste drzewa, złocąc kłęby rozwichrzonych obłoków. Nastała godzina czarów, ekstatycznej nadziei oraz tęsknoty. Żagielek odcinał się na tle purpurowego nieba, wokół zapadał zmierzch, otulając świat feerią tęczowych cieni, a za naszymi plecami skradała się noc.

Jawiliśmy się niczym rycerze z pradawnej legendy, żeglujący przez mistyczne jezioro do nieznanej ojczyzny zmroku, w głąb wspaniałej krainy zachodu słońca.

Wszelako nie było nam dane przekroczyć jej granic, gdyż wtarabaniliśmy się prosto w łódź Bogu ducha winnych wędkarzy. Zrazu nie wiedzieliśmy, co się stało, bo żagiel zasłonił nam widok, ale podniósł się taki rwetes, że wnet zyskaliśmy pełny obraz sytuacji. Stanęliśmy oko w oko z ludźmi, a wrzask, który rozdarł wieczorną ciszę, niezbicie świadczył o ich wściekłości i niezadowoleniu.

Harris opuścił żagiel i naszym oczom ukazał się istny krajobraz zniszczenia. W wyniku kolizji starsi panowie pospadali z krzesełek i teraz mozolnie złazili jeden z drugiego, strząsając z siebie porozrzucane ryby. Klęli przy tym na nas ile wlezie, ale używali przy tym nie pospolitego słownictwa rodem z rynsztoka, tylko starannie przemyślanych inwektyw, które obejmowały całe nasze życie, sięgały w odległą przyszłość i dotyczyły naszych krewnych oraz wszystkiego, co się z nami wiązało. Jednym słowem były to porządne, soczyste przekleństwa.

Harris zawołał, że powinni okazać wdzięczność za odrobinę rozrywki, jakiej im dostarczyliśmy. To nader przykre i oburzające, dodał, iż dżentelmeni w ich wieku potrafią tak dalece ulegać emocjom.

Ale i tak nic nie wskórał.

Po tym incydencie George oznajmił, że sam zasiądzie przy sterze. Jego zdaniem człowiek o tak wybitnym umyśle jak ja nie powinien się marnować przy tak prozaicznej czynności. Lepiej pozostawić to maluczkim, zanim pójdziemy jak kłody na dno. Z tymi słowy przejął linki i dosterował łódź aż do Marlow.

W Marlow zacumowaliśmy przy moście i poszliśmy przenocować „Pod Koroną".

Rozdział 13

Marlow. Opactwo Bisham. Mnisi z Medmenham. Montmorency chce zabić starego kocura. Ale w końcu postanawia darować mu życie. Godne pożałowania zachowanie foksteriera w domu towarowym. Imponująca procesja. O tym, jak skutecznie wyprowadzić z równowagi (i sprowadzić z kursu) statek parowy. Odmawiamy picia wody z rzeki. Spokojny pies. Osobliwe zniknięcie Harrisa i placka.

Marlow to jeden z najmilszych ośrodków nadrzecznych, jakie znam. Tętniące życiem miasteczko, chociaż niezbyt malownicze, obfituje w wiele urokliwych zakątków. Dzięki tym ocalałym poprzez stulecia perełkom sięgamy myślą wstecz do epoki, gdy panem na tutejszym dworze był Algar Saksoński. Posiadłość następnie przeszła w ręce Wilhelma, który podarował ją królowej Matyldzie. Dalej przejęli ją hrabiowie Warwick oraz roztropny lord Paget, doradca czterech kolejnych władców.

Jeśli zapragniesz odpocząć od wioseł, wokół miasta ciągnie się urocza wiejska droga, wymarzona na spacery. Trudno też o ładniejszy odcinek rzeki, która aż do Cookham biegnie wśród łąk i lasów Quarry. Kochane Quarry! Wasze wąskie, strome ścieżki i polanki zachowały wspomnienia słonecznych letnich dni, w zacienionych przesiekach majaczą widma roześmianych twarzy, a w szepczących liściach pobrzmiewają echa głosów sprzed lat!

Od Marlow do Sonning jest jeszcze ładniej. Na prawym brzegu, zaledwie pół mili za mostem marlowskim, leży dostojne opactwo Bisham, którego kamienne mury dźwięczały okrzykami templariuszy i niegdyś były domem Anny z Cleves oraz królowej Elżbiety. Nie brak tu melodramatycznych zakątków. Jest tam wyłożona kobiercami sypialnia oraz tajemna komnata ukryta wysoko w grubych ścianach. Duch lady Hoby, która zatłukła na śmierć swojego synka, wciąż przechadza się nocą korytarzami, próbując umyć widmowe ręce w widmowej miednicy.

Spoczywa tu Warwick, który „sadzał na tronie", zobojętniały na ziemskich królów i królestwa, i Salisbury, który wykazał się w bitwie pod Poitiers. Przed wejściem do opactwa, na samym brzegu stoi kościół Bisham. Jeżeli w ogóle możemy mówić o interesujących grobach, znajdziemy je właśnie w tym kościele. Shelley, który mieszkał wówczas w Marlow (przy West Street można zobaczyć jego dom), napisał *Bunt Islamu*, pływając łódką pod bukami Bisham.

Przy śluzie w Hurley, nieco dalej w górę rzeki, można by zabawić miesiąc, a i tak człowiek nie zdołałby się nasycić pięknem tamtejszych krajobrazów. Wioska Hurley, pięć minut drogi od śluzy, jest najstarszą osadą na rzece i pamięta czasy króla Seberta i króla Offy. Tuż za śluzą leżą Duńskie Pola, gdzie stacjonowali onegdaj duńscy najeźdźcy podczas marszu na Gloucestershire. Nieco dalej, w prześlicznym ustroniu nad rzeką, wznoszą się ruiny opactwa Medmenham.

Słynni mnisi z Medmenham, inaczej znani jak „Klub Ognia Piekielnego" (należał do niego także niesławny Wilkes), byli bractwem, którego motto głosiło: „Rób, co ci się podoba". Słowa te wciąż widnieją ponad zrujnowaną bramą opactwa. Wiele lat przed założeniem tego oszukańczego zakonu utracjuszy i błaznów, dokładnie w tym samym miejscu stał dużo surowszy klasztor, którego członkowie dalece różnili się od hulaków, którzy pojawili się tu pięćset lat później.

Cystersi, których opactwo stało tu w trzynastym wieku, nosili tylko włosiennice i kaptury, nie jedli też mięsa, ryb ani jaj. Spali na słomie, a o północy wstawali na mszę. Dni upływały im na ciężkiej pracy, lekturze oraz modlitwie. W zakonie panowała też iście grobowa cisza, albowiem nikt nie odzywał się ani słowem.

Ponure bractwo, wiodące ponury żywot w tak cudnie urządzonym przez Boga zakątku! Aż dziw bierze, że otaczające ich odgłosy natury – rozkoszny plusk fal, szepty sitowia, melodia porywistego wiatru – nie wpoiły im prawdziwego sensu istnienia. Tkwili tu miesiącami i latami, w milczeniu nastawiając ucha i oczekując na głos z nieba, on przemawiał do nich bez przerwy miriadami dźwięków, na które uparli się pozostać głusi.

Odcinek pomiędzy Medmenham i prześliczną śluzą w Hambledon emanuje harmonijnym pięknem, wszelako za Greenlands i aż do Henley krajobraz wieje nudą i właściwie nie ma na czym zawiesić oka. Greenlands to raczej niezbyt ciekawa letnia rezydencja mojego kioskarza, spokojnego starszego dżentelmena. Często można go tu spotkać, gdy energicznie wiosłuje po rzece lub gawędzi z dozorcą śluzy.

W poniedziałkowy ranek dość wcześnie zerwaliśmy się z łóżek i przed śniadaniem poszliśmy się wykąpać. W drodze powrotnej Montmorency zrobił z siebie kompletnego durnia.

Jedyną rzeczą, co do której nigdy nie możemy dojść do porozumienia, jest sprawa kotów. Ja lubię koty, a Montmorency wręcz przeciwnie.

Gdy napotykam kota, mówię: „Biedny kiciuś!”, a następnie schylam się i drapię go za uchem. Kot pręży ogon, wygina grzbiet i ociera się o moje spodnie. Trudno o bardziej sielski obrazek.

Kiedy Montmorency spotyka kota, natychmiast dowiaduje się o tym cała ulica. W ciągu dziesięciu sekund pada tyle brzydkich słów, ile porządnemu obywatelowi wystarczyłoby na całe życie, gdyby poczynał sobie z umiarem.

Nie obwiniam psa (zwykle ograniczam się do tego, że trzepię go w łeb albo rzucam weń kamieniami), bo po prostu taka jego natura. Foksteriery przychodzą na świat z poczwórnym grzechem pierworodnym w porównaniu z resztą ras i tylko lata chrześcijańskich wysiłków z naszej strony mogą skutecznie powściągnąć ich zbójeckie zapędy.

Pamiętam, jak siedziałem kiedyś w holu domu towarowego przy Haymarket, otoczony zgrają psów czekających na powrót właścicieli, którzy robili właśnie zakupy. Był tam jeden dog angielski, jeden bądź dwa owczarki collie, bernardyn, kilka retriverów i nowofunlandów, jeden ogar, jeden francuski pudelek (z napuszoną głową i ciałem wystrzyżonym do zera), buldog, parę ratlerków niewiele większych od szczurów oraz dwa teriery z Yorkshire.

Siedziały cierpliwie, pogrążone we własnych myślach. W holu panowała atmosfera głębokiej zadumy, rezygnacji i łagodnego smutku.

Naraz weszła młoda piękna pani z potulnym foksterierem. Przywiązała go pomiędzy buldogiem i pudelkiem, a następnie udała się po sprawunki.

Przez minutę siedział, tocząc wkoło zaciekawionym spojrzeniem. Następnie przeniósł wzrok na sufit z miną, jakby rozmyślał o swej matce. Ziewnął. Wreszcie łypnął na pozostałe psy, ciche, opanowane i dostojne.

Popatrzył na buldoga, który spał jak kłoda po prawej. Potem zerknął na lewo, gdzie wyniosły pudelek siedział sztywno, jakby kij połknął. Wreszcie, bez słowa ostrzeżenia, bez cienia prowokacji wgryzł się w przednią łapę pudla i świątynię dumania przerwał nagły skowyt bólu.

Wynik pierwszego eksperymentu musiał spełnić oczekiwania foksteriera, który postanowił iść za ciosem i rozruszać apatyczne towarzystwo. Przeskoczywszy nad pudlem, energicznie zaatakował owczarka collie, który (brutalnie wyrwany z drzemki) wszczął natychmiastową i nader hałaśliwą bijatykę z pudlem. Foksik powrócił na swoje miejsce i złapał buldoga za ucho, z wyraźnym zamiarem oderwania go od głowy. Buldog, z natury pokojowo nastawione zwierzę, runął przed siebie jak huragan, atakując wszystko, co nawinęło się po drodze, nie wykluczając dozorcy. A sprawca całego zamieszania, nasz kochany foksterier, rzucił się do bójki z równie rozochoconym terierem.

Każdy, kto choć trochę zna psią naturę, bez trudu odgadnie, iż wszyscy uczestnicy awantury walczyli tak, jakby chodziło o honor i ojczyznę. Wielkie psy walczyły między sobą, a małe plątały się pod nogami, podgryzając tu i ówdzie.

W holu zapanował istny rwetes. Przed domem handlowym zebrał się spory tłum gapiów i jeden zapytywał drugiego, czy aby wewnątrz nie odbywa się zebranie rady parafialnej. Niektórzy pytali, kto kogo zamordował i dlaczego. Nadbiegła grupa mężczyzn uzbrojonych w kije i sznury: próbowali rozdzielić walczące psy, a w tym czasie wezwano policję.

Nagle, gdy zgiełk zrobił się wprost nie do opisania, wróciła młoda pani. Chwyciła na ręce swojego pupila (który zdążył unieszkodliwić przeciwnika na dobry miesiąc i zrobił minę nowo narodzonego jagniątka) i całując go, pytała, czy aby jest cały i zdrów i czy te wstrętne psy nic mu nie zrobiły. Foksterier usadowił się wygodnie w jej objęciach z miną: „Ach, jak dobrze, że przyszłaś, zabierz mnie stąd jak najprędzej!”.

Młoda pani oświadczyła, że dyrekcja domu towarowego nie powinna pozwalać, by klienci przyprowadzali tu rozwścieczone bestie i stawiali je obok dobrze wychowanych piesków. Dodała też, że ma ochotę pozwać kogoś do sądu.

Taka już natura foksterierów, dlatego nie obwiniam Montmorency'ego za jego niechęć do kotów. Wszelako tamtego ranka dostał za swoje.

Jak już wspomniałem, wracaliśmy znad rzeki. W połowie głównej ulicy na progu jednego z domów stanął kot i ruszył truchcikiem na drugą stronę drogi. Montmorency zawył ze szczęścia (był to okrzyk srogiego wojownika, którzy widzi, że przeciwnik sam pcha mu się w ręce; zapewne taki okrzyk wydał Cromwell na widok Szkotów nacierających ze wzgórza) i rzucił się w ślad za ofiarą.

Ofiara miała postać wielkiego czarnego kocura. W życiu nie widziałem większego kota. Wyglądał na prawdziwego zabijakę. Stracił połowę ogona, jedno ucho oraz znaczny kawałek nosa. Miał długie, muskularne cielsko i roztaczał aurę spokoju oraz samozadowolenia.

Montmorency ruszył na biedaka z prędkością dwudziestu mil na godzinę, lecz ten bynajmniej nie przyspieszył kroku. Myśl, iż oto jego życie zawisło na włosku, nawet nie postała mu w głowie. Truchtał spokojnie przed siebie dopóty, dopóki niedoszły napastnik nie znalazł się w odległości jarda od niego. Wówczas odwróciwszy się, przysiadł na środku drogi i z uprzejmym zaciekawieniem popatrzył na Montmorency'ego, z miną, która mówiła:

– Słucham. Czym mogę panu służyć?

Montmorency'emu nie brak odwagi, lecz wygląd i postawa tamtego kota zmroziłaby krew w żyłach największego śmiałka. Zatrzymał się w pół kroku i odwzajemnił spojrzenie przeciwnika.

Żaden z nich nie odezwał się ani słowem, lecz ewentualna wymiana zdań mogła przebiegać następująco:

KOT: Co mogę dla pana zrobić?

MONTMORENCY: Nie... nic. Dziękuję.

KOT: Proszę mówić śmiało, naprawdę.

MONTMORENCY (*chyłkiem podając tyły*): Skądże znowu... naprawdę... proszę się nie kłopotać. O... obawiam się, że zaszła pomyłka. Sądziłem, że się znamy. Przepraszam, że zakłóciłem pański spokój.

KOT: Nic się nie stało. Było mi bardzo miło. Na pewno nic pan nie chce?

MONTMORENCY (*idąc rakiem*): Nic. Zupełnie nic. To bardzo miło z pańskiej strony. Miłego dnia.

KOT: Miłego dnia.

Następnie kocur wstał i ruszył dalej przed siebie, a Montmorency podkulił to, co nazywa swoim ogonem, wrócił do nas i zajął niechlubne miejsce na tyłach.

Po dziś dzień na dźwięk słowa „Kot!" kuli się w sobie i spogląda żałośnie, jakby chciał powiedzieć: „Daruj sobie".

Po śniadaniu zrobiliśmy zakupy, zaopatrując łódź w prowiant na kolejne trzy dni. George stwierdził, że powinniśmy kupić warzywa, albowiem niezdrowo jest ich nie jeść. Łatwo je przyrządzić, dodał i obiecał, że sam się tym zajmie, toteż nabyliśmy dziesięć funtów ziemniaków, buszel grochu oraz kilka główek kapusty. W hotelu dokupiliśmy pasztet wołowy, dwa placki agrestowe i udziec barani. Chleb, masło, dżem, boczek, jajka i parę innych drobiazgów zdobyliśmy na mieście.

Wyjazd z Marlow to moim zdaniem jedno z naszych największych osiągnięć. Był dostojny i spektakularny, a zarazem pozbawiony ostentacji. We wszystkich sklepach żądaliśmy natychmiastowej dostawy. Żadnego tam: „Tak jest, proszę pana, zaraz wyślę posłańca, będzie tam przed wami!". Człowiek następnie sterczy na przystani i czeka jak na zmiłowanie, a potem jeszcze musi drałować do sklepu i wykłócać się o swoje. Zaczekaliśmy, aż spakują kosz, i braliśmy chłopaka ze sobą.

Odwiedziliśmy sporo sklepów, za każdym razem stosując tę samą taktykę, dzięki czemu po skończonej rundce towarzyszył nam pokaźny sznureczek objuczonych koszami posłańców. Nasz ostatni przemarsz główną ulicą w kierunku rzeki wzbudził w miasteczku sensację jakich mało.

Podążaliśmy w następującej kolejności:

Montmorency z patykiem w pysku.
Dwa podejrzane kundle, koledzy Montmorency'ego.
George z naręczem płaszczy i pledów,
z krótką fajką w zębach.

Harris, który starał się kroczyć z niewymuszonym wdziękiem, chociaż w jednej ręce taszczył wypchaną walizę, a w drugiej butlę z lemoniadą.

Dwaj posłańcy, ze sklepu z warzywami i od piekarza, z koszami.

Służący z hotelu z wielkim koszem z pokrywą.

Posłaniec z cukierni, z koszem.

Posłaniec ze sklepu kolonialnego, z koszem.

Kudłaty pies.

Pomocnik sprzedawcy sera, z koszem.

Popychadło, z walizą.

Serdeczny przyjaciel popychadła, z rękami w kieszeniach i glinianą fajeczką w zębach.

Posłaniec handlarza owoców, z koszem.

Ja, z trzema kapeluszami i parą trzewików w rękach, z miną, jakby wcale mnie to nie dotyczyło.

Sześciu uliczników i cztery bezpańskie psy.

Kiedy dotarliśmy na przystań, dozorca zapytał:

– Zaraz sprawdzę, proszę pana. Przypłynęliście statkiem parowym czy barką?

Wieść o dwójce nieco zbiła go z tropu.

Owego ranka zresztą statki parowe przysporzyły nam nie lada kłopotów. Zbliżały się regaty uniwersyteckie Henley i na rzece wprost się od nich roiło, niektóre holowały barki. Nie cierpię parostatków, chyba każdy wioślarz podziela moje zdanie. Ilekroć je widzę, mam ochotę zwabić jakiś w mniej uczęszczany zakątek, a następnie bezlitośnie posłać na dno.

Ich krzykliwa arogancja budzi we mnie najgorsze instynkty i tęsknie powracam myślą do dawnych dobrych czasów, kiedy człowiek mógł wyrazić zdanie na czyjś temat za pomocą łuku i topora. Mina faceta, który z łapami w kieszeniach buńczucznie stoi przy sterze i pali cygaro, stanowi wystarczający powód do zerwania pokoju, a wielkopański gwizd, abyś raczył usunąć się z drogi, skłania do czynu, który nosi dźwięczną nazwę zabójstwa w afekcie.

Nieraz gwizdały, by zmusić nas do ustąpienia. Nie chcę się tu przechwalać, ale chyba mogę uczciwie powiedzieć, iż w ciągu tamtego tygodnia nasza niepozorna łódeczka napsuła im tyle krwi, ile pozostali użytkownicy rzeki razem wzięci.

– Statek parowy na horyzoncie! – woła jeden z nas, widząc w oddali nadciągającego wroga, po czym szykujemy się na jego przyjęcie. Ja chwytam za linki, a George i Harris siadają obok mnie, również plecami do parowca, i łódź spokojnie wypływa na środek rzeki.

Statek gwiżdże, a my dryfujemy w najlepsze. W odległości jakichś stu jardów zaczyna gwizdać jak szalony, a pasażerowie wychylają się przez barierkę, pomstują i wygrażają nam pięściami. My dalej nic. Harris snuje anegdotkę o swojej matce, a George i ja staramy się nie uronić ani słowa.

Wtedy statek wydaje ostatni gwizd, od którego mało nie pęka mu kocioł. Kapitan daje komendę cała wstecz, bucha para i parowiec usiłuje zawrócić. Ludzie idący brzegiem stają jak wryci i zaczynają krzyczeć ile sił w płucach, dołączają do nich wioślarze i cała rzeka aż huczy. Wówczas Harris przerywa najciekawszy fragment opowieści, z lekkim zdziwieniem unosi wzrok i mówi do George'a:

– A niech mnie drzwi ścisną, George, jeśli to nie parostatek!

Na co George odpowiada:

– Hm, rzeczywiście wydawało mi się, że coś słyszę.

Zdenerwowani zrywamy się z miejsc, wszystko nam się myli i nie wiemy, jak usunąć się z drogi. Ludzie na statku parowym tłoczą się przy barierce i pouczają:

– Pociągnij w prawo… do ciebie mówię, kretynie! A teraz w lewo. Nie, nie ty, ten drugi! Zostaw te linki w spokoju, rozumiesz? A teraz obie razem. Nie w tę stronę! Ach, ty…!

Następnie spuszczają szalupę i spieszą wyratować nas z opresji. Udaje im się to po jakichś piętnastu minutach. Wreszcie statek parowy może płynąć dalej, a my z wdzięcznością kłaniamy się w pas i prosimy, żeby nas poholowali. Ale nic z tego.

Innym niezawodnym sposobem na utarcie arystokratycznego nosa pasażerom statków parowych było wzięcie ich za uczestników festynu robotniczego. Pytaliśmy, czy są brygadą od Cubita, czy może templariuszami z Bermondsey, i prosiliśmy o pożyczenie rondla.

Dla nieobytych z rzeką starszych pań spotkanie ze statkiem jest zawsze ogromnym przeżyciem. Pamiętam, jak płynąłem kiedyś ze Staines do Windsoru (na trasie wprost roi się od tych mechanicznych potworów) w towarzystwie trzech takich dam. Była to niezapomniana podróż. Na widok każdego statku kazały czym prędzej wieźć się na brzeg, gdzie następnie czekały, aż intruz zniknie im z oczu. Oświadczyły, że bardzo im przykro, wszelako dla dobra swych rodzin nie mogą narażać się na niebezpieczeństwo.

Przy śluzie w Hambledon zabrakło nam wody. Wzięliśmy dzban i udaliśmy się do dozorcy z prośbą, aby nas poratował.

George wystąpił w roli rzecznika.

– Można trochę wody? – spytał z rozbrajającym uśmiechem.

– Oczywiście – odpowiedział staruszek. – Bierzcie, ile dusza zapragnie, i zostawcie resztę.

– Dziękujemy – mruknął George, rozglądając się niepewnie dokoła. – A… a gdzie ją pan trzyma?

– Tam, gdzie zawsze, mój chłopcze – zabrzmiała stoicka odpowiedź. – Tuż za twoimi plecami.

– Nie widzę – odparł George, spoglądając przez ramię.

– Gdzie podziałeś oczy, nieboraku? – spytał staruszek, po czym obrócił George'a i wskazał na rzekę. – Wystarczy dla każdego, nieprawdaż?

– Ach! – George wreszcie załapał. – Mamy wypić rzekę?

– Całej nie dacie rady – skwitował staruszek. – Ja piję ją od piętnastu lat.

George wyraził pogląd, iż wygląd rozmówcy nie przemawia na korzyść wyżej wymienionego trunku i że my wolimy wodę z pompy.

Na szczęście właściciele pobliskiej chaty użyczyli nam trochę wody. Zapewne oni również czerpali wodę z rzeki, ale my nic o tym nie wiedzieliśmy i wszystko było w porządku. Czego oczy nie widzą, to żołądkowi nie szkodzi.

Mieliśmy później okazję skosztować wody z rzeki, ale wolałbym o tym zapomnieć. Płynęliśmy z prądem i zatrzymaliśmy się na podwieczorek w odnodze opodal Windsoru. W pojemniku pokazało się dno i stanęliśmy wobec dylematu, czy zaczerpnąć wodę z rzeki, czy też obyć się bez herbaty. Harris postanowił zaryzykować, przecież i tak nie pilibyśmy jej na surowo. Gotowanie zabije wszelkie zarazki. Napełniliśmy więc czajnik wodą z odnogi Tamizy i odczekaliśmy, aż zabulgocze.

Zaparzyliśmy herbatę i już rozsiadaliśmy się wygodnie, by ją wypić, kiedy George zastygł z filiżanką na wpół uniesioną do ust i zawołał:

– A to co znowu?

– Co masz na myśli? – zapytaliśmy jednocześnie.

– To! – wykrzyknął, spoglądając na zachód.

Harris i ja podążyliśmy za jego spojrzeniem i naszym oczom ukazał się pies, niesiony z leniwym prądem w naszym kierunku. Było to najcichsze i najspokojniejsze psisko, jakie kiedykolwiek oglądały moje oczy. W życiu nie widziałem bardziej zadowolonego i zrelaksowanego stworzenia. Marzycielsko dryfował na plecach, celując w niebo wszystkimi czterema łapami. Był obrośnięty sadełkiem i miał dobrze rozwiniętą klatkę piersiową. Płynął sobie, spokojny i pełen godności, po czym na wysokości naszej łodzi przybił do brzegu i wygodnie umościł się w sitowiu.

George oznajmił, że nie chce herbaty, i wylał zawartość swojej filiżanki do rzeki. Harris też nie był spragniony i poszedł w ślady przyjaciela. Ja niestety zdążyłem już wychylić połowę i nie mogłem sobie tego darować.

Spytałem George'a, czy jego zdaniem zachoruję na tyfus.

Ależ skąd, odpowiedział, mam dużą szansę tego uniknąć. Tak czy inaczej, wszystko rozstrzygnie się w ciągu najbliższych dwóch tygodni.

Popłynęliśmy odnogą do Wargrave. Prowadzi tamtędy skrót kończący się mniej więcej pół mili od śluzy w Marsh. Warto tamtędy popłynąć: nie dość, że zaoszczędzamy pół mili, to w dodatku możemy nacieszyć się cieniem i ładnymi widokami.

Oczywiście wejście do odnogi najeżono słupami i łańcuchami, o tablicach ostrzegawczych nie wspominając: tortury, areszt i kara śmierci dla każdego, kto odważy się wybrać tę trasę. Dziwię się, że ci zdziercy nie roszczą sobie praw do tutejszego powietrza, karząc grzywną w wysokości czterdziestu szylingów każdego, kto śmie wciągać je w płuca.

Przy odrobinie zręczności słupy i łańcuchy nie stanowią jednak poważnej przeszkody, a co się tyczy tablic, zawsze można strącić jedną lub dwie do rzeki, jeśli masz akurat wolną chwilę i nikt nie patrzy.

W połowie drogi zatrzymaliśmy się na posiłek. Podczas tego postoju George i ja otrzymaliśmy nader pouczającą i niemiłą lekcję.

Harris też doznał wstrząsu, ale w porównaniu z nami doprawdy nie miał na co narzekać.

A było to tak: siedzimy sobie na łączce, jakieś dziesięć jardów od wody i szykujemy się do posiłku. Harris trzyma pasztet między kolanami i kroi go na kawałki, a George i ja trzymamy w pogotowiu talerze.

– Macie łyżkę? – pyta Harris. – Potrzebuję łyżki, żeby wybrać sos.

Kosz stał tuż za nami. George i ja odwróciliśmy się jak na komendę. Znalezienie łyżki zabrało nam nie więcej niż pięć sekund. Kiedy znów usiedliśmy prosto, Harris i pasztet zniknęli!

Przed nami widniało szczere pole. W promieniu setek jardów nie było ani jednego drzewa czy choćby kępy zarośli. Harris nie mógł się stoczyć do rzeki, ponieważ w tym celu musiałby przeleźć ponad naszymi głowami.

Rozejrzeliśmy się dokoła. Następnie popatrzyliśmy na siebie.

– A może został wzięty do nieba? – wysunąłem przypuszczenie.

– Przecież zostawiliby pasztet – zauważył przytomnie George.

Przyznałem mu słuszność, toteż odrzuciliśmy niebiańską hipotezę.

– Myślę – oświadczył George, dopuszczając do głosu zmysł praktyczny i zdrowy rozsądek – że nastąpiło trzęsienie ziemi.

I dodał z nutką smutku w głosie:

– Że też akurat musiał kroić ten pasztet.

Z głębokim westchnieniem ponownie utkwiliśmy wzrok w miejscu, gdzie po raz ostatni widziano na tej ziemi Harrisa wraz z pasztetem. Naraz krew zastygła nam w żyłach, a włosy stanęły dęba, ujrzeliśmy bowiem głowę Harrisa (i nic poza tym), sterczącą wśród wysokiej trawy z wyrazem świętego oburzenia na purpurowej twarzy!

George pierwszy doszedł do siebie.

– Przemów! – wykrzyknął. – Mów, czyś żywy, czy umarły! I gdzie podziałeś resztę ciała?

– Och, nie bądź durniem! – burknęła głową Harrisa. – Założę się, że zrobiliście to naumyślnie.

– Ale co? – spytaliśmy unisono.

– Jak to co? Kazaliście mi tu usiąść! Głupi kawał! Dalej, łapcie pasztet!

I (jak nam się zdawało) z samego serca ziemi wychynął ku nam mocno sponiewierany pasztet, a za nim Harris, rozczochrany, brudny i mokry.

Jak się okazało, przysiadł niechcący na krawędzi ukrytego pośród traw rowu, którego dołem biegł wąski strumyczek. Wystarczyła chwila nieuwagi i rymsnął jak długi razem z pasztetem.

Wyznał, iż nigdy nie doznał takiego zdziwienia jak wtedy, gdy leciał w dół. Nie miał bladego pojęcia, co się z nim dzieje. Myślał, że to niechybnie koniec świata.

Po dziś dzień jest święcie przekonany, że to ukartowaliśmy. Tak oto nieuzasadnione podejrzenia dotykają tych, którzy nie splamili się występkiem. Jak mówi poeta: „Bo któż by ścierpiał pogardę i zniewagi świata"*.

Doprawdy!

* Przekład: Józef Paszkowski.

Rozdział 14

Wargrave. Muzeum figur woskowych. Sonning. Gulasz irlandzki. Montmorency posuwa się do sarkazmu. Wojna Montmorency'ego z czajnikiem. George uczy się grać na bandżo, ku wielkiej dezaprobacie otoczenia. Trudny żywot muzyka amatora. Nauka gry na kobzie. O tym, jak po kolacji Harrisa dopadł smutek. George i ja idziemy na spacer. Wracamy głodni i przemoczeni. Dziwne zachowanie Harrisa. Harris i łabędzie, czyli historia niezwykła. Niespokojna noc Harrisa.

Po posiłku wyruszyliśmy w dalszą drogę i przy pomyślnym wietrze minęliśmy Wargrave i Shiplake. Skąpane w sennym słońcu letniego popołudnia, położone w zakolu rzeki Wargrave prezentuje się nader malowniczo i jego widok na długo zapada człowiekowi w pamięć.

Oberża pod nazwą „Jerzy i Smok" w Wargrave szczyci się szyldem namalowanym po jednej stronie przez Lesliego, członka Akademii Królewskiej, a po drugiej przez Hodgsona, też z Akademii. Leslie uwiecznił walkę świętego z bestią, Hodgson zaś przedstawił scenę „Po walce", czyli Jerzego, który świętuje zwycięstwo nad kuflem piwa.

Thomas Day, autor *Sandforda i Mertona*, żył i (ku jeszcze większej chwale miasta) poległ w Wargrave. W tutejszym kościele stoi pomnik na cześć pani Sarah Hill, która corocznie wyznaczała przyznawaną w Wielkanoc nagrodę w wysokości jednego funta do podziału pomiędzy dwoma chłopcami i dwiema dziewczynkami, „które okazywały rodzicom bezwzględne posłuszeństwo i nigdy nie przeklinały, nie kłamały, nie kradły ani nie wybijały okien". Ciekawe, kto byłby skłonny do podobnych wyrzeczeń za pięć szylingów rocznie! Szkoda zachodu.

Podobno przed laty żył w mieście chłopiec, który naprawdę nie dopuścił się żadnego z owych występków (a przynajmniej nigdy go na tym nie przyłapano; w szopce z nagrodą nie chodziło bowiem o nic innego), i tym sposobem laur chwały spłynął na jego skroń. Przez kolejne trzy tygodnie pokazywano go pod szklanym kloszem w ratuszu.

Nie wiadomo, co dalej działo się z nagrodą. Krążą pogłoski, że jest przekazywana na rzecz muzeum figur woskowych.

Shiplake to ładna wioska. Jest położona na wzgórzu, przez co nie widać jej od strony rzeki. W tamtejszym kościele wziął ślub Tennyson.

Aż do Sonning rzeka wije się wśród wielu wysp, sprawiając wrażenie osamotnionej i wyciszonej. Mało kto zapuszcza się tu na spacer, tylko o zmierzchu napotkać można zakochaną wiejską parę. Światowi gogusie ze stolicy nie wychylają nosów poza Henley, a od brudnego, ponurego Reading dzieli nas jeszcze spory kawałek. Okolica sprzyja atmosferze zadumy i refleksji nad przeszłością oraz życiem, które dawno odpłynęło w niebyt, nad tym, co mogło być, a nie jest. Pal sześć!

Przybiliśmy do Sonning i udaliśmy się na spacer po wiosce. Jest to najbardziej baśniowy zakątek wzdłuż całej Tamizy, przypominający raczej dekorację teatralną aniżeli budynki wzniesione z cegieł połączonych zaprawą. Każde domostwo gęsto oplatają róże, a teraz, na początku czerwca, ściany wprost ginęły w bujnej krasie świeżo rozkwitłych pąków. Podczas pobytu w Sonning koniecznie zajrzyj do oberży „Pod Bykiem", znajdującej się tuż za kościołem. Tak wygląda tradycyjna wiejska gospoda, z zielonym kanciastym podwórzem od frontu, gdzie na ławach ustawionych w cieniu drzew starsi panowie wieczorem roztrząsają szczegóły miejscowego życia, z witrażowymi szybkami w oknach, rozchybotanymi schodkami i krętymi korytarzami, prowadzącymi do niskich izdebek.

Zabawiliśmy w Sonning około godziny. Zrobiło się za późno, aby minąć Reading, toteż postanowiliśmy zatrzymać się na noc na jednej z wysp opodal Shiplake. Kiedy rozbijaliśmy obozowisko, było jeszcze dość wcześnie i George stwierdził, że skoro mamy nieco czasu, to możemy spróbować coś upichcić. Obiecawszy udzielić nam w tym temacie paru pouczających lekcji, zaproponował, byśmy przyrządzili gulasz irlandzki.

Pomysł bardzo przypadł nam do gustu. George nazbierał chrustu i rozpalił ognisko, a Harris i ja przystąpiliśmy do obierania ziemniaków. W życiu nie podejrzewałem, iż to pozornie błahe zajęcie może się okazać tak absorbujące, nigdy też nie brałem udziału w równie poważnym przedsięwzięciu. Zaczęliśmy wesoło, żeby nie powiedzieć figlarnie, ale po pierwszym ziemniaku straciliśmy ochotę do żartów. Im dłużej obieraliśmy, tym więcej zostawało do obrania, toteż gdy uporaliśmy się z łupiną i wydłubaliśmy wszystkie oczka, z kartofla nie zostało prawie nic – wartego wzmianki, oczywiście. Przyszedł George, spojrzał: ziemniak był wielkości orzeszka.

– Do licha z taką robotą! – zawołał. – Zmarnowaliście ziemniaka. Musicie je skrobać, a nie obierać.

Zastosowaliśmy się do polecenia, co okazało się jeszcze trudniejsze. Ziemniaki charakteryzują się bardzo skomplikowanym kształtem: nic, tylko dołki, brodawki i wybrzuszenia. Przez kolejne dwadzieścia pięć minut harowaliśmy w pocie czoła i oskrobaliśmy cztery ziemniaki. Potem ogłosiliśmy strajk, tłumacząc, iż dalszą część wieczoru musimy poświęcić na oskrobanie samych siebie.

Nie miałem pojęcia, że to taka brudna robota. Aż dziw brał, że stos obierzyn, w których brodziliśmy z Harrisem po kolana pochodził z czterech nędznych kartofli. Oto, do czego prowadzi nadmierna oszczędność.

George powiedział, że cztery ziemniaki w gulaszu to jakiś żart, umyliśmy więc jeszcze pół tuzina i wrzuciliśmy je do garnka bez obierania. Dołożyliśmy też kapustę i groch. George zamieszał wszystko i oznajmił, że zostało jeszcze sporo miejsca. Przytaszczyliśmy oba kosze i wygarnęliśmy z nich wszystkie resztki. I tak w garnku znalazła się połówka wieprzowego pasztetu oraz kawałek zimnego boczku ze śniadania. George wygrzebał pół puszki łososia i też dorzucił jej zawartość do gulaszu.

Oświadczył, że to największa zaleta owej potrawy: człowiek pozbywa się całego mnóstwa odpadków. Wyłowiłem z kosza dwa pęknięte jajka i wbiliśmy je do garnka. George zapewnił, że dzięki nim gulasz będzie bardziej gęsty.

Pozostałe składniki wyleciały mi z głowy, ale na pewno nic się nie zmarnowało. Pamiętam, że pod koniec gotowania Montmorency, który od początku śledził nasze poczynania z wielką uwagą, oddalił się z wyrazem zadumy na pysku i po chwili wrócił z martwym szczurem w zębach. Najwyraźniej zapragnął mieć swój wkład w kolację. Czy kierował nim sarkazm czy też szczera chęć niesienia pomocy, tego nie umiem powiedzieć.

Wywiązała się dyskusja, czy dorzucić szczura, czy nie. Harris oznajmił, że liczy się każdy drobiazg i szczur na pewno pasuje do pozostałych składników, ale George stanowczo zaoponował. Nigdy nie słyszał o szczurach w gulaszu irlandzkim, w związku z czym wolałby unikać eksperymentów.

– Skąd możesz wiedzieć, że będzie niedobre, skoro nie próbowałeś? – spytał Harris. – Tacy jak ty blokują postęp. Pomyśl o człowieku, który pierwszy wziął do ust frankfurterkę!

Gulasz okazał się wielkim sukcesem. Chyba w życiu nic mi tak nie smakowało. Był świeży, a zarazem pikantny. Nasze podniebienia miały już dość oklepanych potraw i oto daliśmy im coś o nowym aromacie i smaku do niczego niepodobnym.

Danie było też nadzwyczaj pożywne. Cóż, koniec końców skleciliśmy je z samych pyszności. Groch i ziemniaki pewnie można by jeszcze nieco podgotować, ale od czego mieliśmy zdrowe zęby? A sos… poezja! Co wrażliwsze żołądki mogłyby się zbuntować, jego wartości odżywcze były wszelako niepodważalne.

Zwieńczeniem kolacji była herbata i placek wiśniowy. W tym czasie Montmorency stoczył walkę z czajnikiem i poległ z kretesem.

Czajnik intrygował go od samego początku wyprawy. Montmorency w zdumieniu obserwował, jak bulgocze, a następnie warczał, usiłując go sprowokować. Kiedy czajnik zaczynał kipieć i buchać parą, pies odbierał to jako prowokację i rwał się do bójki. Niestety, zawsze ktoś zdołał go ubiec i porywał mu zdobycz sprzed nosa.

Dzisiaj postanowić być pierwszy. Ledwie czajnik zdążył zabulgotać, Montmorency warknął i zerwawszy się z miejsca, natarł na przeciwnika z miną nie wróżącą nic dobrego. Czajnik, choć niepozorny, okazał się nader nieustraszony i postanowił odpłacić mu pięknym za nadobne, toteż zatrząsł pokrywką i splunął wrzątkiem.

– Ach, ty! – warknął Montmorency, obnażając zęby. – Już ja ci pokażę zadzierać z porządnym psem, ty żałosny łachudro z długim nochalem. Stawaj i walcz!

Niewiele myśląc, rzucił się na biedaka i chwycił go za dzióbek.

Wieczorną ciszę przeciął mrożący krew w żyłach skowyt i Montmorency wyskoczył z łódki, jakby się paliło. Następnie zrobił trzy przepisowe rundki dokoła wyspy z prędkością trzydziestu pięciu mil na godzinę, co rusz przystając i wsadzając nos w zimne błoto.

Począwszy od tamtej chwili, Montmorency odnosił się do czajnika z mieszaniną lęku, podejrzliwości i nienawiści. Na jego widok warczał i cofał się z podkulonym ogonem, a gdy stawialiśmy czajnik na maszynce, pies uparcie opuszczał łódź i siedział na brzegu aż do chwili zaparzenia herbaty.

Po kolacji George wyjął bandżo i chciał coś zagrać, lecz Harris wysunął stanowczy sprzeciw: wyznał, że boli go głowa i nie czuje się na siłach, by to znosić. George wyraził opinię, że muzyka przyniesie mu ulgę w cierpieniu, albowiem koi skołatane nerwy i sprawia, że ból głowy mija jak ręką odjął. I na potwierdzenie swych słów brzęknął w struny.

Harris oświadczył, że już woli cierpieć.

Aż do dnia dzisiejszego George nie nauczył się grać na bandżo. Niestety, wciąż rzucano mu kłody pod nogi. Podczas naszej wyprawy próbował dwa lub trzy razy poćwiczyć, ale bez powodzenia. Słownictwo Harrisa skutecznie zniechęciłoby każdego, a Montmorency siadał i wył przez cały występ. Jednym słowem, George z góry był na straconej pozycji.

– Dlaczego on tak wyje? – pytał z urazą i celował w psa butem.

– A ty po co grasz, kiedy on tak wyje? – odcinał się Harris, łapiąc but w locie. – Zostaw biedaka w spokoju. To nie jego wina, że wyje. Ma ucho do muzyki i już.

Tym sposobem George postanowił odłożyć naukę aż do powrotu do domu. Wszelako czekało go srogie rozczarowanie. Gospodyni przychodziła na górę i mówiła, że bardzo jej przykro (albowiem sama wprost uwielbia go słuchać), ale pani piętro wyżej jest przy nadziei i lekarz wyraził obawę, że hałas może zaszkodzić dziecku.

Chcąc nie chcąc, George zaczął wychodzić wieczorem z domu i ćwiczyć na skwerze. Ale pech chciał, że okoliczni mieszkańcy złożyli skargę na policję. Któregoś wieczora zorganizowano zasadzkę i George wpadł w sidła konstabli. Przedstawiono mu niezbite dowody i otrzymał nakaz półrocznego trzymania się z dala od instrumentu.

Po tych przygodach jakoś stracił serce do bandżo. Po upływie sześciu miesięcy podjął mizerną próbę wznowienia kariery muzycznej, ale wszędzie napotykał te same przeszkody i powszechny chłód otoczenia. Wreszcie, doprowadzony do ostateczności, z bólem wystawił bandżo na sprzedaż, ponieważ „przestało być potrzebne właścicielowi". Następnie całym sercem oddał się nauce sztuczek karcianych.

Nauka gry na instrumencie wymaga od ucznia żelaznych nerwów i niezłomnego hartu ducha. A przecież społeczeństwo winno (dla własnego dobra) dokładać wszelkich starań, ażeby służyć mu wsparciem i otuchą! Ale gdzie tam.

Znałem kiedyś pewnego młodzieńca, który zapragnął nauczyć się grać na kobzie. Nie dacie wiary, ile napotkał przy tym trudności. Nawet własna rodzina rzucała mu kłody pod nogi. Ojciec jego od początku był temu przeciwny i bynajmniej tego nie ukrywał.

Mój znajomy wstawał rankiem, aby poćwiczyć, ale rychło musiał zrezygnować, i to z powodu własnej siostry. Ta bardzo religijna osóbka wmawiała wszystkim naokoło, iż nie godzi się rozpoczynać dnia w tak obrzydliwy i bezecny sposób.

Młodzieniec zmuszony był przesiadywać po nocach i grać dopiero, gdy wszyscy członkowie rodziny dawno chrapali już w swoich łóżkach. Niestety, jego nocne koncerty ściągnęły na dom złą sławę. Przypadkowi przechodnie przystawali na ulicy i nasłuchiwali, by rankiem rozgłaszać po mieście, iż w domu pana Jeffersona popełniono nocą straszliwą zbrodnię. Opisywali rozpaczliwe krzyki ofiary oraz brutalne groźby i przekleństwa mordercy, po których następowało błaganie o pomoc i przedśmiertne rzężenie konającego.

Rodzinie nie pozostawało nic innego, jak pozwolić biedakowi grać w kuchni od podwórza, przy szczelnie zamkniętych drzwiach. Pomimo jego starań co bardziej udane kawałki docierały jednak do saloniku i doprowadzały jego matkę do granic wytrzymałości nerwowej.

Twierdziła, że przywołują wspomnienie jej nieszczęsnego ojca (biedaczyna został połknięty przez rekina podczas kąpieli u wybrzeży Nowej Gwinei; a ona sama nie umiała wyjaśnić, czemu przypisać owo skojarzenie).

Wreszcie wybudowali dlań szopę na skraju ogrodu, jakieś ćwierć mili od domu, i kazali przenieść tam instrument. Bywało, że w domu zjawiał się gość nieświadomy muzycznych zapędów młodzieńca, a gospodarze zapominali go ostrzec, by nie zapędzał się w tamtą stronę. Spacerował sobie po ogrodzie jak gdyby nigdy nic, po czym nagle stawał jak wryty. W przypadku człeka o nerwach jak postronki kończyło się na załamaniu, wszelako osoba o bardziej wrażliwej konstrukcji zwykle popadała w obłęd.

Trzeba przyznać, że pierwsze próby kobziarza amatora mają w sobie coś niezmiernie smutnego. Zawsze doznawałem tego uczucia, słuchając mego przyjaciela. Kobza to nader wymagający instrument. Nim zaczniesz, musisz nabrać w płuca tyle powietrza, by wystarczyło ci na cały występ. Takie przynajmniej odnosiłem wrażenie, obserwując zmagania młodego Jeffersona.

Zaczynał w pięknym stylu, dziką, bojową nutą, która niemal wyciskała łzy z oczu. Potem jednak grał coraz bardziej piano, po czym urywał w połowie frazy zaskakującym bełkotem i sykiem.

Gra na kobzie wymaga końskiego zdrowia.

Młody Jefferson opanował tylko jedną melodię, nigdy wszelako nie słyszałem skarg pod adresem jego ubogiego repertuaru. Według młodzieńca melodia nosiła tytuł *The Campbells are Coming, Hooray – Hooray!*, chociaż jego ojciec stawiał raczej na *The Blue Bells of Scotland*. Nikt nie potrafił rozstrzygnąć owej kwestii, ale wszyscy podzielali opinię, że z całą pewnością chodzi o szkocką pieśń.

Obcy mogli zgadywać trzy razy i większość z nich podawała inny tytuł.

Po kolacji Harris zrobił się jakiś marudny. Złożyłem to na karb gulaszu: nasz przyjaciel nie przywykł do zbyt wyszukanego menu. George i ja zostawiliśmy go w łodzi i wybraliśmy się na przechadzkę po Henley. Harris zapowiedział, że zapali fajkę i wypije szklaneczkę whisky, po czym przygotuje nocleg. Po powrocie mieliśmy go zawołać, a on przypłynie po nas z wyspy.

– Tylko nie zaśnij, stary – poprosiliśmy na odchodne.

– Dopóki nie strawię gulaszu, raczej mi to nie grozi – odmruknął, odbijając z powrotem w kierunku wyspy.

Henley żyło przygotowaniami do regat i ruch panował tam niecodzienny. Natknęliśmy się na sporo znajomych, a że w miłym towarzystwie czas umyka niepostrzeżenie, ani się obejrzeliśmy, jak minęło wpół do jedenastej. Od domu, jak przywykliśmy nazywać naszą łódeczkę, dzieliły nas cztery mile, toteż wyruszyliśmy w drogę powrotną.

Noc była ponura i zimna, zacinał drobny deszczyk. Wędrowaliśmy przez ciche, pogrążone w mroku pola i rozmawialiśmy półgłosem, zachodząc w głowę, czy aby podążamy we właściwym kierunku. Z tęsknotą myśleliśmy o naszej przytulnej łodzi i świetle przenikającym przez szczelnie zasuniętą płachtę, o Harrisie i Montmorencym, i pragnęliśmy jak najszybciej dotrzeć na miejsce.

Wyobrażaliśmy sobie, jak sadowimy się w środku, znużeni i trochę głodni, a nasza łupinka migocze niczym świetlik na tle posępnej rzeki oraz bezkształtnych drzew, przytulna, miła i jakże radosna. Siadamy do kolacji, racząc się zimnym mięsem i podając sobie pajdy chleba, a ciasną przestrzeń wypełnia krzepiący szczęk noży i roześmiane głosy, które wymykają się poprzez szczeliny w ciemną noc. I przyspieszyliśmy kroku, aby czym prędzej ziścić to marzenie.

Z radością weszliśmy na ścieżkę holowniczą, albowiem aż dotąd nie mieliśmy pewności, czy podążamy właściwą drogą. Kiedy jesteś zmęczony i marzysz o odpoczynku, podobne wątpliwości nie dają ci spokoju. Gdy zegar wybijał kwadrans przed północą, minęliśmy Shiplake.

– Nie pamiętasz przypadkiem, która to była wyspa? – spytał w zamyśleniu George.

– Nie – odparłem, również z namysłem. – Nie pamiętam. A ile ich jest?

– Tylko cztery – odpowiedział George. – Jeśli nie zasnął, wszystko będzie dobrze.

– A jeśli zasnął? – spytałem, ale postanowiliśmy nie martwić się na zapas.

Stanąwszy na wprost pierwszej wyspy, zaczęliśmy krzyczeć ile sił w płucach, lecz nie doczekaliśmy się odpowiedzi. Skierowaliśmy się zatem do drugiej, ale znowu to samo.

– Ach, teraz sobie przypominam – olśniło George'a. – To na pewno trzecia wyspa.

Z nadzieją w sercach pobiegliśmy w tamtym kierunku i powtórzyliśmy wszystko od nowa.

Cisza!

Sytuacja zaczynała robić się poważna. Minęła północ. Hotele w Shiplakes i Henley zapewne pękały w szwach, a przecież nie mogliśmy o tej porze pukać do okolicznych chat z zapytaniem o nocleg! George zaproponował, byśmy wrócili do Henley i napadli na policjanta, dzięki czemu bezpiecznie spędzimy noc w areszcie. Zaraz jednak przyszło opamiętanie: co, jeśli policjant odpłaci nam pięknym za nadobne i nie zechce nas zamknąć?

Nie mogliśmy przez całą noc napadać na policjantów. Poza tym nie chcieliśmy przeholować i dostać sześciu miesięcy.

Ogarnięci rozpaczą ruszyliśmy w stronę czegoś, co w ciemnościach zdawało się nam czwartą wyspą, ale i tam czekało nas rozczarowanie. Rozpadało się na dobre i raczej nie miało zamiaru przestać. Byliśmy przemoczeni do nitki, zmarznięci i pełni rezygnacji. Poczęliśmy snuć domysły, czy aby nie ma więcej wysp i czy w ogóle znajdujemy się w pobliżu którejkolwiek z nich. Kto wie, może zabłądziliśmy, w ciemności wszystko wyglądało inaczej. Powoli zaczynaliśmy rozumieć cierpienia Jasia i Małgosi.

Kiedy porzuciliśmy wszelką nadzieję... owszem, wiem,

że w takich momentach zawsze następuje zwrot akcji, ale nic na to nie poradzę. Przystępując do pracy nad niniejszą książką, powziąłem solenne postanowienie, iż będę bezwzględnie trzymał się prawdy. I zamierzam dotrzymać słowa, choćby kosztem utartych frazesów.

Stało się to wówczas, gdy porzuciliśmy wszelką nadzieję, i żadną miarą nie mogę ująć tego inaczej. Tak więc gdy porzuciliśmy wszelką nadzieję, pomiędzy drzewami po drugiej stronie, w pewnym oddaleniu od nas nieoczekiwanie dostrzegłem dziwne światełko. Zdawało się tak mgliste i tajemnicze, iż przez moment naszła mnie myśl o duchach. Nagle zrozumiałem, że to ani chybi nasza łódź, i wrzasnąłem tak głośno, że noc musiała zadrżeć w posadach.

Zastygliśmy bez tchu w radosnym wyczekiwaniu, po czym (o, najsłodsza melodio!) odpowiedziało nam szczekanie Montmorency'ego. Jęliśmy się przekrzykiwać ile sił w płucach, by wreszcie (po tym, co jawiło się nieskończonością, a w istocie było ledwie pięcioma minutami) zobaczyć oświetloną łódź mozolnie zdążającą w naszym kierunku. W tej samej chwili usłyszeliśmy głos Harrisa, który sennie zapytywał, gdzie jesteśmy.

Zachowywał się co najmniej dziwnie i nie było to tylko zwykłe zmęczenie. Przycumował w miejscu, z którego w żaden sposób nie mogliśmy dostać się do łodzi i zaraz na powrót zapadł w sen.

Ponownie wszczęliśmy dziki rwetes i wreszcie udało nam się go dobudzić. Dopłynął tam gdzie trzeba i mogliśmy bezpiecznie wsiąść na łódź.

Minę miał dość niewyraźną, a jego twarz tchnęła bezbrzeżnym smutkiem. Sprawiał wrażenie człowieka, który miał za sobą ciężką przeprawę. Zapytaliśmy, co się stało.

– Łabędzie! – odpowiedział.

Jak się okazało, przycumował za blisko gniazda łabędzi. Chwilę po naszym odejściu przypłynęła łabędzica i narobiła rabanu. Udało mu się ją odpędzić, ale po chwili powróciła z małżonkiem. Harris twierdził, że musiał stoczyć z nimi krwawą walkę, ale odwagą i podstępem zdołał dopiąć swego i pokonał je z kretesem.

Pół godziny później przypłynęły ponownie z osiemnastoma innymi łabędziami! Wnioskując z opowieści Harrisa, widok musiał mrozić krew w żyłach. Łabędzie próbowały wywlec Harrisa i Montmorency'ego z łodzi, a następnie ich utopić. Harris bronił się jak lew przez cztery godziny i położył większość napastników. Pozostali odpłynęli resztką sił, by wyzionąć ducha w szuwarach.

– Mówiłeś, że ile ich było? – spytał podejrzliwie George.

– Trzydzieści dwa – odparł sennie Harris.

– Przed chwilą słyszeliśmy, że osiemnaście – zauważył George.

– Nieprawda – mruknął Harris. – Dwanaście. Myślisz, że nie umiem liczyć?

Nigdy nie poznaliśmy prawdy o rzekomym ataku łabędzi. Rankiem próbowaliśmy wziąć Harrisa na spytki, ale zapytał tylko: „Jakie łabędzie?" i zrobił taką minę, jakby coś się nam przyśniło.

Ach, jakże rozkosznie było powrócić na łódź po niezliczonych trudach i znojach! George i ja zjedliśmy sutą kolację, a następnie postanowiliśmy się rozgrzać szklaneczką whisky, ale butelka znikła jak kamfora. Zapytaliśmy Harrisa, co z nią, u licha, zrobił, ale on po pierwsze jakby nie rozumiał znaczenia słowa „whisky", a po drugie zupełnie nie wiedział, o co nam chodzi. Montmorency łypał znacząco, ale też nie puścił pary z pyska.

Tamtej nocy zasnąłem smacznie i zapewne wyspałbym się jak nigdy, gdyby nie Harris. Pamiętam jak przez mgłę, że co najmniej tuzin razy wyrywał mnie ze snu, łażąc po łodzi z latarnią i szukając ubrań. Myśl o ubraniach nie dawała mu spokoju przez całą noc.

Dwukrotnie zarzucił mnie i George'owi, że leżymy na jego spodniach. Za drugim razem George zdenerwował się nie na żarty.

– Po kiego licha ci spodnie w środku nocy? – warknął ze złością. – Kładź się i śpij.

Następnym razem obudził mnie z powodu skarpetek, a w pewnej chwili zostałem przewrócony na bok i usłyszałem, jak mamrocze coś o zagubionym parasolu.

Rozdział 15

Domowe obowiązki. Miłość do pracy. Stary wyga, jego prawdziwe i rzekome dokonania. Sceptycyzm młodego pokolenia. Wczesne wspomnienia wioślarza. Na tratwie. George ma styl. Stary przewoźnik i jego metoda. Uosobienie spokoju. Nowicjusz. Przypadki samotnego żeglarza. Smutny wypadek. Rozkosze przyjaźni. Żeglowanie, moje pierwsze doświadczenia. O tym, dlaczego nie utonęliśmy.

Następnego ranka obudziliśmy się dosyć późno i na usilną prośbę Harrisa zjedliśmy proste śniadanie bez żadnych „frykasów". Następnie zmyliśmy naczynia, sprzątnęliśmy pokład (iście syzyfowa praca, dzięki której powoli zaczynam rozumieć kwestię, która zawsze mnie intrygowała – a mianowicie, co kobieta mająca na głowie tylko dom, robi z pozostałym czasem) i około dziesiątej wyruszyliśmy w drogę. Mieliśmy zamiar pokonać spory kawał drogi.

Postanowiliśmy, że dla odmiany nie będziemy holować, tylko powiosłujemy. Harris zaproponował, żebyśmy z George'em zasiedli przy wiosłach, a on zajmie miejsce przy sterze. Ów pomysł wcale nie przypadł mi do gustu i oznajmiłem, że choć raz mógłby mnie wyręczyć. Odnosiłem nieodparte wrażenie, że od początku wyprawy odwalam za kolegów większość roboty, i wcale mi się to nie podobało.

Zawsze czuję, iż robię więcej, aniżeli powinienem. Nie, żebym miał coś przeciwko pracy, bynajmniej; lubię pracę. Rzekłbym nawet, że wielce mnie ona fascynuje i mogę godzinami siedzieć i na nią patrzeć. Uwielbiam znajdować się blisko niej, a na myśl o tym, że mógłbym być jej pozbawiony, wprost pęka mi serce.

Pracy nigdy za wiele: gromadzenie jej stało się niemalże moją pasją. Tak szczelnie wypełnia mój gabinet, że nawet szpilki nie wetkniesz. Wszystko wskazuje na to, iż niebawem będę musiał powiększyć pokój.

Bardzo dbam o moją pracę. Część jest w mym posiadaniu od wielu lat i nie znajdziesz na niej choćby odcisku palca. Stanowi dla mnie źródło wielkiej dumy i co pewien czas starannie ją odkurzam. Ze świecą szukać człowieka, który lepiej konserwowałby swoją pracę.

Nie unikam pracy, wszelako mam silne poczucie sprawiedliwości. Grunt to uczciwy podział obowiązków.

Ale cóż, skoro zawsze spada na mnie więcej, niż prosiłem. Tak mi się przynajmniej wydaje. To bardzo niepokojące.

George twierdzi, że nie powinienem zawracać sobie tym głowy. Jego zdaniem to moja nadmiernie drobiazgowa natura podsuwa mi podejrzenie, że mam do wykonania więcej pracy niż inni, podczas gdy w istocie nie robię nawet połowy tego, co powinienem. Ale pewnie mówi to tylko po to, aby mnie pocieszyć.

Jak wynika z moich obserwacji, każdy członek załogi wychodzi z założenia, że wszystko jest na jego głowie. Harris na przykład utrzymywał, że sam odwala całą robotę, a George i ja zbijamy bąki. George zaś szyderczo obstawał przy tym, iż głównym zajęciem Harrisa było spanie i napychanie sobie żołądka, podczas gdy on, George, harował w pocie czoła.

Dodał, że nigdy nie uczestniczył w wyprawie z dwójką takich patentowanych leni jak ja i Harris.

Harrisa bardzo to rozbawiło.

– A to ci paradne, że stary George mówi o pracy! – parsknął. – Wystarczyłoby pół godziny wysiłku, żeby wyzionął ducha. Widziałeś kiedy, jak George pracuje? – spytał, zwracając się do mnie.

Zgodnie z prawdą odparłem, że nie, przynajmniej odkąd wyruszyliśmy w rejs.

– Ciekawe, skąd ty możesz o tym wiedzieć – odparował

George pod adresem Harrisa. – Niech mnie kule biją, jeśli nie przekimałeś pół wycieczki. Widziałeś kiedy, żeby mu się oczy nie kleiły? Między posiłkami, ma się rozumieć. – I popatrzył na mnie, kategorycznie żądając odpowiedzi.

Uczciwie musiałem przyznać rację George'owi. Od początku wyprawy z Harrisa nie było żadnego pożytku.

– Phi, tak czy siak robiłem więcej niż J. – odciął się Harris.

– Niemożliwością byłoby robić mniej – oświadczył George.

– Pewnie J. uważa się za pasażera – uzupełnił Harris.

I to ma być wdzięczność za moją harówkę! Za to, że począwszy od Kingston, miałem nad wszystkim pieczę, dbałem o nich i wypruwałem sobie żyły. Ech, życie.

Koniec końców ustaliliśmy, że Harris i George powiosłują, dopóki nie miniemy Reading, a potem ja będę holować. Wiosłowanie w obciążonej łodzi pod prąd ma dla mnie wątpliwy urok. Kiedyś, dawno temu, łaknąłem ciężkiej pracy; obecnie daję się wykazać młodym.

Zauważyłem, że stare wygi też unikają wiosłowania w trudnych warunkach. Starego wygę rozpoznasz po tym, jak mości się na poduszkach ułożonych na dnie łodzi i umila wioślarzom czas anegdotkami o swych niezwykłych osiągnięciach w ubiegłym sezonie.

– Wy to nazywacie ciężką pracą? – cedzi pod adresem dwóch zziajanych żółtodziobów, którzy od półtorej godziny w pocie czoła machają wiosłami pod prąd. – Jim Biffles, Jack i ja przepłynęliśmy rok temu z Marlow do Goring w ciągu jednego popołudnia. I to ciurkiem! Pamiętasz, Jack?

Jack, który uwił sobie gniazdko na dziobie ze wszystkich pledów i płaszczy, jakie udało mu się znaleźć, i od dwóch godzin chrapie w najlepsze, otwiera jedno zaspane oko. Owszem, pamięta doskonale. Przypomina sobie też, że przez całą drogę pruli pod prąd, a wiatr ostro dawał im do wiwatu.

– Taa, zrobiliśmy wtedy jakieś trzydzieści cztery mile – mówi w zadumie pierwszy wyga i sięga po następną poduszkę, aby podłożyć ją sobie pod głowę.

– Nie, nie. Przesadziłeś, Tom – mruczy z naganą Jack. – Góra trzydzieści trzy.

Następnie Jack i Tom, do cna wyczerpani ową wymianą zdań, ponownie zapadają w sen. A dwaj naiwni młodzieńcy wprost puchną z dumy, że mają na pokładzie takich bohaterów, i dają z siebie wszystko.

Będąc pacholęciem, ja też zasłuchiwałem się w opowieściach starszych, chciwie spijając z ich ust każde słowo. Niestety, młode pokolenie gdzieś zatraciło dawną wiarę, jaka cechowała jego poprzedników. My – George, Harris i ja – wzięliśmy rok temu na pokład pewnego nowicjusza i roztoczyliśmy przed nim cudowną, acz nieco naciąganą wizję naszych wspaniałych osiągnięć.

Przytoczyliśmy kilka opowieści ze sprawdzonego, wioślarskiego repertuaru, wzbogacając je siedmioma anegdotkami własnego pomysłu. Wśród nich znalazła się bardzo prawdopodobna historyjka oparta na prawdziwym incydencie, który w pewnym sensie przydarzył się przed laty naszemu koledze. Nawet dziecko dałoby jej wiarę, nie doznając przy tym większego uszczerbku.

Tymczasem ów niewdzięczny młodzieniec wyśmiał nasze opowieści bezlitośnie. Następnie zażądał, byśmy powtórzyli je od nowa, i stawiał dziesięć do jednego, że nigdy nam się to nie uda.

Tego ranka wzięło nas na wspomnienia i jęliśmy przytaczać nasze wczesne doświadczenia wioślarskie. Doskonale pamiętam swój pierwszy raz. Było nas pięciu, zrzuciliśmy się po trzy pensy i wypłynęliśmy na jezioro w Regent's Park łodzią o nader osobliwej konstrukcji. Musieliśmy się potem suszyć w domku dozorcy.

Kiedy już połknąłem bakcyla, przyszła pora na pływanie

tratwą po rozmaitych podmiejskich gliniankach. Jest to iście fascynujące doświadczenie, zwłaszcza gdy tkwisz na środku stawu, a właściciel materiału, z którego skleciłeś tratwę, wyrasta jak spod ziemi na brzegu z kijem w dłoni i pragnie zawrzeć z tobą bliższą znajomość.

Tak się niefortunnie składa, że ty nie łakniesz rozmowy ani towarzystwa i wiedziony pierwszym odruchem chcesz ulotnić się na tyle szybko i niepostrzeżenie, na ile pozwalają na to względy dobrego wychowania. Usiłujesz za wszelką cenę dobić do brzegu po drugiej stronie i czmychnąć do domu, udając, że go nie widzisz. Tymczasem jegomość wprost pali się, aby uścisnąć ci dłoń i nawiązać konwersację.

Wychodzi na to, że zna twego ojca i ciebie, ale ty nadal jesteś nieufny. Mówi: „Ja cię nauczę brać moje deski i robić z nich tratwę!", lecz owe obietnice, niewątpliwie ze szczerego serca płynące, zdają ci się zbytkiem łaski i wielkodusznie nie chcesz narażać go na kłopot.

Mimo twego chłodnego nastawienia jego żarliwość bynajmniej nie słabnie. Jegomość dalej spaceruje po brzegu tam i z powrotem, gotów cię powitać, jak tylko zejdziesz z trawy. Musisz przyznać, że bardzo ci to schlebia.

Jeśli masz szczęście natrafić na grubaska z zadyszką, bez trudu umkniesz przed jego nadgorliwością. Jeśli wszelako natrafisz na młodzika o długich nogach, spotkanie jest nieuniknione. Wymiana zdań jest zwięzła i treściwa. Jegomość bierze na siebie ciężar prowadzenia rozmowy, podczas gdy ty ograniczasz się do jednosylabowych wykrzykników. Wreszcie udaje ci się wyrwać i konwersacja dobiega końca.

Pływaniu na tratwie poświęciłem około trzech miesięcy. Uzyskawszy pożądaną biegłość w tej dziedzinie, postanowiłem przerzucić się na łódki i wstąpiłem do jednego z klubów wioślarskich na rzece Lea.

Wycieczka łódką po rzece Lea, zwłaszcza w sobotnie popołudnie, szybko uczy panowania nad łajbą i nadaje zręczność, która pozwala uniknąć zderzeń z prostakami i zalania przez przepływające opodal barki. Rychło opanowujesz również umiejętność padania plackiem na dno łodzi, gdy na wprost ciebie pojawia się lina holownicza.

Nie uczy cię jednego, a mianowicie stylu. Styl uzyskałem dopiero, gdy wypłynąłem na Tamizę. Mój kunszt wioślarski jest obiektem powszechnego podziwu. Ludzie mówią, że jest bardzo oryginalny.

George nie miał kontaktu z rzeką aż do szesnastego roku życia, kiedy to w towarzystwie ośmiu innych dżentelmenów w tym samym wieku udał się pewnej soboty do Kew. Zacni młodzieńcy wpadli bowiem na pomysł, że wynajmą tam łódź, a następnie popłyną do Richmond i z powrotem. Jeden z nich, kudłaty gołowąs o nazwisku Joskins, który raz czy dwa razy pływał po Serpentine, sztucznym jeziorze w Hyde Parku, wmówił kolegom, że pływanie to fantastyczna zabawa!

Przybyli do przystani podczas odpływu, na rzece wiał porywisty wiatr. Niezrażeni poczęli rozglądać się za odpowiednią łodzią.

Ich uwagę przyciągnęła wyścigowa ósemka. Powiedzieli, że ją biorą. Właściciela zastępował akurat jego pomocnik. Chłopak próbował ostudzić ich zapał, pokazując dwie czy trzy bardziej wygodne łódki rodzinne. Ale gdzie tam. Żółtodzioby uparły się na wyścigówkę. Uznali, że w niej będą prezentować się najlepiej.

Pomocnik właściciela zwodował łódź, a młodzieńcy zdjęli płaszcze i przygotowali się do wejścia na pokład. Pomocnik zaproponował, aby George (już wówczas dość korpulentny na tle pozostałych) usiadł na miejscu czwartym. George przystał na to ochoczo, po czym zasiadł na dziobie plecami do steru. Gdy wreszcie usadowiono go jak należy, pozostali również zajęli swoje miejsca.

Pewien nerwowy chłopak został mianowany sternikiem, a Joskins przedstawił mu zakres jego obowiązków. Sam Joskins objął funkcję szlakowego i oznajmił wszystkim, iż rzecz jest bajecznie prosta: wystarczy, że będą iść dokładnie za jego przykładem.

Odrzekli, że są gotowi. Pomocnik właściciela łodzi wziął bosak i odepchnął ich od brzegu.

George plącze się w szczegółach co do dalszego przebiegu wydarzeń. Zachował mgliste wspomnienie bolesnego ciosu wiosłem w krzyż, którym poczęstował go numer piąty. W tej samej chwili ławka usunęła mu się spod siedzenia i klapnął na deski. Zauważył przy tym, iż osobliwym zbiegiem okoliczności numer drugi spoczął z nogami w górze na dnie łodzi. Wszystko wskazywało na to, że dostał jakiegoś ataku.

Przepłynęli bokiem pod mostem w Kew z prędkością ośmiu mil na godzinę. Joskins wiosłował jako jedyny z całej grupy. George, który wdrapał się z powrotem na ławkę, usiłował mu pomóc, wszelako z chwilą gdy zanurzył wiosło w wodzie, to (ku jego nieopisanemu zdumieniu) znikło pod łódką, mało nie pociągając go za sobą.

Sternik upuścił obie linki za burtę i wybuchnął płaczem.

George nie ma pojęcia, jakim cudem zdołali wrócić, ale zajęło im to czterdzieści minut. Spory tłumek gapiów na moście śledził owo porywające widowisko z wielkim zainteresowaniem. Każdy służył chłopcom dobrą radą, częstokroć sprzeczną z tym, co miał do powiedzenia jego sąsiad. Niefortunni wioślarze trzy razy zawracali pod mostem i tyleż samo razy prąd znosił ich z powrotem. Sternik co rusz unosił wzrok i widząc nad sobą przęsła, na nowo wybuchał płaczem.

George przyznał, iż owego popołudnia nie chciało mu się wierzyć, że kiedykolwiek polubi wioślarstwo.

Harris ma większe doświadczenie w wiosłowaniu po morzu i ceni je bardziej aniżeli sport rzeczny. Zupełnie nie podzielam jego opinii. Pamiętam, jak zeszłego lata wynająłem w Eastbourne małą łódkę. Dawniej często pływałem po morzu i byłem pewien, że doskonale sobie poradzę. Jak się okazało, kompletnie wyszedłem z wprawy. Gdy jedno wiosło zanurzałem głęboko w wodzie, drugie wywijało dzikie hołubce w powietrzu.

Chcąc wiosłować obydwoma naraz, musiałem wstać z miejsca. Na promenadzie zebrało się wytworne i arystokratyczne towarzystwo, a ja robiłem z siebie głupka na ich oczach. W połowie drogi wylądowałem na plaży i dogadałem się ze starym przewoźnikiem, aby mnie zabrał z powrotem.

Lubię obserwować starych przewoźników, zwłaszcza tych, których wynajmuje się na godziny. Ich ruchy tchną bezbrzeżnym spokojem i opanowaniem, wolne od gorączki oraz pośpiechu, które z każdym dniem opanowują naszą dziewiętnastowieczną codzienność. Stary przewoźnik nie zadaje sobie trudu, aby wyprzedzać inne łódki. Nie okazuje też zdenerwowania, jeśli sam jest wyprzedzany, co dzieje się nader często, albowiem prześcigają go wszystkie łódki, które podążają w tym samym kierunku. Niektórzy ludzie uznaliby to za bardzo irytujące, ale nie on: niezmącony spokój wynajętego przewoźnika to dla jego pasażerów piękna lekcja o wyższości stoicyzmu nad butą i wybujałą ambicją.

Wiosłowanie na poziomie podstawowym, wedle zasady „byle-do-przodu", nie wymaga wielkich umiejętności, trzeba jednak sporej praktyki, aby wioślarz mógł poczuć się swobodnie w obecności dziewcząt. Największym zmartwieniem nowicjusza jest synchronizacja.

– A to ci heca – mówi, kiedy po raz dwudziesty w ciągu pięciu minut wyplątuje swoje wiosła z twoich. – Kiedy wiosłuję sam, nigdy mi się coś takiego nie zdarza!

Widok dwóch żółtodziobów usiłujących wiosłować w równym tempie jest wprost przezabawny. Ten, który siedzi z przodu, oburza się na „dziwne" poczynania szlakowego. Ów też daje upust niezadowoleniu, tłumacząc, iż przez ostatnich dziesięć minut próbował zniżyć się do poziomu kolegi. Ten obraża się, prosząc, by szlakowy nie zawracał sobie nim głowy i skupił się na wiosłowaniu.

– Chyba że mam zająć twoje miejsce? – bąka mimochodem, dając do zrozumienia, iż w jego mniemaniu to załatwiłoby sprawę.

Mozolnie pokonują kolejnych sto jardów, chlapiąc przy tym co niemiara, po czym szlakowy doznaje olśnienia.

– Już wiem! – krzyczy triumfalnie. – Masz moje wiosła! Dalej, zamieńmy się.

– Ha, rzeczywiście te jakoś mi nie pasowały – przyznaje kolega i rozchmurza się nieco. – Teraz pójdzie nam jak z płatka.

Ale niestety, wymiana okazuje się daremna. Chcąc dosięgnąć wioseł, szlakowy wyciąga ręce tak, że mało mu nie wypadną ze stawów. Na domiar złego boleśnie obrywa wiosłami kolegi w klatkę piersiową. Ponownie się zamieniają, po czym zgodnie dochodzą do wniosku, że właściciel łodzi wystrychnął ich na dudka. Wspólne złorzeczenia bardzo ich do siebie zbliżają i pogodzeni wracają na przystań.

George przyznał, że od dawna marzy o tym, by spróbować swoich sił na łodzi płaskodennej, czyli tak zwanej pychówce. Nie jest to tak łatwe, jak mogłoby się wydawać. Podobnie jak w przypadku wiosłowania, człowiek dość szybko opanowuje trudną sztukę posługiwania się drągiem. Ale sporo wody w Tamizie upłynie, nim nauczy się robić to z godnością i wdziękiem, nie nabierając przy tym wody w rękaw.

Pewnemu znanemu mi młodzieńcowi, który po raz pierwszy wybrał się pychówką na wycieczkę, przydarzył się bardzo smutny wypadek. Na początku radził sobie nadzwyczaj sprawnie. I to go zgubiło. Zaczął pląsać w tę i z powrotem po pokładzie, obracając drągiem z tak niedbałym wdziękiem, że aż miło było patrzeć. Maszerował na przód łodzi, wbijał drąg w dno, a następnie biegł na drugi koniec jak na starego flisaka przystało. Ach, cóż to był za widok!

Niewątpliwie wyprawa zakończyłaby się sukcesem, gdyby nasz niefortunny flisak nie zagapił się na ładny widoczek. Wystarczył jeden nieostrożny krok i młodzieniec znalazł się poza łódką. Drąg utkwił w mulistym dnie: nieszczęsny zawisł na nim całym ciałem i bezradnie odprowadził wzrokiem odpływającą łódź. Mój znajomy znalazł się w nader krępującym położeniu, zwłaszcza że pewien ordynarny wyrostek na brzegu skrzyknął kolegów, by podziwiać „małpę na kiju".

Nie mogłem przyjść mu z pomocą, albowiem pech chciał, że nie wzięliśmy zapasowego drąga. Mogłem tylko siedzieć, wzrokiem dodając mu otuchy. Nigdy nie zapomnę wyrazu jego twarzy: był taki skupiony.

Patrzyłem, jak powoli zsuwa się do wody, a następnie mokry i zgnębiony wyłazi na brzeg. Wyglądał tak niedorzecznie, że nie mogłem powstrzymać się od śmiechu. Zachichotałem pod nosem, by po chwili uświadomić sobie z niemałym wstrząsem własną dość opłakaną sytuację: oto zostałem sam na łodzi, bez drąga, a prąd znosił mnie na środek rzeki, być może w kierunku śluzy.

Jąłem pomstować w duchu na przyjaciela, który zostawił mnie samego w opresji i dał nogę. Mógł mi chociaż zostawić drąg.

Dryfując, pokonałem ćwierć mili. Nagle ujrzałem zakotwiczoną pośrodku rzeki krypę, na której znajdowało się dwóch starych wędkarzy. Zobaczyli, że zmierzam w ich kierunku, i krzyknęli, żebym skręcił.

– Nie mogę! – odkrzyknąłem.

– Przecież nawet pan nie próbuje! – upierali się.

Podpłynąwszy bliżej, wyłuszczyłem im swój problem. Zatrzymali pychówkę i pożyczyli mi swój drąg. Śluza znajdowała się pięćdziesiąt jardów dalej. To cud, że napatoczyłem się na tych wędkarzy.

Po raz pierwszy wybrałem się pychówką w towarzystwie trzech znajomych, którzy mieli mi objaśnić, na czym to polega. Mieliśmy się spotkać nad rzeką, toteż zapowiedziałem, że przyjdę pierwszy, wynajmę łódź i w oczekiwaniu na ich przybycie sam spróbuję się rozeznać, co i jak.

Okazało się, że wszystkie pychówki są zajęte. Nie pozostawało mi nic innego, jak usiąść na brzegu i poczekać na kolegów.

Nie minęła dłuższa chwila, jak mój wzrok padł na człowieka, który (ku memu wielkiemu zdumieniu) miał na sobie identyczną kurtkę i czapkę jak ja. Najwyraźniej był to jego pierwszy kontakt z pychówką, a to, co na niej wyczyniał, wprost przechodziło ludzkie pojęcie. Kiedy wbijał drąg w dno, nigdy nie było wiadomo, co się stanie. Przypuszczalnie on sam również tego nie wiedział. Czasem próbował płynąć z prądem, czasem pod prąd, a innym razem, kurczowo uczepiony kija, obracał się wokół własnej osi. Cokolwiek się działo, zawsze reagował złością i zdumieniem.

Po chwili stał się obiektem powszechnego zainteresowania wioślarzy i flisaków, którzy zaczęli się zakładać o wynik jego kolejnych posunięć.

Tymczasem na drugim brzegu pojawili się moi koledzy i również poczęli śledzić poczynania młodzieńca. A że stał odwrócony do nich plecami, widzieli tylko jego kurtkę i czapkę. Natychmiast uznali, że to ja, ich ukochany przyjaciel we własnej osobie, robię z siebie widowisko ku uciesze pospólstwa. Jak łatwo się domyślić, sprawiło im to niewymowną frajdę. I dalejże kpić z niego bezlitośnie!

Nieświadomy ich pomyłki uznałem to za szczyt złego wychowania. Jakżeż można tak szydzić z obcej osoby! I już miałem ich zbesztać, kiedy nagle zrozumiałem, o co chodzi, i pospiesznie skryłem się za drzewem.

Ależ mieli używanie! Przez dobrych pięć minut stali na brzegu, nie szczędząc mu niewybrednych docinków i wytykając go palcami. Kiedy wyczerpały im się stare kawały, nie zwlekając, wymyślili kilka nowych, a następnie poczęstowali delikwenta serią żarcików znanych wyłącznie naszemu gronu. Biedak musiał nie zrozumieć z tego ani słowa. Wreszcie, nie mogąc dłużej znieść ich prostackich obelg, odwrócił się do nich i ujrzeli jego twarz!

Z przyjemnością zauważyłem, że wystarczyło im przyzwoitości, by zrobić głupie miny. Wyjaśnili mu, że przez pomyłkę wzięli go za znajomego: jak inaczej mogliby się naigrawać z kogoś, kto nie był ich bliskim przyjacielem?!

Oczywiście było to wystarczającym usprawiedliwieniem. Pamiętam, jak Harris opowiadał mi kiedyś o incydencie, który przydarzył mu się w Bolonii. Pływał sobie w pobliżu plaży, gdy naraz jakiś osobnik chwycił go od tyłu za kark i przemocą wsadził mu głowę pod wodę. Harris zaczął się szarpać, wszelako napastnik siłę miał iście herkulesową i trzymał go jak w imadle. Kiedy wreszcie Harris dał za wygraną i skupił się na sprawach ostatecznych, poczuł, że uścisk słabnie i nareszcie był wolny.

Odzyskawszy grunt pod nogami, rozejrzał się za niedoszłym mordercą. Zbrodniarz stał tuż obok i pękał ze śmiechu, lecz z chwilą gdy ujrzał rozjuszone oblicze Harrisa, odruchowo cofnął się o krok, wyraźnie zbity z tropu.

– Proszę mi wybaczyć – wyjąkał z zakłopotaniem – ale wziąłem pana za mojego przyjaciela!

Harris uznał, że to cud, iż tamten nie wziął go za swego krewniaka, inaczej ani chybi przypłaciłby to życiem.

Żeglowanie wymaga wiedzy i praktyki, ale jako młody chłopak nie miałem o tym zielonego pojęcia. Sądziłem, iż czynność ta przychodzi naturalnie, jak nie przymierzając zabawa w berka czy chowanego. Znałem delikwenta, który podzielał moje zdanie, toteż pewnego wietrznego dnia postanowiliśmy spróbować w tej dziedzinie swoich sił. Przebywaliśmy akurat w Yarmouth i postanowiliśmy, że popłyniemy na wycieczkę po rzece Yare. Na przystani koło mostu wynajęliśmy żaglówkę.

– Kiepską mamy pogodę – rzucił na pożegnanie dozorca. – Jak już miniecie zakręt, lepiej zrefujcie i płyńcie bejdewindem.

Obiecaliśmy zastosować się do tych rad i wesoło pomachaliśmy mu na do widzenia, usilnie zachodząc w głowę, cóż mogą znaczyć te tajemnicze zwroty.

Wiosłowaliśmy, dopóki miasteczko nie zginęło nam z oczu. Kiedy wreszcie na wprost rozpostarła się rozległa połać wody, a wiatr zaczął dąć z boku jak prawdziwy huragan, uznaliśmy, że najwyższy czas rozpocząć manewry.

Hector (tak chyba miał na imię) wiosłował dalej, a ja przystąpiłem do rozwijania żagla. Czynność ta sprawiała wrażenie nader skomplikowanej, ale jakoś mi się udało. Następne pytanie brzmiało: gdzie jest góra żagla?

Kierując się instynktem, uznaliśmy oczywiście, że góra to dół i zaczęliśmy wciągać żagiel do góry nogami. Jednakże minęło wiele czasu, zanim zdołaliśmy wciągnąć go na maszt, w taki czy inny sposób, albowiem żagiel najwyraźniej ubzdurał sobie, że bawimy się w pogrzeb, przy czym ja odgrywam rolę nieboszczyka, a on całunu.

Stwierdziwszy, że jest w błędzie, rąbnął mnie w głowę reją i odmówił dalszej współpracy.

– Zmocz drania – poradził Hector. – Zanurz go w wodzie i zmocz.

Powiedział, że marynarze zawsze moczą żagle, nim wciągną je na maszt. Zastosowałem się do polecenia, co tylko pogorszyło sprawę. Nie jest miło, kiedy suchy żagiel przywiera ci do nóg i owija się dokoła głowy, lecz w przypadku żagla mokrego rzecz staje się wprost nie do zniesienia.

Wreszcie wspólnymi siłami zdołaliśmy go postawić, wprawdzie nie do góry nogami, ale raczej bokiem. Następnie przywiązaliśmy go do masztu cumą, specjalnie przyciętą w tym celu.

Zaznaczam, że łódź się nie wywróciła, chociaż nie mam

pojęcia dlaczego. Często się nad tym zastanawiałem, ale jak dotąd nie udało mi się wpaść na sensowne wytłumaczenie owego zdumiewającego zjawiska.

Być może wynikało to z wrodzonego uporu przedmiotów martwych. Na podstawie naszych dość chaotycznych poczynań łódź musiała dojść do wniosku, iż życie nam zbrzydło, i postanowiła za wszelką cenę uchronić nas przed samobójstwem. Nic innego nie przychodzi mi do głowy.

Kurczowo uczepieni górnej części burty jakimś cudem uniknęliśmy kąpieli, lecz kosztowało nas to wiele wysiłku. Hector oznajmił, że podczas silnych szkwałów piraci oraz inne wilki morskie mocują do czegoś ster i wciągają kliwer, toteż powinniśmy pójść za ich przykładem. Ja jednak obstawałem przy tym, by ustawić łódź dziobem do wiatru.

Najłatwiej było zastosować się do mojej rady, w związku z czym mocniej uchwyciliśmy się burty, a łódź dalej płynęła na wiatr.

Przepłynęliśmy około mili w górę rzeki z prędkością, jaką nigdy więcej nie płynąłem i nie chcę płynąć. W pewnej chwili na zakręcie łódź przechyliła się tak gwałtownie, że połowa żagla znalazła się pod wodą. Następnie jakimś cudem wróciła do pionu i skierowała się w stronę niskiego, mulistego brzegu.

Mulisty brzeg ocalił nam życie. Łódź wryła się dziobem w sam środek i znieruchomiała. Stwierdziwszy, że wreszcie możemy przedsięwziąć jakieś kroki, miast kulać się po pokładzie jak worki kartofli, podpełzliśmy naprzód i ucięliśmy żagiel.

Mieliśmy serdecznie dosyć żeglowania. Nie chcieliśmy przesadzić i doznać przesytu. Odbyliśmy nader ekscytującą rundkę po rzece i postanowiliśmy sobie dla odmiany powiosłować.

Chwyciliśmy wiosła i spróbowaliśmy zepchnąć łódź z błota. Jedno z wioseł trzasnęło jak zapałka. Nauczeni przykrym doświadczeniem ostrożnie podjęliśmy kolejną próbę, ale że obydwa wiosła były do niczego, drugie złamało się jeszcze łatwiej niż pierwsze i zostaliśmy z pustymi rękami.

Błoto rozciągało się przed nami na sto jardów, za sobą mieliśmy wodę. Nie pozostawało nam nic innego, jak usiąść bezradnie i czekać, aż ktoś się zjawi.

Dzień nie sprzyjał spacerom po rzece i przez trzy godziny w pobliżu nie pojawiła się żywa dusza. Wreszcie napatoczył się stary rybak, który nie bez trudu wybawił nas z opresji i pokonanych doholował do przystani.

Cała wyprawa, łącznie z nagrodą dla rybaka, karą za zniszczenie wioseł i z opłatą za ponadczterogodzinny kurs, pochłonęła lwią część naszego kieszonkowego. Ale zdobyliśmy doświadczenie, a ono – jak to mówią – jest warte każdych pieniędzy.

Rozdział 16

Reading. Holuje nas statek parowy. Denerwujące wybryki małych łódek. O tym, jak włażą w drogę statkom parowym. George i Harris znowu wymigują się od pracy. Historia jakich wiele. Streatley i Goring.

Około jedenastej zobaczyliśmy Reading. Rzeka jest tu brudna i ponura. Nikt nie kwapi się zabawić w tej okolicy dłużej niż to absolutnie konieczne. Samo Reading to słynne, stare miasto, które pamięta posępne czasy króla Ethelreda, kiedy to Duńczycy kotwiczyli swe statki wojenne w Kennet i właśnie stąd ruszali na podbój Wessex. Tutaj Ethelred i jego brat Alfred pobili Duńczyków, pierwszy modlitwą, a drugi mieczem.

W latach późniejszych często uciekano do Reading kiedy sytuacja w Londynie robiła się gorąca. W czasie zarazy w Westminsterze hurmem zjeżdżał tu cały parlament, a w 1625 roku w ślad za nim podążyły sądy i przeprowadzano tu wszystkie procesy. Taka zaraza musiała być co poniektórym bardzo na rękę, albowiem był to niezawodny sposób na pozbycie się z Londynu zarówno prawników, jak i parlamentarzystów.

Podczas walki o wolność parlamentu Reading zostało oblężone przez hrabiego Essex, a ćwierć wieku później Wilhem Orański rozgromił tu wojska króla Jakuba.

W Reading został pochowany Henryk I – spoczywa w założonym przez siebie opactwie benedyktyńskim, którego ruiny można jeszcze obejrzeć. W tymże samym opactwie miał również miejsce ślub wielkiego Jana z Gandawy z Blanką Lancaster.

Przy śluzie w Reading napotkaliśmy należący do moich znajomych statek parowy, który doholował nas w pobliże Streatley. Wyborne uczucie. Osobiście wolę to niż wiosłowanie. Wycieczka byłaby jeszcze przyjemniejsza, gdyby nie przebrzydła zgraja małych łodzi, które ustawicznie właziły w drogę statkowi, w związku z czym musieliśmy co rusz zwalniać i przystawać. Ich bezkarność jest doprawdy denerwująca, ktoś powinien zrobić z nimi porządek.

A jakie to to zuchwałe! Gwiżdżesz, że mało kocioł nie pęknie, a one nic. Gdyby to ode mnie zależało, staranowałbym dla przykładu jedną czy dwie, a wnet odechciałoby im się głupot.

Kawałek za Reading rzeka robi się bardzo urokliwa. Nieopodal Tilehurst widok szyn psuje ogólne wrażenie, ale od Mapledurham aż do Streatley już jest pięknie. Nieco za śluzą w Mapledurham mijamy Hardwick House, gdzie Karol I grywał w kręgle. Okolice Pangbourne, gdzie stoi przyjemna oberża „Pod Łabędziem", są z pewnością doskonale znane zarówno okolicznym mieszkańcom, jak i *habitués* wystaw sztuki.

Statek parowy moich znajomych zostawił nas tuż za grotą. Oczywiście Harris natychmiast usiłował mi wmówić, że to moja kolej na wiosłowanie. Uznałem to za kompletną bzdurę. Ustaliliśmy rankiem, że powiosłuję trzy mile za Reading. A tu proszę, byliśmy dziesięć mil za Reading! To oni powinni zakasać rękawy, a nie ja.

Moje argumenty wszelako trafiały w próżnię: George i Harris okazali się nieprzejednani. Chcąc nie chcąc, ująłem wiosła. Płynęliśmy nie dłużej niż minutę, gdy nagle George dostrzegł coś czarnego, dryfującego po wodzie w pewnym oddaleniu od nas. Podpłynęliśmy bliżej. George wychylił się za burtę i chciał złapać tajemniczy przedmiot. Naraz cofnął się gwałtownie z mimowolnym okrzykiem i pobladłą, przestraszoną twarzą.

Było to ciało martwej kobiety. Unosiła się łagodnie na wodzie, a na jej twarzy malował się wyraz słodyczy i anielskiej cierpliwości. Nie była to piękna twarz, sprawiała jednak wrażenie miłej i czułej: przedwcześnie postarzała i wychudła, dawała świadectwo ubóstwa i niedoli właścicielki. Zastygła w wyrazie spokoju, jaki gości na obliczach chorych, gdy wreszcie mija ból.

Na szczęście dla nas (bo woleliśmy uniknąć przesłuchań i ciągania po sądach) jacyś ludzie na brzegu też widzieli ciało i zawiadomili policję.

Poznaliśmy później historię tej kobiety, historię starą jak świat. Kochała i została oszukana, a może sama się oszukiwała. Tak czy inaczej, zgrzeszyła (niektórym z nas czasami się to zdarza), a jej krewni i przyjaciele, zdjęci świętym i słusznym oburzeniem, zatrzasnęli przed nią drzwi.

Sama przeciwko całemu światu, z piętnem hańby na czole, staczała się coraz niżej. Przez jakiś czas żyła wraz z dzieckiem z dwunastu szylingów tygodniowo, harując dwanaście godzin na dobę. Sześć szylingów szło na dziecko, a reszta musiała wystarczyć na całe utrzymanie.

Sześć szylingów tygodniowo nie zaspokoi potrzeb duszy i ciała złączonych jakże kruchą więzią. Jak łatwo się domyślić, nadszedł dzień, gdy wizja dalszego cierpienia stanęła jej przed oczami dobitniej niż zazwyczaj. Zdjęta trwogą po raz ostatni zwróciła się o pomoc do przyjaciół, napotykając nieprzejednany mur obojętności. Kolejna prośba grzesznicy przeszła bez echa. Znękana poszła odwiedzić dziecko, przytuliła je i ucałowała, nie zdradzając przy tym żadnych emocji. Następnie wcisnęła mu w rączkę pudełko czekoladek za pensa, po czym z kilkoma ostatnimi szylingami w kieszeni udała się na stację i pojechała do Goring.

Lasy i zielone łąki dokoła Goring skrywały zapewne niejedną tajemnicę związaną z jej gorzkimi wspomnieniami, ale zbyt często bywa, że kobiety świadomie zadają sobie katusze.

Mogło zdarzyć się i tak, że wśród posępnych reminiscencji pobrzmiewały echa najsłodszych godzin spędzonych w cienistych dolinach, nad którymi potężne drzewa nisko zwieszają swe gałęzie.

Przez cały dzień wędrowała po lesie nad brzegiem rzeki, a gdy zapadł wieczór i szary zmrok rozsnuł szatę nad wodą, wyciągnęła ręce ku niemej Tamizie, która była świadkiem jej smutku i radości. Stara rzeka wzięła nieszczęsną w czułe ramiona, tuląc do piersi jej znużoną głowę i kojąc ból.

W grzechu żyła i w grzechu umarła, świeć, Panie, nad jej duszą i duszami innych grzeszników!

Goring na lewym, a Streatley na prawym brzegu to urocze zakątki i z pewnością warto poświęcić im parę dni. Odcinek do Pangbourne zachęca do wycieczki za dnia bądź w blasku księżyca, a okoliczne tereny również cieszą oko. Planowaliśmy tego dnia dotrzeć do Wallingford, ale słodkie, roześmiane oblicze rzeki nie skłaniało do pośpiechu. Zostawiliśmy łódź przy moście i udaliśmy się do Streatley, gdzie zjedliśmy lunch w gospodzie „Pod Bykiem", ku wielkiemu zadowoleniu Montmorency'ego.

Podobno wzgórza po obu stronach rzeki były niegdyś złączone i tworzyły barierę w poprzek dzisiejszej Tamizy, która kończyła się za Goring jednym wielkim jeziorem. Nie wiem, ile jest w tym prawdy, a ile bajdurzenia. Powtarzam tylko, co słyszałem.

Streatley, podobnie jak większość nadrzecznych wsi i miasteczek, pamięta czasy Brytów i Saksonów. Goring nie dorasta mu do pięt pod względem malowniczości, ale i ono ma swój urok. Poza tym leży bliżej stacji, w razie gdyby przyszło wam do głowy ulotnić się bez płacenia rachunku za hotel.

Rozdział 17

Pranie. Ryby i rybacy. O sztuce wędkowania. Skrupulatny wędkarz. Opowieść o pewnej rybie.

Spędziliśmy w Streatley dwa dni i oddaliśmy rzeczy do praczki. Próbowaliśmy uprać je sami w rzece, pod kierunkiem George'a, ale ponieśliśmy sromotną klęskę. Klęka to właściwie mało powiedziane, albowiem nasze ubrania wyglądały po praniu gorzej aniżeli przed nim. Przed praniem były bardzo, bardzo brudne, to prawda, niemniej jednak nadawały się do noszenia. Natomiast po praniu... cóż, rzeka pomiędzy Reading a Henley stała się znacznie czystsza po tym, jak postanowiliśmy zrobić w niej przepierkę. Nasze ubrania wchłonęły cały brud.

Praczka w Streatley uznała za swą powinność trzykrotnie zwiększyć nam stawkę za usługę. Stwierdziła, iż polegała ona bardziej na zeskrobywaniu brudu niż praniu.

Uregulowaliśmy należność bez mrugnięcia okiem.

Okolice Streatley i Goring to wielki ośrodek rybacki. Każdy amator wędkowania znajdzie tutaj coś dla siebie. Tutejsze wody obfitują w szczupaki, płocie, klenie, kiełbie i węgorze. Nic, tylko siedzieć i łowić.

Niektórzy tak właśnie robią. Ale nigdy nic nie łapią. Nie znam nikogo, kto złowiłby w Tamizie coś prócz ciernika lub zdechłego kota, ale to rzecz jasna nie ma nic wspólnego z wędkowaniem! Miejscowy przewodnik wędkarski ani słowem nie wspomina o „łapaniu" czegokolwiek. Według niego jest to po prostu „wymarzone miejsce dla wędkarzy". Na podstawie swoich obserwacji jestem gotów szczerze potwierdzić te słowa.

Nie ma drugiego takiego miejsca na ziemi, gdzie można dłużej łowić ryby. Jedni wędkarze przyjeżdżają i wędkują cały dzień, inni zostają na cały miesiąc. Gdyby się uprzeć, można zabawić tu i rok, z tym samym rezultatem.

Według *Przewodnika wędkarskiego po Tamizie*: „można tu również złowić młode szczupaki oraz okonie", ale nic bardziej mylnego. Młode szczupaki i okonie „mogą" występować w okolicy. Ba, wiem na pewno, że występują. Podczas przechadzki brzegiem Tamizy można dostrzec całe ich ławice; podpływają do góry, wystawiają pyszczki w oczekiwaniu na smakowite okruchy. Gdy postanawiasz zażyć kąpieli, tłoczą się dokoła i plączą między nogami, że opędzić się nie można. Ale nie dla nich robaki na haczyku i tym podobne, co to, to nie!

Nie jestem dobrym wędkarzem. Swego czasu poświęciłem owej kwestii sporo uwagi i szło mi nawet całkiem dobrze. Wszelako specjaliści w tej dziedzinie uznali, że nigdy nie odniosę sukcesów, i poradzili, bym dał sobie spokój. Przyznali, że świetnie zarzucam wędkę, podobno miałem też smykałkę oraz sporą dozę wrodzonego lenistwa, jakie powinno cechować dobrego wędkarza. Niemniej jednak byli przekonani, że wędkarz byłby ze mnie marny. Ich zdaniem brakowało mi wyobraźni.

Jako poeta, pisarzyna czy reporter ich zdaniem byłbym świetny, lecz zaszczytne miano wędkarza wymaga źdźiebko więcej fantazji i twórczego polotu.

Niektórzy wychodzą z założenia, iż aby stać się dobrym wędkarzem, wystarczy kłamać jak z nut. Ale to nieprawda. Pospolite mijanie się z prawdą jest bezużyteczne, to żadna sztuka nawet dla żółtodzioba. Cały sekret tkwi w szczegółach, w krasomówczym balansowaniu na granicy prawdopodobieństwa oraz stwarzaniu aury skrupulatnej, by nie rzec pedantycznej wiarygodności.

Każdy może przyjść i powiedzieć: „Ach, wczoraj wieczorem złapałem piętnaście tuzinów okoni" albo: „W zeszły poniedziałek dorwałem kiełbia, osiemnaście funtów żywej wagi, trzy stopy od głowy do ogona".

Nie wymaga to żadnego kunsztu ani umiejętności. Dowodzi może tupetu, ale niczego więcej.

Nie, doświadczony wędkarz gardzi tego rodzaju kłamstewkiem. Jego metoda jest daleko bardziej złożona.

Zjawia się dyskretnie, w kapeluszu na głowie, siada na najwygodniejszym krześle i w zadumie pyka fajkę. Spokojnie czeka, aż młodzież zakończy swoje przechwałki. Wówczas wyjmuje fajkę z ust, wytrząsa popiół i rzuca od niechcenia:

– We wtorek wieczorem przytrafiło mi się coś, o czym nie warto opowiadać.

– O, a to dlaczego? – dopytują pozostali.

– Bo i tak nikt mi nie uwierzy – odpowiada z niezmąconym spokojem i bez cienia goryczy w głosie nasz bohater, po czym ponownie nabija fajkę i prosi gospodarza o potrójną szkocką, zimną.

Zapada cisza. Nikt nie czuje się na siłach, by zaoponować. Dlatego stary wyga musi kontynuować bez żadnej zachęty.

– Nie – mówi w zamyśleniu. – Sam bym nie uwierzył, gdyby ktoś mi to opowiedział, ale to szczera prawda. Spędziłem nad wodą całe popołudnie i nie złapałem dosłownie nic prócz paru tuzinów kleni i dwudziestu szczupaków. Już miałem dać za wygraną, gdy naraz coś szarpnęło wędkę. Znowu jakiś drobiazg, pomyślałem, i dalej wyciągać go z wody. Niech mnie diabli, jeśli linka choćby drgnęła! Minęło pół godziny... pół godziny, mówię! ...zanim wyciągnąłem tę rybę. Myślałem, że pęknie linka! Ale wreszcie ją miałem. Jak myślicie, co to było? Jesiotr! Czterdziestofuntowy jesiotr! Złapany na wędkę, mili państwo! Tak, tak, róbcie sobie zdziwione miny... Jeszcze jedną szkocką poproszę.

Następnie opowiada, jak to ludziska rozdziawiali gęby na

widok tego potwora, co powiedziała jego żonka, kiedy wrócił do domu, i co sądził o tym wszystkim Joe Buggles.

Zapytałem kiedyś właściciela pewnej nadrzecznej oberży, czy go uszy nie bolą od wysłuchiwania bzdur, jakimi częstują go wędkarze.

– Ależ gdzie tam, łaskawy panie – odpowiedział. – Zrazu mi to przeszkadzało, ale teraz już żem przywykł! Musimy z żoną wysłuchiwać tego ględzenia przez cały boży dzień. Do wszystkiego można przywyknąć, pszepana. Do wszystkiego.

Znałem kiedyś pewnego młodzieńca. Był on nadzwyczaj sumienny i prawdomówny, toteż gdy zainteresował się wędkarstwem, postanowił, że nigdy nie wyolbrzymi swoich połowów o więcej niż dwadzieścia pięć procent.

– Kiedy złowię czterdzieści ryb – oświadczył – rozpowiem dokoła, że złowiłem pięćdziesiąt. Tyle w zupełności wystarczy, bo kłamać to grzech.

Ale jego plany spełzły na niczym, albowiem nie miał okazji wcielić ich w życie. Nigdy nie udało mu się złapać więcej niż trzy sztuki na raz, trudno zaś dodać dwadzieścia pięć procent do trzech, przynajmniej w wypadku ryb.

Tym sposobem zwiększył stopę procentową do trzydziestu trzech i jednej trzeciej, co również okazało się bezużyteczne, zwłaszcza w sytuacji, gdy złowił jedną lub dwie rybki. Ażeby uprościć sprawę, postanowił mnożyć uzyskaną ilość sztuk razy dwa.

Trzymał się tego systemu przez parę miesięcy, lecz wreszcie przyszło zniechęcenie. Nikt nie chciał wierzyć, że młodzieniec tylko podwaja liczbę złapanych sztuk, a jego skromność stawiała go z góry na przegranej pozycji na tle innych wędkarzy. Gdy złowił trzy małe rybki i rozgłaszał, że złowił sześć, zazdrość brała go na wieść o koledze, który złowiwszy jedną marną sztukę, trąbił wszem wobec, że złapał dwa tuziny.

Wreszcie podjął twarde postanowienie, którego konsekwentnie przestrzega aż do dziś, aby każdą złapaną rybę liczyć razy dziesięć i zawsze zaczynać od dziesięciu. Na przykład, jeśli nie złowi zupełnie nic, rozpowie, że złowił dziesięć: tym sposobem nigdy nie schodził poniżej dziesięciu ryb. Takie było główne założenie jego systemu. Gdyby jakimś cudem złowił jedną, liczba natychmiast urastała do dwudziestu, w przypadku dwóch – trzydziestu, trzech – czterdziestu i tak dalej.

Jest to plan prosty i stosunkowo łatwy do zrealizowania. Krążą pogłoski, że cała wędkarska brać zamierza niebawem wcielić go w życie. Istotnie, Zarząd Stowarzyszenia Wędkarzy znad Tamizy wydał przed dwoma laty dyspozycję mającą na celu jego implementację, co niestety wzbudziło sprzeciw garstki starych członków. Zacni ci wędkarze oświadczyli, iż rozważą pomysł dopiero w razie podwojenia stawki, czyli wówczas, gdy jedna ryba będzie się liczyła jako dwadzieścia sztuk.

Jeśli kiedykolwiek w czasie pobytu nad rzeką trafi wam się wolny wieczór, zachęcam do wizyty w jednej z małych wiejskich oberży. Ręczę, iż napotkacie w barze jednego czy dwóch starych wyjadaczy, którzy w ciągu pół godziny nakarmią was takimi bajeczkami, że niestrawności murowane. I to przez miesiąc.

Drugiego wieczora George i ja (nie wiem, gdzie się wówczas podziewał Harris: wczesnym popołudniem poszedł się ogolić, a potem przez czterdzieści minut pastował buty i przepadł jak kamień w wodę), pozostawieni samym sobie, udaliśmy się wraz z psem na obchód Wallingford. W drodze powrotnej zajrzeliśmy do małej gospody nad Tamizą, żeby trochę odsapnąć i w ogóle.

Weszliśmy do głównej izby i usiedliśmy. Prócz nas był tam również starszy jegomość, pykający glinianą fajkę, więc siłą rzeczy nawiązaliśmy pogawędkę.

Zauważył, że ładną mamy dziś pogodę, na co odparliśmy,

że wczoraj też była niebrzydka, po czym wspólnie doszliśmy do wniosku, że jutro pewnie też będzie niczego sobie. George dodał, że szykuje się niezły urodzaj.

Wkrótce wyszło na jaw, że bawimy w okolicy przejazdem i następnego dnia ruszamy w dalszą drogę.

Zapadła cisza, podczas której błądziliśmy wzrokiem po izbie. Nasze spojrzenia spoczęły wreszcie na starej, zakurzonej gablocie, przymocowanej wysoko ponad kominkiem. Wewnątrz znajdował się imponujących rozmiarów pstrąg. Był tak wielki, że w pierwszej chwili wziąłem go za dorsza.

– Aha – rzucił domyślnie jegomość, podążając za moim spojrzeniem. – Piękny okaz, prawda?

– Istotnie zadziwiający – mruknąłem, a George zapytał o przybliżoną wagę olbrzyma.

– Dokładnie osiemnaście funtów i sześć uncji – oświadczył nasz przyjaciel, po czym wstał i nałożył płaszcz. – Tak – podjął – trzeciego dnia przyszłego miesiąca minie szesnaście lat od chwili, kiedy go złapałem. Złowiłem go zaraz pod mostem, na piskorza, pamiętam jak dziś. Powiedzieli mi, że w naszej rzece pływa pstrąg gigant, a ja im na to, że go dopadnę. I tak się stało. Dziś ze świecą szukać takich ryb. Dobrej nocy, panowie.

Wyszedł i zostaliśmy sami.

Po tych rewelacjach wprost oczu nie mogliśmy oderwać od gabloty. Kiedy pożeraliśmy ją wzrokiem, do izby zajrzał miejscowy woźnica, który przed chwilą zawitał w gospodzie. Stanął na progu z kuflem w dłoni i też popatrzył na pstrąga.

– Pokaźna rybka, co? – rzucił pod jego adresem George.

– Mowa! – odpowiedział mężczyzna. Pociągnął łyk z kufla i dodał: – Bawiliście panowie w okolicy, kiedy została złowiona?

Odrzekliśmy, że nie, gdyż jesteśmy nietutejsi.

– Aha! – skwitował tamten. – Zatem nie znacie jej historii. Niedługo minie pięć lat, jak złowiłem tego pstrąga.

– Och, a więc to pan go złapał? – zapytałem.

– A jakże – odparł dobrotliwie jegomość. – Zaraz za śluzą, znaczy się, za ówczesną śluzą. Było to pewnego piątkowego popołudnia. Wyobraźcie sobie, że złapałem ją na muchę. Taa, wypłynąłem sobie na szczupaki i ani żem nie pomyślał o pstrągu. Kiedym go zobaczył na końcu linki, mało nie padłem trupem ze zdziwienia. A musicie wiedzieć, że bestia ważyła dwadzieścia sześć funtów. Życzę panom spokojnej nocy.

Pięć minut później zjawił się trzeci mężczyzna i opowiedział nam, jak to pewnego pięknego poranka złowił owego pstrąga na klenia. Po jego wyjściu nadszedł kolejny gość. Był to flegmatyczny, poważny jegomość w średnim wieku. Wkroczył do izby i zasiadł przy oknie.

Przez chwilę panowało milczenie, po czym George zwrócił się do nowo przybyłego:

– Pan wybaczy nadmierną śmiałość… wprawdzie obaj bawimy tu przejazdem… ale bardzo chętnie dowiedzielibyśmy się czegoś o tym, jak złowił pan tego pstrąga.

– A kto wam powiedział, że to ja go złowiłem? – zabrzmiała zdumiona odpowiedź.

Odrzekliśmy, że nikt, ale jeśli nas intuicja nie myli…

– Cóż, to doprawdy zadziwiające. – Flegmatyczny osobnik roześmiał się. – Rzeczywiście, macie panowie rację. To ja go złowiłem. No proszę! Kto by pomyślał, cóż za niezwykła intuicja.

I opowiedział nam, jak walczył przez pół godziny z szalejącą na haczyku rybą i złamał wędkę. Podobno zważył ją starannie po powrocie do domu: miała trzydzieści cztery funty.

Po jego wyjściu zjawił się oberżysta. Opowiedzieliśmy mu zasłyszane historie, a on uśmiał się co niemiara. We trzech wprost pękaliśmy ze śmiechu.

– A to ci dopiero! Że też Jim Bates, Joe Muggles, pan Jones i stary Billy Maunders napletli wam takich bzdur! Cha, cha, cha! A to dobre! – zawołał poczciwiec, śmiejąc się serdecznie. – Tak, akurat daliby mi takiego pstrąga, żebym zawiesił go w mojej oberży, gdyby sami go złowili! Cha, cha, cha!

I opowiedział nam prawdziwą historię ryby. Jak się okazało, złapał ją przed laty, jako młody chłopak. I to nie za sprawą szczególnych umiejętności, ale ślepego trafu, jaki często staje się udziałem wagarowicza, który w pewne słoneczne popołudnie postanowił zarzucić do rzeki kawałek żyłki na kijku.

Dodał, że pstrąg ocalił go wówczas od lania. Podobno nawet nauczyciel przyznał, że taka ryba warta jest algebry i geometrii razem wziętych.

Naraz zawołano go do baru, a George i ja ponownie utkwiliśmy wzrok w gablocie.

Pstrąg był zaiste imponujący. Im dłużej na niego patrzyliśmy, tym większy zachwyt w nas budził.

George był tak przejęty, że wlazł na krzesło, żeby lepiej widzieć.

Nagle krzesło usunęło mu się spod nóg. Wywinął młyńca rękami i próbując utrzymać równowagę, chwycił za gablotę, która z hukiem spadła na podłogę, a George i krzesło na nią.

– Zniszczyłeś rybę?! – wrzasnąłem z przerażeniem, zrywając się z miejsca.

– Mam nadzieję, że nie – odparł trwożliwie George. Wstał i otrzepawszy się, potoczył dokoła błędnym wzrokiem.

Niestety. Pstrąg leżał potrzaskany na tysiąc kawałków, chociaż równie dobrze mogło ich być dziewięćset. Nie byłem w stanie wszystkich zliczyć.

Zdziwiliśmy się, że wypchany pstrąg mógł się tak pokruszyć.

Nasze zdziwienie byłoby w pełni uzasadnione, gdybyśmy istotnie mieli do czynienia z wypchaną rybą. Ale nie mieliśmy.

Pstrąg był z gipsu.

Rozdział 18

Śluzy. George i ja pozujemy do fotografii. Wallingford. Dorchester. Abingdon. Głowa rodziny. Wymarzone miejsce, żeby się utopić. Trudny odcinek. Demoralizujący wpływ powietrza nad Tamizą.

Wczesnym rankiem następnego dnia opuściliśmy Streatley i popłynęliśmy do Culham, gdzie przenocowaliśmy pod płachtą w odnodze rzeki.

Pomiędzy Streatley i Wallingford nie znajduje się nic specjalnie godnego uwagi. Począwszy od Cleeve, przez ponad sześć mil na próżno by szukać śluzy. Wydaje mi się, iż jest to najdłuższy nieprzerwany odcinek w górę od Teddington. Dlatego też Klub Oksfordzki organizuje tu próbne rozgrywki ósemek.

Brak śluz, nader satysfakcjonujący dla wioślarza, dla poszukiwacza wrażeń bywa prawdziwym utrapieniem.

Osobiście bardzo lubię śluzy. Stanowią miłe urozmaicenie monotonii wiosłowania. Lubię siedzieć w łódce i powoli wynurzać się z chłodnych głębin ku nowej przestrzeni i świeżym widokom. Albo dla odmiany opadać w dół, znikać z powierzchni ziemi, potem czekać, aż zaskrzypią ponure wrota, a wąskie pasmo światła dziennego rozszerzy się, odsłaniając uśmiechnięte lico nadobnej rzeki. Łódeczka wydostaje się z więzienia i na powrót wypływa na rozległe, gościnne wody Tamizy.

Śluzy bywają nader malownicze. Oto krzepki, wiekowy dozorca, jego roześmiana żona i jasnooka córka, aż miło zamienić z nimi dwa słowa*. Spotykasz tam inne łodzie, wymieniasz ploteczki. Tamiza przestałaby być krainą z bajki bez śluz usianych kwieciem.

Skoro mowa o śluzach, przypominam sobie pewien wypadek, który mało nie przydarzył się mnie i Georgowi w pewien letni poranek w Hampton Court.

Dzień był piękny i na śluzie panował wzmożony ruch. Jak to często bywa, przedsiębiorczy fotograf szykował się do uwiecznienia grupy łodzi, które oczekiwały na przeprawę.

Zrazu nie połapałem się w sytuacji, toteż zdziwiłem się niezmiernie, widząc, jak George w pośpiechu wygładza spodnie, mierzwi włosy i zawadiacko zsuwa czapkę na tył głowy, przybierając na poły uprzejmy, na poły melancholijny wyraz twarzy. Następnie zastygł we wdzięcznej pozie i pospiesznie upchnął wielkie stopy pod ławką.

W pierwszej chwili uznałem, że zobaczył jakąś znajomą panienkę. Rozejrzałem się dyskretnie. Wszyscy dokoła jak na komendę zamarli bez ruchu w pozach rodem z japońskiego wachlarza. Dziewczęta uśmiechały się słodko. Ach, jak uroczo wyglądały! Panowie zaś jak jeden mąż zmarszczyli brwi, przybierając srogi, a zarazem dostojny wygląd.

Nagle spłynęło na mnie olśnienie. Na Boga, czy aby zdążę? Nasza łódź znajdowała się na samym początku, niegrzecznie byłoby zepsuć facetowi ujęcie.

W popłochu zająłem pozycję na dziobie, opierając się z niedbałym wdziękiem o bosak w pozie, która świadczyła o mej niesłychanej sile i zwinności. Zrobiłem sobie loczek na czole i przywołałem na twarz wyraz łagodnej zadumy z domieszką cynizmu, który ponoć bardzo mi pasuje.

---

* A raczej BYŁO miło. Towarzystwo Konserwacji Tamizy zamieniło się ostatnio w towarzystwo do zatrudniania idiotów. Większość nowych dozorców śluz, zwłaszcza w bardziej uczęszczanych rejonach, to banda nadpobudliwych, nerwowych starców, kompletnie nieprzystosowanych do sprawowania owej funkcji. (Przyp. autora).

Kiedy trwaliśmy w oczekiwaniu na decydujący moment, nagle ktoś zawołał z tyłu:

– Ty! Uważaj na swój dziób!

Nie mogłem się odwrócić, aby sprawdzić o czyj dziób chodzi. Kątem oka łypnąłem na facjatę George'a. Wydawała się w porządku, a przynajmniej nie działo się z nią nic, czemu można by zaradzić. Następnie spojrzałem zezem na swój nos. Jego wygląd również nie wzbudził mojego niepokoju.

– Patrz na dziób, ośle jeden! – zabrzmiał ponownie ten sam głos, tym razem głośniej.

Po chwili dołączył doń kolejny:

– No zabierz ten dziób! Hej, wy dwaj! Wy dwaj z psem!

George i ja nie mieliśmy odwagi ruszyć się z miejsca. Fotograf trzymał rękę na aparacie i w każdej chwili mógł zrobić zdjęcie. Czy to nas mieli na myśli? Niech pilnują własnych dziobów, ot, co!

Naraz wszyscy rozdarli się jak na komendę, a z tyłu huknął tubalny głos:

– Spójrzcie na swoją łódkę, panowie! Hej, wy dwaj! W czarnej i czerwonej czapce. Jeśli się nie pospieszycie, na zdjęciu będą wasze trupy!

Wtedy popatrzyliśmy na naszą łódkę i zobaczyliśmy, że zahaczyła dziobem o drewnianą część śluzy. Woda wzbierała dokoła, coraz bardziej przechylając łódź. Jeszcze chwila i byłoby po nas. Niewiele myśląc, chwyciliśmy za wiosła i odepchnąwszy się od ściany, padliśmy jak dłudzy na dno łodzi.

George i ja nie wyszliśmy ładnie na tym zdjęciu. Naturalnie pech chciał, że fotograf uruchomił swą przebrzydłą machinę dokładnie w chwili, kiedy obaj leżeliśmy na plecach z oczami w słup i chwacko zadartymi w górę nogami.

Nietrudno zgadnąć, że nasze stopy znalazły się na pierwszym planie. Ściśle rzecz biorąc, zasłoniły cały widok. Tuż za nimi widniały fragmenty pozostałych łodzi i strzępy krajobrazu, które wszelako wypadły tak blado, że zdjęci wstydem ludzie rezygnowali z zamawiania fotografii.

Właściciel statku parowego, który zamówił sześć odbitek, unieważnił zamówienie na widok negatywu. Oświadczył, że kupi odbitki, jeśli ktoś pokaże mu na zdjęciu jego statek. Nikt nie sprostał temu zadaniu. Statek ukrył się gdzieś za prawą stopą George'a.

Sprawa zrobiła się bardzo nieprzyjemna. Fotograf twierdził, że George i ja powinniśmy zamówić tuzin odbitek na głowę, ponieważ zdjęcie w dziewięciu dziesiątych przedstawiało właśnie nas. Odmówiliśmy, tłumacząc, że skoro postanowił nas uwiecznić w całej krasie, nie musiał robić tego do góry nogami.

Położone sześć mil za Streatley Wallingford to stare miasteczko, które odegrało istotną rolę w procesie kształtowania się historii naszego kraju. W czasach Brytów była to nędzna osada z błota i gliny. Rzymskie legiony zastąpiły lepianki potężnymi fortyfikacjami, których śladów Czas jeszcze nie zdołał zatrzeć. Co jak co, ale starożytni murarze nie mieli sobie równych!

Ale Czas, który nie dał rady rzymskim fortecom, dla ich twórców okazał się mniej łaskawy i wkrótce obrócił ich w proch. W latach późniejszych na tutejszych terenach ścierali się dzicy Sasi i potężni Duńczycy. Potem ich miejsce zajęli Normanowie.

Było to miasto otoczone wałami i ufortyfikowane aż do rewolucji angielskiej, gdy ucierpiało dotkliwie za sprawą oblężenia przez księcia Fairfax. Wreszcie upadło, a wały zrównano z ziemią.

Od Wallingford aż do Dorchester okolice rzeki stają się bardziej pagórkowate, urozmaicone i malownicze. Dorchester leży w odległości pół mili od Tamizy. Jeśli podróżujesz małą łódką, możesz podpłynąć tam wodą, najlepiej jednak wysiąść przy śluzie w Day i przejść na przełaj przez pola. Dorchester to sielski zakątek, pogrążony w niezmąconej ciszy.

Podobnie jak Wallingford, również i to miasto pamięta czasy starożytnej Brytanii, kiedy nosiło nazwę „Caer Doren", czyli „miasto na wodzie". Nieco później Rzymianie utworzyli tu obóz, którego wały do dziś tworzą obręcz w postaci niskich, równych pagórków. W czasach saskich była tu stolica Wessex. Stare Dorchester zaiste było niegdyś silnym i potężnym grodem. Teraz spoczywa na uboczu pogrążone w głębokim śnie, z dala od zgiełku wielkiego świata.

Wokół Clifton Hampden, staroświeckiej, urokliwej i ukwieconej wioski, roztacza się imponujący, malowniczy widok. Jeśli postanowisz tu przenocować, koniecznie zatrzymaj się „Pod Stertą Jęczmienia". Jest to bez dwóch zdań najmilsza, najbardziej tradycyjna gospoda w promieniu kilku mil. Stoi w pewnym oddaleniu od wioski, na prawo od mostu. Jej niskie szczyty, słomiana strzecha i witrażowe okienka przywodzą na myśl książkę z bajkami, wnętrze zaś przenosi nas do innego świata.

Bohaterka współczesnego romansu zapewne pokręciłaby na nią nosem. Jest to zwykle osóbka słusznego wzrostu, chodząca z dumnie uniesionym podbródkiem. W gospodzie „Pod Stertą Jęczmienia" przy pierwszej okazji zapewne wyrżnęłaby głową w sufit.

Amator mocniejszych trunków też nie byłby zadowolony. Ani chybi napotkałby tu zbyt wiele niespodzianek w postaci schodków, które nieoczekiwanie prowadzą raz w górę, raz w dół. Powrót na górę do sypialni też mógłby się okazać nie lada wyzwaniem. Nie mówiąc o znalezieniu łóżka.

Następnego ranka zerwaliśmy się skoro świt. Chcieliśmy dotrzeć do Oksfordu przed dwunastą w południe. To zdumiewające, jak wcześnie można wstać, kiedy człowiek biwakuje pod gołym niebem. Owinięty pledem na gołych deskach, z walizką pod głową, zrywasz się jak skowronek, choć w puchowym wyrku błagałbyś o „jeszcze pięć minut". Pospiesznie zjedliśmy śniadanie i przed wpół do dziewiątej minęliśmy śluzę w Clifton.

Na odcinku od Clifton do Culham brzeg jest płaski, monotonny i niezbyt ciekawy, ale za śluzą w Culham, najzimniejszą i najgłębszą śluzą na Tamizie, krajobraz ulega pewnej poprawie.

W Abingdon rzeka płynie wzdłuż ulic miasta. Abingdon to typowe, prowincjonalne miasteczko, czyste, spokojne, przyzwoite aż do bólu i nudne jak flaki z olejem. Jest stare i bardzo się tym szczyci, ale wątpię, czy może się pod tym względem równać z Wallingford lub Dorchester. Niegdyś stało tu słynne opactwo; w obrębie ruin poświęconych murów mieści się teraz gorzelnia.

W miejscowym kościele pod wezwaniem Świętego Mikołaja znajduje się pomnik Johna Blackwalla i jego żony Jane, którzy zmarli w tym samym dniu, 21 sierpnia 1625 roku. W kościele Świętej Heleny widnieje informacja, że W. Lee, zmarły w 1637 roku, „wydał ze swych lędźwi dwustu bez trzech". Po dłuższym namyśle odgadniecie, że pan W. Lee dorobił się stu dziewięćdziesięciu siedmiu potomków. Pan W. Lee, pięciokrotny burmistrz Abingdon, niewątpliwie przysłużył się swemu pokoleniu, mam wszelako nadzieję, iż w przeludnionym wieku dziewiętnastym nie znalazłby wielu naśladowców.

Odcinek łączący Abingdon z Nuneham Courtenay jest prześliczny. Warto odwiedzić Nuneham Park, który można oglądać we wtorki i czwartki. W domu znajduje się imponująca kolekcja obrazów i osobliwości, a przyległe tereny też są godne uwagi.

Zbiornik tuż za groblą w Sandford to wymarzone miejsce, by się w nim utopić. Prąd głębinowy jest tutaj bardzo silny i jeśli na niego natrafisz, już po tobie. Postawiono obelisk w miejscu, gdzie dwóch mężczyzn utonęło tu podczas kąpieli. Prowadzące nań schodki służą jako trampolina śmiałkom, którzy na własną rękę chcą sprawdzić, czy miejsce rzeczywiście jest niebezpieczne.

Młyn i śluza w Iffley, na milę przed Oksfordem, to ulubiony temat pejzażystów. Na tle przedstawiających je obrazów wypadają jednak trochę blado. Zauważyłem, że niewiele rzeczy na tym świecie dorównuje swoim „podobiznom" na płótnie.

O wpół do pierwszej minęliśmy śluzę w Iffley. Następnie wysprzątaliśmy łódź i przygotowaliśmy się do postoju. Czekała nas jeszcze mila drogi.

Droga pomiędzy Iffley i Oksfordem to moim zdaniem najtrudniejszy odcinek Tamizy. Trzeba się tu urodzić, aby w pełni go rozgryźć. Płynąłem tędy parę razy, ale jeszcze się we wszystkim nie połapałem. Człowiek, który pokona ów szlak w linii prostej bez żadnych przygód, na pewno poradzi sobie, mieszkając pod jednym dachem z żoną, teściową, najstarszą siostrą oraz służącą, która zna go od kołyski.

Najpierw prąd znosi cię na prawy brzeg, potem na lewy, następnie wyrzuca cię na środek i obraca trzy razy. Potem pędzisz przed siebie na łeb, na szyję, i cudem unikasz zderzenia z łodzią uniwersytecką.

Tym sposobem stanęliśmy na drodze wielu łodziom, które nie pozostawały nam dłużne, w związku z czym w powietrzu aż iskrzyło od przekleństw.

Nie wiem, jak to się dzieje, ale na rzece wszyscy są zawsze niezwykle podenerwowani. Drobne incydenty, które na lądzie zbylibyśmy machnięciem ręki, na wodzie doprowadzają nas do białej gorączki. Kiedy George lub Harris robią z siebie durniów na lądzie, ja tylko uśmiecham się pobłażliwie, podczas gdy ich wygłupy w łodzi budzą we mnie żądzę mordu. W przypadku kolizji z inną łódką najchętniej wziąłbym wiosło i zatłukł nim wszystkich pasażerów.

Ludzi cisi i z natury łagodni na łodzi przeistaczają się

w chuliganów i brutali. Pływałem niegdyś w towarzystwie pewnej młodej panienki. Była to oczywiście osóbka o słodkim i miłym usposobieniu, ale na rzece aż przykro było jej słuchać.

– A niech go wszyscy diabli! – krzyczała, gdy jakiś niefortunny wioślarz zablokował jej drogę. – Gdzie on podział oczy?

Albo:

– Do licha z tym paskudztwem! – wołała, gdy żagiel odmawiał jej posłuszeństwa. Następnie chwytała go oburącz i szarpała na wszystkie strony.

Zaznaczam, że na lądzie była wprost do rany przyłóż.

Powietrze nad Tamizą wywiera demoralizujący wpływ na ludzkie usposobienie. To pewnie dlatego flisacy bywają tak grubiańscy i częstokroć używają słów, których później przychodzi im srogo żałować.

Rozdział 19

Oksford. O tym, jak Montmorency wyobraża sobie niebo. Wynajęta łódź, jej uroki i zalety. „Duma Tamizy". Zmiana pogody. Różne aspekty rzeki. Niewesoły wieczór. Tęsknota za nieosiągalnym. Krzepiąca pogawędka. George gra na bandżo. Żałobna melodia. Kolejny mokry dzień. Ucieczka. Kolacyjka i toast.

W Oksfordzie spędziliśmy dwa przyjemne dni. W tym mieście jest zatrzęsienie psów. Pierwszego dnia Montmorency wdał się w jedenaście bójek, drugiego dnia w czternaście i najpewniej doszedł do wniosku, że trafił do nieba.

Ludzie słabi bądź zbyt leniwi na to, by znajdować przyjemność w wiosłowaniu pod prąd, często wynajmują łódź w Oksfordzie i wiosłują z nurtem. Ludzie bardziej energiczni preferują wycieczkę w górę rzeki. Podróż z prądem nie zawsze wychodzi człowiekowi na zdrowie. Ileż przyjemniej jest namachać się wiosłami, chociaż strzyka w plecach i w boku rwie: takie przynajmniej odnoszę wrażenie, gdy Harris i George wiosłują, a ja siedzę przy sterze.

Tym, którzy zamierzają rozpocząć swą podróż od Oksfordu, radziłbym zabrać własną łódź, jeśli nie mają do dyspozycji cudzej, której zabranie nie wiąże się z ryzykiem aresztu. Łodzie, które można wynająć na Tamizie w górę od Marlow są z reguły przedniej jakości. W miarę szczelne, rzadko rozpadają się na kawałki lub idą na dno, o ile traktujemy je z należytą ostrożnością. Jest gdzie na nich usiąść i posiadają cały (lub prawie cały) osprzęt niezbędny do sterowania i wiosłowania.

Są wszelako, jak by tu rzec, mało reprezentacyjne. Nie sposób w nich błysnąć i zadać szyku. Osady są pod tym względem na z góry straconej pozycji, a ich ewentualne aspiracje są tłumione w zarodku. Oto główna, żeby nie powiedzieć – jedyna, zaleta tej łodzi.

Człowiek w wynajętej łodzi jest cichy i skromny. Woli płynąć w cieniu drzew i podróżować bladym świtem lub o zmierzchu, kiedy na rzece nie ma zbyt wielu obserwatorów. Na widok znajomej twarzy czym prędzej wyskakuje na brzeg i kryje się za krzakiem.

Któregoś lata byłem członkiem osady, która wynajęła taką właśnie łódź na kilkudniową wycieczkę. Żaden z nas nie miał nigdy do czynienia z taką łódką, a gdy ją wreszcie zobaczyliśmy, nie mieliśmy pojęcia, co to takiego.

Złożyliśmy pisemne zamówienie na dwójkę. Gdy objuczeni bagażami dotarliśmy na przystań i podaliśmy nasze nazwiska, właściciel oznajmił:

– Tak, tak, to wy zamawialiście dwójkę. Wszystko się zgadza. Jim, dawaj tu „Dumę Tamizy".

Chłopak powrócił po pięciu minutach, szarpiąc się z przedpotopowym klocem drewna, który wyglądał tak, jakby niedawno został odkopany, w dodatku bez zachowania środków ostrożności, w związku z czym znaczna jego część uległa nieodwracalnemu zniszczeniu.

W pierwszej chwili pomyślałem, że oto mamy przed sobą wykopalisko z czasów rzymskich, najprawdopodobniej dawną trumnę.

Okolice górnej części Tamizy obfitują w podobne znaleziska, toteż moje przypuszczenia wydały mi się w pełni uzasadnione. Ale mój uczony kolega, który interesuje się geologią, wyśmiał teorię wykopaliska i stwierdził, że człowiek o choćby szczątkowym intelekcie (z przykrością nie mógł mnie zaliczyć do tej kategorii) zaraz odgadnie, iż mamy przed sobą skamieniałe szczątki wieloryba. Następnie wskazał kilka cech, które niewątpliwie świadczyły o tym, że wieloryb ten pochodzi z epoki przedlodowcowej.

Chcąc rozstrzygnąć spór, zwróciliśmy się do chłopca. Poprosiliśmy, aby bez lęku wyznał nam prawdę: czy to skamielina przedlodowcowego wieloryba, czy też trumna wczesnorzymska?

Chłopak odrzekł, że to „Duma Tamizy".

Zrazu uznaliśmy tę odpowiedź za przejaw jego wybornego poczucia humoru, ktoś nawet rzucił mu dwa pensy w nagrodę za błyskotliwość, on jednak uparcie trwał przy swojej wersji.

Co za dużo, to niezdrowo, i wreszcie nasza cierpliwość się wyczerpała.

– Daj spokój, chłopcze! – rzucił ostro nasz kapitan. – Koniec tych żartów. Zabieraj już tę matczyną balię i przyprowadź naszą łódź.

Wówczas zjawił się sam właściciel i dał nam słowo, że to naprawdę łódka, w dodatku ta sama, którą byliśmy łaskawi zamówić, rzeczona „dwójka", którą mieliśmy popłynąć na wycieczkę.

Marudziliśmy co niemiara. Stwierdziliśmy, że mógł ją przynajmniej pobielić, albo wysmołować, zrobić cokolwiek, aby choć trochę przypominała prawdziwą łódź.

Nasze pretensje zupełnie doń nie trafiały. Ba, sprawiał nawet wrażenie obruszonego. Zapewnił, że wybrał dla nas najlepszą łódź, w związku z czym powinniśmy okazać trochę wdzięczności.

Dodał, że „Duma Tamizy" pływa (tak to umownie nazwijmy) od czterdziestu lat i (o ile mu wiadomo) nikt dotąd się na nią nie skarżył. Dlatego nie widzi powodu, żebyśmy my mieli być pierwsi.

Straciliśmy ochotę do dalszej wymiany zdań.

Związaliśmy tak zwaną „łódź" paroma kawałkami sznurka, zakleiliśmy szczeliny tapetą i odmówiwszy modlitwę błagalną, weszliśmy na pokład.

Przyjemność sześciodniowej podróży tym wrakiem kosztowała nas, bagatela, trzydzieści pięć szylingów, chociaż moglibyśmy nabyć kilka takich desek za cztery i pół szylinga na byle jakim targu przybrzeżnym.

Trzeciego dnia nastąpiła zmiana pogody – ach, mówię teraz o obecnej wyprawie – i gdy wyruszaliśmy z Oksfordu w drogę powrotną, rozpadał się drobny deszczyk.

Rzeka – gdy słońce błyska na roztańczonych falach, ozłaca szarozielone pnie buków, prześlizguje się po mrocznych ścieżkach w lesie, goni cienie na mieliźnie, rozrzuca diamenty z kół młyńskich, śle pocałunki liliom, swawoli wśród spienionych wód śluz, posrebrza omszałe płoty i pomosty, przydaje blasku najmniejszym mieścinom oraz nieodpartego czaru gościńcom i łąkom, wplątuje się w zarośla, łypie ze śmiechem z każdej zatoczki i połyskuje radośnie na odległych żaglach – wówczas rzeka zyskuje iście baśniowy wymiar.

Ale zimna i znużona, gdy niezliczone krople padają na jej brunatne, gnuśne wody, łkając przy tym jak zrozpaczona niewiasta w mrocznej komnacie, a las, milczący i posępny wyłania się z mgły niczym zastępy duchów z naganą w oczach, duchów złych uczynków i przyjaciół opuszczonych w biedzie, wtedy rzeka to nawiedzona woda w krainie próżnych żalów.

Słońce to krew życia natury. Gdy gaśnie, Matka Ziemia spogląda na nas oczami bez głębi i wyrazu. Wówczas jej obecność napawa nas bezmiernym smutkiem, zdaje się bowiem zimna i obojętna. Przypomina wdowę, która straciła ukochanego męża, a opuszczone dziatki próżno czepiają się jej rąk w nadziei na uśmiech.

Przez cały dzień wiosłowaliśmy w deszczu. Cóż za przygnębiające doświadczenie. Zrazu robiliśmy dobrą minę do złej gry. Wmawialiśmy sobie, że przyda nam się trochę odmiany, że warto poznać wszystkie aspekty rzeki. Wszak trudno, żeby zawsze świeciło słońce, prawda? Nie mamy prawa się tego domagać. Przyroda jest piękna nawet we łzach.

Zaiste, przez pierwszych kilka godzin Harris i ja wprost tryskaliśmy entuzjazmem. Zaśpiewaliśmy piosenkę o cygańskim życiu i o tym, jakie jest wspaniałe. Niestraszna nam burza i wiatr, co targa kapotę! Cygan nie z cukru, kocha deszcz i szydzi z tych, co go nie lubią.

George wykazał umiarkowany zapał i nie wychylał nosa spod parasola.

Przed lunchem zaciągnęliśmy płachtę i siedzieliśmy pod nią całe popołudnie, pozostawiając tylko mały otwór na dziobie, dzięki któremu jeden z nas mógł wiosłować i wyglądać na świat. W ten sposób pokonaliśmy dziewięć mil i zatrzymaliśmy się na noc nieco poniżej śluzy w Day.

Skłamałbym, mówiąc, że spędziliśmy wesoły wieczór. Lało jak z cebra i cała łódź przesiąkła wilgocią. Kolacja też nie poprawiła nam humorów. Kiedy nie jesteś głodny, zimny pasztet cielęcy staje ci kością w gardle. Miałem ochotę na smażoną rybkę i kotleta, Harris bąknął coś o soli pod beszamelem, po czym oddał swój pasztet psu, który też nim wzgardził i wyraźnie oburzony propozycją odmaszerował na drugi koniec łódki.

George poprosił, byśmy zmienili temat, przynajmniej do czasu, gdy nie zmęczy zimnej wołowiny, bez musztardy.

Po kolacji zagraliśmy w oczko. Graliśmy około półtorej godziny, George wygrał cztery pensy, a Harris i ja straciliśmy po dwa.

Następnie postanowiliśmy skończyć z hazardem. Jeśli wierzyć słowom Harrisa, zbyt daleko posunięty powoduje niezdrową ekscytację. Rozochocony George zaproponował rewanż, ale Harris i ja woleliśmy nie igrać z Fortuną.

Potem przyrządziliśmy grog i rozmawialiśmy. George opowiedział nam o swoim znajomym, który przed dwoma laty wyprawił się na wycieczkę po rzece, nocował w zawilgłej łodzi i nabawił się ostrego gośćca stawowego, po czym zmarł w mękach dziesięć dni później. Był ponoć bardzo młody i niebawem miał się ożenić. George wyznał, iż był to jeden z najsmutniejszych przypadków, jakie zna.

Wtedy Harris przypomniał sobie przyjaciela, który poszedł do wojska na ochotnika i spędził w Aldershot deszczową noc pod namiotem. Podobno była to noc „kropka w kropkę jak dzisiejsza", zaznaczył Harris. Nieborak przypłacił to trwałą utratą zdrowia. Harris obiecał, że przedstawi nam go po powrocie. Ponoć jego widok wprost łamie serce.

Następnie odbyliśmy miłą pogawędkę na temat rwy kulszowej, febry, kataru, zapalenia płuc oraz bronchitu. Harris stwierdził, że mielibyśmy pecha, gdyby któryś z nas uznał za stosowne dziś zachorować, zważywszy na odległość dzielącą nas od najbliższego szpitala.

Zapragnąłem rzucić nieco koloru na tę ponurą atmosferę i w chwili słabości pozwoliłem George'owi zagrać na bandżo w nadziei, iż zaprezentuje nam coś wesołego.

Trzeba przyznać, że nie dał się długo namawiać. Obyło się bez większych ceregieli i krygowania. Natychmiast wyjął instrument i zagrał *Cudne czarne oczy*.

Aż do tego wieczora skłaniałem się ku teorii, że to dość banalna piosenka. Ku mojemu zdumieniu George odkrył w niej bogatą żyłę melancholii.

Harris i ja, zasłuchani w żałobne dźwięki, odczuwaliśmy przemożną chęć, aby ze szlochem paść sobie w ramiona, ale tylko przełknęliśmy łzy i dalej w milczeniu chłonęliśmy smutną pieśń.

Kiedy zabrzmiał refren, podjęliśmy desperacką próbę, aby się rozweselić. Ponownie napełniliśmy szklanki i przyłączyliśmy się do George'a. Harris drżącym ze wzruszenia głosem nadawał ton, a George i ja podążaliśmy za nim o parę słów w tyle:

Czarne oczy twe
Grzebią złudzenia me...

Wyzwanie okazało się ponad siły. Wizja pogrzebanych złudzeń w zestawieniu z niewysłowionym patosem akompaniamentu zgnębiła nas doszczętnie. Harris łkał jak dziecko, a pies wył tak, że byłem pewien, iż zaraz pęknie mu serce albo szczęka.

George szedł w zaparte i ani myślał przestać grać. Twierdził, że przy następnej zwrotce spróbuje tchnąć w pieśń nieco werwy. Ale większość była przeciwna jego eksperymentom.

Z braku lepszego zajęcia poszliśmy spać, to znaczy rozebraliśmy się i rzucaliśmy się bezsennie z boku na bok przez kolejne trzy lub cztery godziny. Potem udało nam się zdrzemnąć aż do piątej, kiedy to wstaliśmy i zjedliśmy śniadanie.

Drugi dzień okazał się wierną kopią pierwszego. Dalej lało jak z cebra, a my kuliliśmy się w prochowcach pod budą, płynąc wolno w dół rzeki.

Jeden z nas (teraz nie pamiętam kto, ale chyba ja) niemrawo próbował wskrzesić cygańskiego ducha poprzedniego poranka, ale na próżno. Nienawiść do deszczu wprost biła z każdej zwrotki zawadiackiej niegdyś piosenki i rychło daliśmy sobie spokój.

W pewnym momencie stwierdziliśmy zgodnie, że niech się dzieje, co chce, ale doprowadzimy rzecz do końca. Mieliśmy spędzić na rzece dwa rozkoszne tygodnie i choćby się waliło i paliło, tak też się stanie. Cóż, w razie katastrofy nasi krewni i przyjaciele byliby niepocieszeni, ale mówi się trudno. Uznaliśmy, że nie godzi się składać broni z powodu tak marnej wymówki jak deszcz.

– Jeszcze tylko dwa dni – kusił Harris. – Jesteśmy silni, młodzi. Może jednak wyjdziemy z tego żywi.

Około czwartej zaczęliśmy snuć plany na wieczór. Znajdowaliśmy się kawałek za Goring, toteż postanowiliśmy dopłynąć do Pangbourne i tam spędzić noc.

– Jeszcze jeden wesoły wieczór! – mruknął George.

Perspektywa nie była szczególnie zachęcająca. O piątej dotrzemy do Pangbourne. Kolację zjemy do godziny, powiedzmy, wpół do siódmej. Potem możemy snuć się po wiosce w strugach deszczu albo przysiąść w ciemnej oberży i poczytać almanach.

– W „Alhambrze" byłoby nieco przyjemniej – zauważył Harris, wysuwając głowę na zewnątrz i spoglądając w niebo.

– Że nie wspomnę o kolacyjce w...* – dodałem machinalnie.

– Ano. Trochę szkoda, że postanowiliśmy siedzieć na tej łódce – dorzucił Harris, po czym zapadła grobowa cisza.

– Gdybyśmy nie skazali się na pewną śmierć na tej obmierzłej łajbie – rzucił George, z odrazą tocząc spojrzeniem po pokładzie – zapewne warto by przypomnieć, że tuż po piątej odchodzi pociąg z Pangbourne. Wrócilibyśmy do Londynu akurat, żeby coś przekąsić i udać się we wspomniane miejsca.

Nikt nie odezwał się ani słowem. Spojrzeliśmy po sobie, świadomi swych niecnych pobudek. W milczeniu wyciągnęliśmy walizę. Następnie rozejrzeliśmy się po rzece: ani żywej duszy!

Dwadzieścia minut później trzy postacie w towarzystwie zawstydzonego psa chyłkiem wymknęły się z przystani koło „Łabędzia" i podążyły w kierunku stacji. Odziane były następująco:

Czarne skórzane buty, brudne; flanelowe stroje wioślarskie, bardzo brudne; brązowe kapelusze filcowe, mocno sfatygowane; prochowce, przemoczone do nitki; parasol.

Oszukaliśmy dozorcę przystani w Pangbourne. Nie zdobyliśmy się na odwagę, aby mu powiedzieć, że uciekamy

---

* Mowa o wybornej, położonej na uboczu restauracyjce w dzielnicy X, gdzie można zjeść najlepszy i najtańszy obiad lub kolację w stylu francuskim oraz wychylić butelkę przedniego Beaune za trzy szylingi i sześć pensów. Jeszcze nie zwariowałem, żeby podać jej nazwę. (Przyp. autora).

przed deszczem. Pozostawiliśmy łódź wraz z całym dobytkiem pod jego opieką, z prośbą, by czekała na nas o dziewiątej następnego dnia. Jeśli (zaznaczyliśmy: jeśli) zdarzy się coś nieprzewidzianego, co uniemożliwi nam powrót, niezwłocznie damy mu znać na piśmie.

O siódmej dotarliśmy do Paddington i pojechaliśmy prosto do wspomnianej restauracji, gdzie zjedliśmy lekki posiłek, zostawiliśmy Montmorency'ego i zamówiliśmy kolację na wpół do jedenastej. Następnie udaliśmy się na Leicester Square.

W „Alhambrze" wzbudziliśmy powszechną sensację. Kiedy stanęliśmy przy kasie, kazano nam wejść od Castle Street i poinformowano, że spóźniliśmy się pół godziny.

Wreszcie zdołaliśmy przekonać kasjera, że nie jesteśmy „światowej sławy akrobatami z Himalajów", zapłaciliśmy za bilety i weszliśmy do środka.

Wewnątrz też powitały nas zaciekawione spojrzenia. Nasze opalone twarze i malownicze stroje wywarły na gościach piorunujące wrażenie. Staliśmy się bez mała atrakcją wieczoru.

Jednym słowem, wreszcie mieliśmy swoje pięć minut.

Po pierwszym balecie wyszliśmy z teatru i wróciliśmy do restauracji, gdzie już czekała na nas kolacja.

Muszę przyznać, że bardzo mi smakowała. Przez prawie dziesięć dni żywiliśmy się niemal wyłącznie zimnym mięsem, plackami i chlebem z dżemem. Strawa to zacna i pożywna, ale nie ma to jak aromat burgunda i francuskich sosów, a widok czystych serwetek oraz długich bochenków mile połechtał nasze podniebienia.

Zrazu ucztowaliśmy w milczeniu, po czym nadeszła chwila, gdy miast atakować kotlet z werwą i apetytem wygłodzonych dzikusów, odetchnęliśmy głęboko, przeżuwając pokarm z wolna i od niechcenia. Rozprostowaliśmy nogi pod stołem, zapomniane serwetki niepostrzeżenie sfrunęły na podłogę, a my wreszcie utkwiliśmy wzrok w okopconym suficie. Postawiliśmy kieliszki na wyciągnięcie ręki i spłynął na nas błogi spokój. Byliśmy zamyśleni i wspaniałomyślni.

Wówczas siedzący przy oknie Harris odsunął firankę i wyjrzał na ulicę.

Mokre chodniki połyskiwały w przyćmionym i kapryśnym świetle latarni, deszcz pluskał w kałużach i strumieniami płynął w wezbranych rynsztokach. Paru przemoczonych przechodniów spieszyło, kuląc się pod ociekającymi parasolami, kobiety unosiły spódnice.

– No cóż – powiedział Harris, sięgając po kieliszek. – Odbyliśmy miłą podróż, za co składam gorące podziękowania staruszce Tamizie. Uważam wszelako, że nasz powrót był ze wszech miar słuszny. Wypijmy za trzech panów przy stole!

A Montmorency stanął na tylnych łapach przy oknie, wyjrzał w noc i szczeknął krótko na dowód swojej aprobaty.

Conan Doyle
Pies Baskerville'ów
Arcydzieła literatury światowej

Joseph Conrad
Jądro ciemności
Arcydzieła literatury światowej

Robert Louis Stevenson
Doktor Jekyll i pan Hyde
Arcydzieła literatury światowej

John Cleland
Fanny Hill
wspomnienia kurtyzany
Arcydzieła literatury światowej

Druk i oprawa:

rok założenia 1951

ul. Małopolska 18
45-301 Opole

tel. +77 400 33 50
fax +77 400 33 53
www.lega.opole.pl